根

上

张保庆 著

语文出版社·北京·

图书在版编目（CIP）数据

根 / 张保庆著. -- 北京 ：语文出版社，2016.7（2019.5重印）
ISBN 978-7-5187-0381-4

Ⅰ. ①根… Ⅱ. ①张… Ⅲ. ①长篇小说－中国－当代
Ⅳ. ①I247.5

中国版本图书馆CIP数据核字(2016)第165605号

GEN

根

责任编辑 冀丽萍　康　宁　刘　笛
装帧设计 于　轲
出　　版 语文出版社
地　　址 北京市东城区朝阳门内南小街51号　100010
电子信箱 ywcbsywp@163.com
排　　版 北京杰瑞腾达科技发展有限公司
印刷装订 三河市嵩川印刷有限公司
发　　行 语文出版社　新华书店经销
规　　格 787mm×1092mm
开　　本 1/16
印　　张 47.25
字　　数 460千字
版　　次 2016年8月第1版
印　　次 2019年5月第4次印刷
定　　价 68.00元(上、下册)

010-65253954(咨询) 010-65251033(购书) 010-65250075(印装质量)

一

公元2008年7月15日，三江省在连续遭遇了六个月罕见的大旱之后，突然又猝不及防地迎来了一场五十年不遇的暴风骤雨。

下午三点左右，大风如海啸中的惊涛骇浪，舞着沙石尘土，携着残枝败叶，呼啸怒吼着冲过北部山口，狂暴肆虐地横扫天源市。大风折断了一些树木的腰身，撕破了商店门前的牌幔，掀飞了不少老房的屋瓦，扭断了许多街区的电线，把为数不多的行人吹得东倒西歪。整个城市在狂抖神威的大风中挣扎、颤栗、呻吟。接着，铅一样的云块，像满月的潮水，从四面八方涌向天顶。霎时间，乌云四合，犹如一道厚重的铁幕，铺天盖地结结实实地罩在了天源市的上空。瞬间大地漆黑如夜，变得伸手不见五指。猛然，一道道闪电划破黑幕，一阵阵焦雷从天地间隆隆滚过。紧接着大雨倾盆而下，铜钱大的雨点，形成一条条雨箭，起劲地拍打着房屋、树木，猛烈地击叩着地面、窗棂。闪电、雷鸣、狂风、暴雨，汇成一种令人心悸胆战的漫天轰鸣……到了晚上八点，仿佛有人在暗中用开关操控似的，一阵大风吹过，一切即戛然而止。风平雨停，云开天霁，月光如水，万籁俱寂。被暴雨洗涤过的空气，凉飕飕的，透着丝丝甜意。

赖锐，这位三江银行天源分行的总经理，从下午狂风怒吼开始就一直木然地临窗而立，心不在焉地冷观着外边的情景。“哎，上天也发怒了！”她嘟囔了一句转过身来，见屋内空荡荡的。侧身一听，整个业务大楼也是静悄悄的。她有点愠怒了，但仔细一想不禁哑然失笑。原来，中午她从网上看到省气象台发布的暴雨红色预警后，就让全分行的职工提前下班回家了。眼下，整个业务大楼除了她和几个值班的保安外，就再无他人了。赖锐在办公室里低头踱了两圈之后，就来到屋角的小酒台前调好一杯咖啡，百无聊赖地坐到办公桌前。三天来，赖锐一直心事重重、坐卧不安，虽然每天仍照常上班，但却心乱如麻，像掉了魂似的，根本无法静心处理公务。此时，她轻轻啜了一口咖啡，心中泛起一阵酸楚，不由得又皱紧了眉头。她随手放下了杯子，低头沉思。稍顷，她拿起了桌上的电话，但马上又迟疑起来，叹了一口气后又缓缓放下了话筒。忐忑不安中，她随手翻了翻眼前的台历，不经意间，从桌边的镜子里窥到了自己的面容。原来一副饱满姣好的脸庞竟在这三天内变得粗糙、灰暗，仿佛一下子老了许多。赖锐惊呆了。她先是不敢相信自己的眼睛，随后身子一颤，心中阵阵作痛，眼泪扑簌簌滚落下来。三天前她与自己的恋人激烈争吵的场面一下子又闪现在眼前。

回想起来，她同这位恋人的关系在时好时坏中已保持了十多年了。随着他官位的升迁，赖锐发现他对自己越来越冷漠、越来越疏远了。女人天然的敏感与本能使她可怕地感到这个人可能变心了。可她呢，对他却始终是真诚、挚爱的，一直心甘情愿地把自己的命运与幸福都押在这个人身上。为此，赖锐平时对他温柔体贴、百依百顺，想以此来暖化、拴住这个男人的心。开始时，这个人总是用甜言蜜语劝慰赖锐，多次信誓旦旦地表示，自己绝对不会辜负她，等自己与妻子办完离婚手续后，一定同赖锐一起，风风光光地举办婚礼，并与她白头偕老。后来，这个人对赖锐则是能躲则躲，能骗则骗，花言巧语，搪塞敷衍。最近两个月来，他对赖锐干脆变得冷言冷语、冷嘲热讽了。面对这种变化，赖锐不敢细想深思，惶恐、惧怕的心情时刻笼罩在心头。但出于虚荣，或者是无奈，只好咬碎牙往肚里咽。除了忍气吞声之外，又能如何呢！不怨天不怨地，只能怨自己。回想当初，她不听朋友诚心劝阻，拒绝父母苦口婆心的忠告，昏头昏脑地认准了此人。转眼十多年过去，她把自己最珍贵的青春年华都献给了这个人，而自己却在十多年中还没搞清楚自己同他到底是什么关系。是情人？是恋人？是朋友？抑或是……事到如今，不管是什么都无所谓了。一个月前，赖锐听说这个自己往日所痴爱的人，已和原来的妻子办完了离婚手续，可他又闪电般同另一个高干的女儿勾搭上了。这个消息如五雷轰顶，把赖锐彻底打蒙了。她不相信这是真的，也许是没有勇气承认这是真的。于是，她抱着一线希望，暗中托朋友打听核实。结果不但勾搭高干女儿是实情，而且他还在省宾馆里与另一个漂亮女人同居。无情的事实令赖锐伤心、绝望，继而转变成愤怒和恼恨。但她仍不甘心，抱着再试一试也许会有转机出现的心态，同这个男人反复用手机联系，可此人的手机始终处于关机状态。万般无奈，赖锐通过微信向其发出最后通牒：如再躲避，我将找省委书记直接反映我们两人的相关情况。这位男人这才慌了，答应再见她一面。三天前，两人在一个饭店里见了面。赖锐本想利用此次机会，做最后一次努力。可这个男人不容赖锐说话，就厚颜无耻地向赖锐宣布，自己对她已毫无兴趣，两人再和好如初已绝无可能。希望赖锐能认清形势，不要再来纠缠自己。否则，她的下场会很惨。对于两人之间过去的感情纠葛，他愿意做出赔偿。说罢，这个人面兽心的东西，扔下一张二十万元的支票，推开房门扬长而去。

赖锐彻底崩溃了，只觉得天旋地转，整个天仿佛塌了下来。她瘫坐在沙发上，脑子里一片空白，身子亦宛如陷入了万丈深渊。这时，服务员为她端来了一杯咖啡，她才渐渐回过神来。猛然记起，一个星期前经医院化验确认，自己已怀有身孕。茫然四顾，心神俱碎，赖锐扶着沙发背，挣扎着站起身来。今后该怎么办？一朝失足，百身莫赎。自己行为不检点，交友不慎，铸成大错固然是咎由自取、罪有应得，可孩子呢，他有何罪啊！念及此，赖锐一跳而起，发疯般夺门而出。然而一跨出房门，她又愣住了，到哪里去找这个混蛋呢？思虑再三，她又忍不住掏出了手机。这时的赖锐已完全失去了理智，她将所有能表达自己愤恨的词语都集中到一条短信上。她告诉对方：我已经怀孕三个月。你已毁掉了我。现在我已走投无路，剩下的不是鱼死，就是网破。你和我，要么同生，要么同死！我再给你三天时间，何去何从，由你自定！

当！当！当！办公桌对面的落地座钟清脆地响了十一下。赖锐抬头一望，唉，已是晚上十一点了！连续三天处于失眠状态的她，此时确实感到又困又累。赖锐连连打了几个哈欠，勉强站起身来，习惯地理了理办公桌上的文件与资料，关好了台灯，有气无力地向卧室走去。在全分行，只有她这个总经理的办公室才配有一套设施俱全的卧室。卧室宽敞明亮，装饰得典雅堂皇。这里过去是她和那位男人经常幽会、共度良宵的温馨之乡，曾留下了无尽的柔情蜜意和美好记忆。人常说，景随情美，美由情生。今晚，她一跨进这间卧室，顿觉浊气扑面，呛得人透不过气来，心中随之生出剧烈的厌恶，阵阵恶心在胸中翻腾，马上就要涌出喉咙……赖锐立即掩着口逃了出来。不能再在这个鬼地方待了，还是回家住吧！

三江银行天源分行所在的地段，位于天源市的南城区与郊区的接壤之处，紧靠三江省经济开发区，虽离市中心稍远一些，但环境优美，闹中取静。分行的这幢业务大楼，本是一家私营公司的总部，号称市值3亿元。在赖锐那位男人的干预下，分行以1.5亿元的价格买下。在离此楼两站远的地方，这家私人企业还建起了一个别墅小区，取名“清和人家”。在这片别墅里，经过省政府秘书长的沟通协调，赖锐用了200万元的低价买下了建筑面积近800平方米的27号楼。赖锐是个未婚的女人，平时自然是一个人生活。为了方便，她周一至周五住在分行里，只有周末才到这幢楼里住上两天。

赖锐前脚刚迈出办公室，又突然站住了，心中莫名其妙地升起一种不祥之感。自己同这个男人算是彻底决裂了！近来有传闻，这个人后台很硬，在一些大人物的支持下，他的官位还要蹿升，将来也许还会主政三江省。根据平日的了解和他近来对自己的态度，这个人表面上文质彬彬、谈吐文雅，其实内心却很肮脏，手段也很卑鄙。自己以前之所以深深地爱上了这个人，细想起来，主要还是被他的外表与长相迷住了。记得有一次，自己陪他与几个朋友吃饭，闲谈中涉及一位省里的领导。不知为什么，他突然勃然大怒，将酒杯摔到地上，咬牙切齿地放出一句狠话："这个王八蛋，把老子惹急了，我会派人做掉他！"当时，赖锐惊呆了，满脸惶恐地审视着这个与平时判若两人的男人。这个男人可能也觉得失态了，赶紧打起了圆场："对不起，喝多了，有点胡说八道了！"想到这里，赖锐打了个寒颤。联想到这些年在网络及其他媒体上陆续批露的案件。有些官员为了掩盖劣迹，保自己仕途，竟亲自或雇人杀害往日的情妇。联想到当下自己同这个男人的关系，回忆起那次同朋友吃饭时他的表现，再思及自己在短信中对其发出的狠话，而这些狠话又可能会直接危及这个男人的官运前程，赖锐真的感到害怕了：他会不会对自己也下毒手呢？俗话讲，害人之心不可有，防人之心不可无！她不敢再往下想了，必须得有点自保措施。想到这里，赖锐快步回到办公桌前，麻利地打开电脑，向自己大学的同学、眼下最可靠的女友訾泽尘发出一封短信：“泽尘，我同那个男人彻底决裂了。为此，我可能会招来杀身之祸。如果有一天，我突然死了，肯定是此人所为。当初不听你的忠告，以致有今日之祸，然悔之晚矣！如果我死了，请你一定要为我报仇，此人必须绳之以法！”打完此信，赖锐又将其转录到一个U盘上，同时又删掉了电脑上的相关文件。她将U盘放入信封，苦苦思索如何既可靠又快速地把它送到訾泽尘手中。明天自己亲自去找她？可明天总行领导要让自己去开两天的年度评估会议。派别人去？可谁最合适呢？正冥思苦想之际，听到有人轻轻敲门。

“谁呀？”赖锐十分警觉。

“是我，大楼保安小李。赖总，现在已十一点了。您今晚还回不回家？已到了锁大门的时间！”

赖锐心中一喜，脑海里灵光一闪，冒出了一个想法。“小李，你进来，我有件事想请你帮忙办一下！”

小李应声而入，恭恭敬敬地站在门口。

“小李，离咱们分行不远的那家邮局晚上还营业吗？”

“一般的业务到下午六点就停办了。不过特快专递不停，一天24小时营业。”

“本市的特快专递件，一般需要多长时间送达？”赖锐若有所思，又追问了一句。

“不会超过12个小时！”

“这太好了。小李，这份材料，我的朋友明天中午要用，你现在就到邮局跑一趟，要亲自去，把这份材料办成特快专递。”

“赖总，这是小事一桩，我现在就去办妥，明天上班时向您交差。”小李接过信封，转身退去。

望着小李的背影，赖锐轻轻地吐了一口气，压在心上的一块石头总算落了地。她理了理自己的秀发，整了整衣裙，提起手包，锁好了办公室，跨上办公室右边的电梯下到了车库。她熟练地打开车门，优雅地坐进驾驶室，随手插入启动钥匙。这几个动作，连贯自然，不假思索，完全像在走一种自动程序。可今天怪了，她连续转动钥匙，却始终打不起火来。赖锐迅速地查看了仪表盘，一切正常。真是活见鬼了！自己的这辆宝马车用了还不到两年，上星期还送到4S店保养了一次。打不着火，实属罕见，以前也从未出现过这种状况！唉，真是一事不顺，百事不顺！人倒霉了，喝口凉水也塞牙！赖锐又试了两次，仍一切照旧。有点绝望的她，生气地跨出车门，登上电梯返回到地面。可能是经历了几个小时暴风骤雨洗礼的缘故，此时天街繁星密布，衢巷灯火阑珊，凉风习习，沁人心脾。赖锐深深吸了一口气，顿觉精神一振，惬意无比，心绪亦为之一变。她打消了要叫出租车的想法，决定要安步当车，饱品这爽风明月！何况今天在办公室憋屈了整整一天，也该到大道上散散步透透气了。念及此，她侧身跨上了人行道，不急不慢地走着。

此时，一辆黑色的大众牌小轿车，闭着双灯，在赖锐身后500米左右的大道上缓慢行驶。她不经意地瞟了它一眼，仍旧悠闲自在地走着。大约走出了一站地，一摊积水横在她的眼前。积水漫过一大半路面，淹没了人行道。赖锐皱了皱眉头，不得不小心翼翼地绕避到大道的中央。说时迟那时快，那辆一直尾随着赖锐的大众牌小车，突然加足了马力，风驰电掣般向她冲来。随着一声惨叫，赖锐的身体飞了起来，成抛物状狠狠摔到三丈开外的地方。一分钟过后，从道旁的树林里，如幽灵般又闪出一辆白色奥迪。这辆奥迪车毫不犹豫地再次从赖锐身体上碾过。之后，车停了下来，从车上下来一个全身罩着黑色斗篷的家伙。他先用脚踢了踢赖锐的尸体，用手测了测她的呼吸与脉搏，确认其已死无疑后，扭头登车扬长而去。

无独有偶，几乎就在同一时刻，一个身影在与“清和人家”隔路相对的“聚春林”小区后边的林子里游荡。这个人叫李猛川。他在晚上十点差一刻即来到了小区北边的14号楼下。这座小楼连同顶上的阁楼总共三层。根据李猛川白天踩点观察，小楼的主人是一位看上去四十岁左右的少妇。

这位女主人穿着得体，出手大方，经常开着一辆家用奔驰小车独来独往。据此判断，她应是一位腰缠万贯的富婆。李猛川选中此家行窃的另一个原因，是小楼里除了有一位五十多岁的保姆操持家务外，无论白天和晚上，只有女主人一人进进出出。且小楼后边的围墙高不足两米，紧挨着围墙的又是一片茂密的松林。这样的环境，对于行窃者来讲，可谓求之不得。不过此时的李猛川却有点惴惴不安。因为按照他的了解，女主人在晚上十点以前就该到家了。可今天不知怎么回事，十点已过了还不见女主人的身影。大约快十一点的时候，女主人才匆匆地进了楼。之后，二层卧室的灯虽一直亮着，却不见里面的人有任何动静。李猛川正纳闷间，卧室的灯突然熄灭了，接着楼下又传来了汽车发动的声音。怎么，她又出去了？这可是天赐良机！李猛川心中一阵窃喜，身子退后几步，飞身一跃即抓住了二楼阳台的围栏，紧接一个鹞子翻身，身子轻轻地飘了上去。他推开面向阳台虚掩着的窗户，纵身跳进二楼的客厅，用手电筒照了照房间，感到有点出乎意料：房间布置得简洁大方，白墙、白顶、白沙发、白窗帘，一白到底。除了白之外，不见丝毫珠光宝气。咦！这个女人是干什么的？不像是富婆啊！李猛川多少有点失望。

突然，又传来了一阵开门声。不好，这个女人又回来了！李猛川来不及多想，本能地又迅疾上了阳台并轻轻地掩上了窗户。隔着窗缝细看，只见女主人匆匆地进了门，匆匆地拉亮了吊灯，匆匆地径直奔向办公桌，又匆匆地打开了电脑。迟疑片刻，她从口袋里匆匆掏出一个方形薄片塞入电脑。一阵吱吱声响过，电脑屏幕上即闪出一行行数字和人名。她快速浏览一遍之后，即麻利地取出了这个薄片并迅速关闭了电脑。女主人认真地打量了薄片一番，目光在房间里扫来扫去，看来好像是要为它寻找一处妥善的藏匿之处。她先是把它夹在书架上的一本厚书里，但很快又把它取出来压在一盆花的下边，后又觉得不妥，再次把薄片抽出。她攥着这个小东西，站在房间中央，神情十分凝重。这时，墙上的挂钟敲响了。只见她身子一震，似乎觉得不能再这样拖延下去了。她决绝地从文件夹中抽出一个信封，把那个薄片装入其中，登上一把椅子，将信封从上边塞进书架和墙壁之间的夹缝里。刚刚做完这一切，就响起一阵粗暴的敲门声，女主人的脸色霎时变白了。她迅速地接通了电脑的电路，敲了两下键盘，只听“砰”的一声轻响，电脑中冒出缕缕青烟。之后，她理了理头发，平定了一下心神。

“谁呀？”她镇静地发问。

“少废话！是方老板让我们来见你。”

“这么晚了，又是深更半夜的，不太方便，还是明天再来吧！”

“不行！杨雪凝，你识趣点，快快把门打开。事情不大，很快就能办完，我们不会占你太多时间。”

杨雪凝茫然四顾，十分犹疑，最后还是一咬牙打开了房门。

三个穿黑衣、戴黑帽黑口罩的彪形大汉噼里啪啦闯了进来。杨雪凝见状，知道来者不善，本能地闪到办公桌后抄起了电话报警。这时，一个大汉飞起一脚踢掉了话筒，另一大汉跃前一步将她的身子压按在桌子上并反剪起她的双手。第三个大汉则一进屋就阴沉沉地站在门后。

“杨雪凝，我们今天来是要讨回一样东西，并不想过分为难你。俗话说，拿人钱财，替人消灾！没办法，我们这也是按规矩做事。”此人仿佛在故意学说一些黑话：“你只要把东西乖乖交出来，咱们就好说好散，两不相欠。”站在门后的大汉压低嗓音冷冷说道。

“是谁让你们来的？”

“这还用问吗？”

“你们来讨什么东西？”

“你心里清楚。不过，不妨提醒你一下，是你在‘陶然居’捡到的与电脑有关的一个小东西。”

“我根本就没有见到过这样的东西！前天，我已把他丢在‘陶然居’里的一件物品交给了你们的老板。除此之外，别无其他。不信，你们可在这屋里随便搜。”

“胡说！别敬酒不吃吃罚酒！”说罢，这个大汉扬了扬下巴，踢掉话筒的那个家伙立即趋前用双手紧紧卡住了杨雪凝的脖子。她的颈部和面颊一下子涨得血红，呼吸急促，汗珠如雨。

“说不说？”

“说什么？哎哟！”随着杨雪凝一声惨叫，她右手的两根手指已被那个家伙生生掰断了。

“混蛋，流氓！我跟你们拼了！”杨雪凝猛地挣脱了大汉的双手，抄起桌上的一方砚台，发疯般砸向身旁大汉的头部。这时始终站在门后的大汉仿佛早有准备似的，从背后抽出一根铁棒，狠狠地连续猛击杨雪凝的头部。她一下子瘫倒在地板上，鲜血从鼻孔和嘴里喷出。她挣扎着抬起头来，眼中闪烁着愤恨、鄙视、令人胆寒的光芒。杨雪凝把这三个人死死地盯了一遍，最后头一歪停止了呼吸。

这三个没有一点人性的家伙，冷漠地扫了尸体一眼，立即分头开始搜寻，从卧室、书房、客厅，再到厨房、卫生间……该翻的都翻了，该查的都查了，整整折腾了个把小时，却始终都没有找到他们想要的东西。

“行了，不用再瞎费劲了。这里不能久留，收拾一下赶快走！”

“老大，这个女人的尸体如何处理？”另一个大汉问道。原来站在门后的那个家伙是他们的老大。

“老二，赶紧把这个女人身上和地板上的血迹擦洗干净。老三，把屋里的所有东西都恢复原样，不能留下丝毫我们来过的痕迹。”老大威严地下着命令。

老二似乎还不甘心，他想打开电脑，期待从中发现一些有用的东西。不料，刚一接通电源，电脑中立即冒出一片火花。

“妈的，这个臭女人真狡猾，临死前还刻意毁了电脑中的储存装置！”

“老二，不要在那里白费工夫了。来，帮我把这个女人的尸体吊在浴室的门框上，我们要伪造一个她畏罪自杀的现场！”

这三个既像土匪又像黑社会团伙的家伙，看起来训练有素。十分钟之后，屋内一切都按老大的要求收拾、布置完毕。

“撤，分头撤！”老大又扫了屋内一眼，“哐啷”一声带上房门，同另外两个家伙大摇大摆而去。

李猛川被眼前所发生的一切吓傻了。长这么大他还是第一次目睹凶犯杀人，也是第一次看到如此残忍的凶手。更没料到的是，自己原本只想做一次小偷小摸，结果竟碰上了如此可怕的场面。他瘫坐在阳台上，又惊又怕、追悔莫及，一个劲地捶打着自己的脑袋：李猛川啊李猛川，以后再穷也不能动偷盗的念头。今后就是饿死冻死，也不要去拿不属于自己的东西。看来我这一辈子不会有多大的出息了，还是回老家种地，本本分分地过一个农民的生活吧！想到这里，李猛川似乎感到轻松了许多。他扶住墙壁，挣扎着站了起来。哎，这个女人也死得太冤枉了！突然李猛川想起，刚才那些家伙逼着女主人交出一个什么小东西。这个小东西究竟是什么，值得女主人以命相拼？又值得这帮坏蛋以死相逼？难道是一种可以治人以重罪的证据？前些天，他曾从小报上看到一条消息，说是一个小偷因为入室行窃竟顺便揭露了一个大贪污犯。不行，我得入室瞧瞧。想到这里李猛川仿佛又来了精神。他从阳台上跳入客厅，定了定神，运了运气，用肩膀奋力一推，挪开了书柜，把胳臂伸入缝隙间探摸，找了好半天，才摸出了那个信封。李猛川从信封中抽出一个长方形的薄片。他把这个薄片放在手中仔细地左看右看，始终看不出个子丑寅卯。既然那些凶犯把它看得如此重要，不妨先在我这里放上一段时间。他把这个小东西顺手塞入上衣口袋，然后像醉汉一样，深一脚浅一脚地溜了出去。

夜里十二点，聚春林小区保安高清山和小苗按规定开始了对小区的第二次巡逻。他们从前院开始，一路巡逻到14号楼下。猛然，高清山似乎听到楼后边有人走动。“谁？”他高喊一声，手电筒随即照了过去。电筒光下，他看见一个身穿黑衣的大汉正爬上墙头。也许是天热的缘故，那人已摘下了帽子和口罩。听到喊声，墙头上的那位黑衣男人好像是下意识地掉头瞪了他一眼。这样一来，高清山顿时看清了那人的面孔。尤其是那双牛蛋眼，让高清山不禁打了个寒颤。他曾见过这双眼睛。难道是他？高清山使劲地晃了晃脑袋，他怎么也不敢相信这会是真的。

说来也是天意。那个家伙本已出了小区。他见已脱离了险境，精神一放松，就想坐下来抽支烟好好休息一下。不料，一摸裤袋发觉打火机没了。开始他以为是丢在了作案现场，顿时惊出了一身冷汗。后来，他又仔细把当晚作案经过梳理了一遍，排除了丢在现场的可能，断定是丢在14号楼前。因为在他离开此楼时，曾不小心一脚踩进门前一个刚刚挖好的树坑，狠狠地摔了一跤，打火机很有可能就在那时被甩了出去。于是，他又翻墙进入小区，在14号楼前摸了半天，终于找到了打火机。在他正要再次翻墙逃离时竟被高清山撞见了。凑巧也罢，倒霉也罢，正好应了一句坊间俗语：要想人不知，除非己莫为。

二

高清山巡逻回来后，心里就一直忐忑不安，难以入睡。不知怎么搞的，那双牛蛋眼老在他眼前晃动。这个人的面孔同天源市公安局南城分局局长勾连帮十分相像。这位勾局长曾为南城区保安大队作过报告。高清山就是在这次报告会上得缘见到了他的尊容，尤其是那双大而无光的眼睛给高清山留下了深刻的印象。可勾连帮深更半夜爬到小区墙上干什么？高清山百思不得其解。晕晕乎乎中时间已到了16日上午七点。该交班了！高清山赶紧爬了起来，匆匆擦了一把脸。这时，接班的两位保安已准时走进了值班室。

“小高，大事不好了，14号楼出了人命啦！”小区居委会主任沃大妈惊慌失措地闯了进来。

“怎么回事？慢慢说！”高清山扶着沃大妈坐下，还递上了一杯开水。

“小高啊，哪还有心思喝水呀！14号楼的女主人昨晚自杀了。她家的保姆刘姐你是认识的。今早她来上班，发觉女主人杨雪凝在浴室里上吊自杀了。刘姐刚才哭哭啼啼地跑来告诉了我。”

“报警了没有？”高清山心里“咯噔”一下，顿时又想到了昨晚见到的那双牛蛋眼。

“已向市公安局南城分局报了警，估计公安人员马上就到。”

高清山低下头迅速思索了一阵，心中涌出一种不祥的预感。他抬头对一位接班的保安说道：“老蒲，这是一件大事。现在正好是你们接班，就由你们配合公安部门处理吧！我昨晚没睡好，头晕得厉害，需要回宿舍好好补上一觉。”

回到宿舍，高清山心绪不宁，惴惴不安。如果昨晚那个人真是勾连帮，那这桩人命案就一定同他有关。否则，他为什么半夜里穿着夜行衣偷偷出现在小区？如果案情真与他有关，事情就变得十分复杂和凶险了。昨晚，我用手电筒照清了他的脸，他能善罢甘休？当晚是我值班巡逻，他派人一查就清清楚楚，能放过我吗？这种人心狠手辣，什么坏事都干得出来。不行，我得去把昨晚小区的监控录像拿回来，再认真看看，说不定还能找出验证的线索呢！想到这里，高清山披上外衣、趿拉着鞋急急忙忙赶回了值班室。值班室的人都去14号楼了。他趁机取出了录像带，又匆匆跑回了宿舍。回到宿舍后，他在房间里不住地转悠，脑子里一团乱麻。14号楼的女主人杨雪凝他认识。此人为人低调，做事谨慎，人品端庄，性格洒脱，日子过得好好的，怎么会无端自杀呢！难道真是那个牛蛋眼干的！想到这些，高清山不寒而栗。怎么办？一时间，他又惊又怕，六神无主。不行，需要马上找人商量商量。可找谁呢？小区保安队长？谁知道他同勾连帮是什么关系？找南城区公安分局？……高清山脑子里灵光一闪，突然想到一个人。何不去找舅舅讨个办法？他拍了拍自己的脑袋，心情一下子平静了许多。

高清山的舅舅叫鲍坚。此人十八岁参军，由于为人正直、踏实肯干，一路由排长、连长、营长升到团长。但到了团长就再也动不了啦。原因嘛，据说是因为学历太低。就这么他眼睁睁看着到了部队规定的团长任职年限。没办法，舅舅前年9月主动申请转业。经部队与地方协商，被安排到天源市公安局南城分局任治保科科长。高清山能到聚春林小区任保安，还是舅舅推荐的呢！

高清山拨通了舅舅的电话，结结巴巴地说有要事需同他见面相商。鲍坚从电话中感觉到了高清山的慌乱，知道可能发生了大事，于是就约高清山上午十点到办公室见面。走进鲍坚的办公室，高清山已是大汗淋漓。见状，鲍坚打开了空调，并为他倒了一杯冷饮。

“出了什么事？不要急，慢慢说！”舅舅笑嘻嘻地看着高清山。

高清山一口喝干了冷饮，接着一口气把昨晚和今早发生在小区的事情详述了一遍，末了，还说出了自己的疑虑，拿出了小区的监控录像带。

听完高清山的叙述，鲍坚的神情变得十分凝重。“清山，你知道不知道，昨晚十一点左右，在聚春林小区旁边的金融大道上还发生了一桩人命案。一个叫赖锐的女士被人用小车撞死了。你们小区发生的案件，刚才我已得到了通知。现在，这两桩案件均由省公安厅刑警处在侦办。”

说到这里，鲍坚略显不安地站了起来，在狭小的办公室里踱起步来。“清山，聚春林小区的人命案，我听后觉得有点蹊跷。你的疑虑也不是没有道理。最近一个时期，我总感到南城区的许多事情都十分诡秘怪异，我们不得不防！我有个建议，不知道你能不能接受？”

“什么建议？”高清山急切地看着舅舅。

“聚春林小区这个保安，你不要再干了。目前，对你来说是安全第一。取出监控录像这个事，你做得很对。这盘录像带很重要，但只能先放在我这里。昨晚你看到的一切，暂时对谁也不能说。你马上以母亲病危为由，向保安队队长请假，今天即离开天源市。不过，你不能直接回农村老家，也不要同家里联系。你家里的事由我来打理。这样做是为了你的安全。坏人是无孔不入的，自然他们也会去老家找你。我介绍你到咱们县一家民营企业工作。这家企业的名字叫旺达房地产股份有限公司。公司的董事长兼总经理是我的老战友——孙纯义。他会善待你的。怎么样？同意吗？”

“我现在脑子很乱，好多事我也弄不懂，愿意一切听从舅舅的安排。”

“那好！”舅舅伏案即书，很快把一封信交到了高清山手里：“拿着这封信，去见孙老板！”舅舅深思片刻，又问高清山：“你有手机吗？”

“没有！”

“我这里有一个新手机。你拿着，但这个手机是救急用的，你平时绝对不能用。它只有一个用途：接听我发给你的信息。记着，你平时不要给我打电话。需要时，我会找你。千万不要认为这是小题大做，一切要小心为上。”

“不要回住处，立即去火车站！”舅舅又叮嘱了一句。

高清山心里沉甸甸地。他二话没说，立即搭出租车去了火车站，买了上午十点半从天源始发的直达五岭市的火车票。

离开车还有一分钟的时候，一位年轻人悄悄地溜进了车厢，四周打量一番后，见高清山旁边有一空位，即匆匆过来坐下。车一启动，他就一头趴在小桌上，佯装呼呼大睡。

“旅客同志们，现在开始验票了。对不起，打搅大家了，请予以配合。”一位年轻俊俏的女列车员，手里拿着剪票卡，满脸堆笑地从车厢的一端开始了工作。当她来到高清山身边时，他主动出示了车票。可身边的这个年轻人，却视而不见、听而不闻，一个劲地做着假睡的表演。

“同志，请出示你的车票！”列车员轻轻地推了年轻人一下，见他毫无反应，就忍俊不禁地笑了。“算了，别再装了，没买票吧？你现在要么补票，要么在下一站立即下车。这已是对你的最大照顾，按规定还要罚款呢！”说罢，列车员就心平气和地站在一旁等待。对此，一些乘客也有了意见，他们齐刷刷地向年轻人投来责备、鄙视的眼光。

年轻人终于不好意思地抬起头来：“我身上现在一分钱也没有。能不能我先给您写一张欠条？等到五岭市找到熟人借到钱后，我一定专程找您把钱还上，请一定要相信我！”

听到这个年轻人的此番话语，车厢里一阵哄然大笑。“小伙子，天下哪有这样的美事，坐火车还欠账！”“哼，没钱就别坐车！”“一个大男人，竟这样丢人现眼！”……乘客们七嘴八舌的议论、讽刺让年轻人无地自容，脸涨得通红，眼眶里蓄满了泪水。

列车员知道，这个年轻人说的，十有八九是实情。一时间，她有点同情，也有点犹豫。

“票价是多少钱？”高清山轻轻地问了列车员一声。

“十元！”

“我看这位兄弟不会骗人。来，我替他补票吧！”说着，高清山把钱递到列车员手里。

“哇”的一声，年轻人突然放声大哭。

“别，别，别！出门在外，谁也保不齐会遇上点难处！有了难处，大家搭把手，一切都会烟消云散。”高清山急忙劝慰。

年轻人一把抱住高清山，哭得更伤心了。

“兄弟，常言道，一分钱难倒英雄汉。”高清山打量了年轻人两眼，心中已有了答案。于是，他拍了拍年轻人的肩膀，一边劝慰，一边半开玩笑。“今天，你这位老弟，可真算是英雄落难了。”

“老弟，贵姓？”

“姓李，名猛川。”

“你也去五岭市？”

“是！”

“出差还是回家？”

“回家！”

“老家在哪个县？”

“岭潭县！”

“那个村？”

“老李营！”

“老李营？哈哈，真是越说越近了。我的家在高家庄，离你们村超不过十里地。我叫高清山。俗话说，老乡见老乡，两眼泪汪汪！看来此话不假！”高清山高兴地又拍了拍李猛川的肩膀。“我看老弟人高马大，不是好吃懒做之徒，怎么会混成这个样子？如果你愿意，老哥我愿听端详！”

一句话刺到了李猛川的伤心之处，大滴眼泪又从他脸颊上滚落下来。一天多来所碰到的事情，让李猛川悔恨交加，感慨万千。他曾悲观地认为，时下人间的温暖太少了，世间的好人太少了。可眼前坐在自己身边的这个人，不正是一个难得的好人吗！他的言行举止，不正温暖着自己这颗受伤的心吗！难道这个人还不值得自己与其相交并完全信任吗？于是，李猛川对高清山敞开了心扉，详细地对他讲述了这些年自己走过的道路，也谈到了自己昨晚在聚春林小区所见到的一切……

李猛川在小学、初中时，因顽皮贪玩，学习成绩一直不好。进了高中，成绩更是一路下滑，经常处在全年级的最后三名，为此经常受到老师的批评和父母的责骂。这既伤了他的自尊心，也毁掉了他继续学下去的勇气。于是，他背着父母辍学，伙同村里的另外几个孩子，私自跑到了河南少林寺武术学校。因年龄偏大，学校最初并不愿意接收他们。经不住他们的再三哀求，校方最后同意他们进入学校的补习班。这个李猛川虽然对读书兴趣不大，但对武术却很专注，也可以说如醉如痴。但他毕竟年龄大了，比起那些自幼就开始习武的孩子来讲，腰、腿、臂都发硬了，难以在武术方面有更大的作为。好在学校有一位老师，见李猛川肯吃苦不惜力又有一股狠劲，就因材施教，指导他练了几路外家拳和一些硬功夫。老天不负苦心人！三年下来，他竟学有所成，特别是在拳脚上还练就了一些独到之处。然而等他拿到学校结业证书时又傻眼了。报名参军，年龄偏大了；参加公安系统公务员招聘，学历又偏低了；到县城当保安吧，往往也是僧多粥少。像他这样没背景的人，如果真想当上保安，不但要托人，而且还得用钱打点。这对他来说无疑是一个天大的困难。回家务农呢，又不甘心。万般无奈之下，他就只身来到省城天源市打工。东奔西跑，四处打听，最后李猛川找到一家建筑公司。工地经理把他从上到下仔细打量一通，叹了口气，告诉他：“兄弟，你是第一次出来打工吧？我看，干技术活、细活，你可能不行。但干粗活、重活倒很合适。你如果愿意，就在工地负责搬运砖瓦吧。不过干这种活工资很低，每个月我最多只能付你一千元，且不管食宿。当然，我心里也很清楚，这点工资是少了一点。可我也没有办法啊！现在的建筑行业是层层承包，就如同一只宰掉的羊，好肉和油水都让前面的几道承包商轻轻松松地拿走了。到了我这一层，就剩下一些碎肉、骨头和残渣了。我也是哑巴吃黄连——有苦说不出。如果不按他们的规矩办，我就揽不到项目；如果不在工资与用料方面做点文章，我这个公司恐怕连一分钱也赚不到，弄不好还得赔钱呢！看样子，你是个老实人，我也就实话实说。你要愿意干，明天就来工地上班。不愿意干，我也不勉强。”

能有什么办法呢？还有别的选择吗？不干也得干！无论如何，先得混饱肚子。就这样，李猛川在这家公司一干就是六个月。由于干的是重活和脏活，一天下来，人像散了架一样筋疲力尽。不过，最要命的还是睡觉和吃饭。这么点工资，如果敞开肚子，恐怕连饭钱都不够。所以他几乎天天只能是馒头就开水。实在馋了，就到旁边的一家小饭馆，要上两升啤酒和一斤猪头肉撮上一顿。即便如此，每月还得用去六百多元。干重体力活，休息好很重要。可晚上能到哪里去睡呢？住旅馆？白日做梦！住城区楼房的地下室，一个床位每月也得支出三四百元，根本不敢问津。没办法，只好晚上和衣睡在工地的存料棚里。六个月下来，人整整瘦了一圈，且衣服脏、头发乱、胡茬长，活像个从监狱里逃出的囚犯。

到了七月初，农村要收麦子了，更重要的是实在不想再干下去了。于是，李猛川向公司请了十天假。他到公司结了账，好歹还拿到了两千元。钱虽不多，可毕竟是自己生平第一次靠汗水挣来的，回家也好向父母有个交代了。望着手中的两千元人民币，李猛川心里美滋滋的。吃过午饭，他第一次来到市里最有名的一家百货大楼“云仙城”。他一心想为父母买上几样东西，可东转转西转转，价格便宜的自己看不上，自己看上的又贵得吓人。最后好不容易瞄定了一顶帽子和一双布鞋。谁知一摸口袋，钱不知什么时候不翼而飞了。李猛川大惊失色，人像泄了气的皮球瘫倒在地上……不知过了多久，也不知自己是如何挪动的身躯，夜深之后，他才如丢了魂似的返回了工地。他躺在水泥袋上，望着满天星斗，回想着这几年所经历的一切，伤心的眼泪潸然而下，同时心中也生出一种愤怒和怨恨。老天对我太不公平了，连一点活路都不给了。同样是人，为什么会有如此大的差别？现在，自己身无分文，又举目无亲，下一步可怎么办？他的思绪在绝望地翻腾着。突然，传来一阵窸窸窣窣的声音。有贼！他本能地站起身子大喝一声。昏黄的月光下，只见一个人影扔下肩上扛的东西仓皇而逃。不知为什么，望着小偷渐行渐远的身影，他的脑子里突然闪过一个可怕的念头：偷？偷？对，眼下只有偷才能解决自己的窘境。何况，偷一点富人的东西，也算是劫富济贫吧！且只偷一次，下不为例！想到这里，他既感到心安理得，又觉得看到了希望，身上也一下子来了精神。接着，他就开始盘算如何行动。于是，就有了昨天晚上李猛川的那番行动和见闻。

从天源市到五岭市的列车是一趟慢车。动车组和高速火车当时尚在筹建之中。因此，二百多公里的路程，列车竟停停站站地摇晃了四个多小时。期间，乘客还得在车上用一顿午餐。到了开饭的时间，高清山连问都没问，就订了三份盒饭，并把其中的两份递到了李猛川手上。李猛川从昨天下午到现在几乎是水米未沾，实在饿极了，所以，也不推辞，埋头一阵狼吞虎咽。在李猛川用餐的过程中，高清山一直在不停地思索。见他用餐已毕，他就拉着李猛川来到两节车厢交接处的过廊里，同李猛川作了一次严肃的谈话。

“猛川，那个U盘还在你身上吗？”

“U盘？你是指那个小小的长方形薄片？在！”李猛川边说边从上衣口袋里把U盘掏了出来。

“昨晚的事，除我之外，你没告诉过其他人吧？”

“没有，绝对没有！”

“老弟，昨晚在聚春林小区旁边的大道上，还有一桩人命案，一个少妇被人用小车撞死了。”

“啊！”李猛川的身子像条件反射似的抖动不已。

“我觉得这两桩人命案存在着某种神秘的联系，很可能背后藏着一个大阴谋。”高清山面色凝重地望着车外。“我们可能摊上大事了，也许我们会帮助公安部门破获一起大案。当然，也可能会有人找我们的麻烦，甚至会要了我们的小命！”

“什么？要我们的小命？”李猛川大惊失色。

“沉住气，别紧张！如果你相信我，你这个U盘就先由我来保管。关于U盘，从现在起，对任何人都不能透露一个字！”

“我一切都听你的！”李猛川毫不犹豫地把U盘交给了高清山。

“对了，你打算到哪里去？”高清山仿佛突然想起了什么。

“回老李营！”

“老李营不能回去了。建议你和我一起去找岭潭县旺达公司的老板。他会安排好我们的一切的。眼下情况不明，需要再等等再看看。希望老弟不要见怪，能听从我的建议！”

“我没意见，一切听你的！”

……

高清山和李猛川于下午两点在五岭市下了火车，没敢丝毫拖延，立即赶到了公共汽车站，坐上了开往岭潭县的长途班车。五岭市离岭潭县有一百多公里。正常情况下，两个多小时即可到达。不料车到中途却碰到了路桥塌方，工人们紧赶慢赶，用了四个多小时才恢复通车。这样一来，晚上快九点了他们才赶到了岭潭县城。回到老家，他们总算松了口气。反正已经晚了，高清山和李猛川决定，干脆吃过晚饭再去找孙老板。两人围着车站转了大半圈，最后转入一条小巷，找到了一家风味小吃店。两人立即要了四瓶冰镇啤酒，几样小菜，外加四个驴肉火烧。之后，他们在等待驴肉火烧的过程中，坐下来一边慢慢地吃着小菜咂着啤酒，一边四处观望，打量着久违了的小城风光。突然，从巷口传来一阵吵骂声。高清山隐隐约约看到是四五个人围着一个女人和小孩。女人在大声责骂，小孩在哇哇大哭。

“不好，有流氓在调戏妇女！”高清山放下啤酒杯，一脸怒气。

“老子这几天触尽了霉头，正想找人舒舒筋骨，扫扫晦气！”李猛川袖子一卷，像箭一样射了出去。高清山怕他闹出大乱子，也急忙跟了过去。

果然不错，几个小混混正围着一个三十多岁的少妇动手动脚。有的扯少妇的衣服，有的捏少妇的屁股，有的还顺势在她的胸前摸上一把。这位少妇个子不高，不胖不瘦，穿着一身浅蓝色的朴素衣褂，留着齐耳短发，白净清秀的脸上嵌着一双大眼睛。她一手挎着个篮子，一手拉着一个五岁左右的小女孩。由于腾不出手来，只好左躲右闪，前拦后遮，虽眼中冒火，气得浑身发抖，却怎么也阻挡不了混混们的调戏和轻薄，一时间显得十分狼狈和难过。周围虽然也站了不少人旁观，却无一人肯出手相救。

见此情况，李猛川忍无可忍，身子一拧忽地一下转到一个小白脸身后，抓住他的一只胳臂轻轻一带，就把这个家伙摔到一丈开外。

“你们这帮混蛋！限你们三秒钟从老子眼前消失。否则，别怪本大爷不客气！”李猛川插着腰，目光凶狠地扫视着剩下的四个流氓。

“哟，从哪个粪坑里爬出个屎壳郎，敢在太岁头上动土？”“瞎了你的狗眼，也不看看我们是谁！他老爸是咱们县的公安局长！”其中两个混混又伸胳臂又动腿，满口胡吣，张牙舞爪。

“小四，同这小子瞎咧咧什么？”另一个穿着花衬衫的大个子，好像是他们的领头的，喝住了叫小四的话茬。“你先上去摆平这个不识趣的乡巴佬，让他知道知道马王爷几只眼！”

话音刚落，那个叫小四的混混一个箭步跳到李猛川面前，先耍了几下花里胡哨的长拳，接着一记猛掌直扇李猛川的左脸。

“来得好！”不愧是武术的练家子，李猛川一声轻喝，身子向旁边一闪，顺手攥住了小四扇来的右掌，霍地一拧，只听“哎哟”一声，小四的右臂即无力地搭拉下来，人也一屁股蹾到了地上。

“弟兄们，大家一齐上，废了这个王八羔子！”穿花衬衫的大个子见情况不妙，即带着另外两个同伙，从三个方向猛扑李猛川。

“小心，猛川！”高清山高声提醒，同时甩掉上衣，准备助他一臂之力。

“大哥，你保护好这位大嫂，不用为我担心。这几个人渣，不够我一个人收拾的。你就等着看好吧！”李猛川嘴里说着话，手里却一刻不停，运起了八卦连环掌。只见他灵若蛟龙，双脚生风，身子在三人的包围圈中腾挪闪跳，如入无人之境。说时慢那时快，李猛川突然飞起一脚，踢中花衬衫高个子的腰部，这家伙闷哼一声，身子向前一扑，趴在地上再也动弹不得。另外两个家伙见势不妙，拔腿就溜。

“哪里逃！”李猛川仰天长啸，闪电般赶到两人身后，双手分抓两人的衣领用力一推，两个人都一股脑儿摔倒在花衬衫高个子的身上。

“还想打吗？”李猛川一脚踏在一个小混混的背上沉声发问。

“不打了、不打了，请爷爷饶了我们吧！”

“还敢继续耍流氓吗？”

“不敢了，不敢了，再也不敢了！大人不记小人过。请小爷高抬贵手，放过我们！”

“滚！”

几个家伙如同得了大赦，像丧家犬一样，相互搀扶着逃去了。

这时，得救的那位少妇拉着小女孩走了过来，一个劲儿地向李猛川和高清山表示感谢。

“慧云，你们这是怎么啦？”高清山闻声回头一看，只见一个中年男人从一辆急驰而至的丰田吉普车上跳了下来。

“纯义，你可来了！”这位叫慧云的少妇拉着女孩，激动地扑到了来者的胸前。“你这是咋回事，约好八点来接我们的，怎么这么晚才来！如果不是碰到这两位小兄弟舍身相救，今晚我们母女俩可能就要毁在四个小混混的手里啦！”慧云眼眶中噙着泪水，一边诉说责备，一边把高清山、李猛川介绍给这位刚刚来到的男子，接着又补了一句：“这是我丈夫，叫孙纯义。”

“纯义万分感谢两位英雄。我有事被耽误了一下。多亏了你们，才保住她们母女的平安！”说罢，立即向高清山、李猛川行了一个标准的军礼。随后问道：“请问两位尊姓大名？”

“我叫李猛川，他叫高清山，是我的大哥。”

高清山在一旁观察了孙纯义一阵，不由得心中暗喜。真是踏破铁鞋无觅处，得来毫不费工夫！他向前跨了一步，笑着问道：“孙老板，你认识鲍坚吗？”

“鲍坚？岂止是认得！我们是战友，且一直是上下级关系。在部队里，他任副团长时，我任副营长；后来他升任了团长，我也当上了营长。再后来，他复员留在了天源，我则复员回到了岭潭。多亏现在的政策好，我贷款办了一家小公司。怎么，你认识鲍坚？”

“他是我舅舅！”高清山满脸喜悦。“孙老板，真是无巧不成书！我们俩人原本就是来投奔你的。不想我们会以这样的方式在这里见面、相识！”说罢，高清山把舅舅写的一封信递给了孙纯义。

看完信，孙纯义开怀大笑：“好，好，真是不是一家人进不了一家门。承蒙鲍兄和你们看得起我。从今天起，我们就是一家人啦！不管以后遇到什么样的事情，只要我孙纯义在，就绝对不能让你们两位受委屈。这样吧，清山，你原来干的就是保安。我看你还是重操旧业，在公司里干保安吧！

猛川，你想干什么？实话实说，不用客气。”

“我想同清山大哥一起干！”李猛川看了高清山一眼。

“好，就这么定了。对原来的保安人员我会做一些调整。往后，你们就是我的好朋友、好兄弟。公司保安这一摊工作，我就交给两位老兄了。走，咱们回公司去！让你嫂子准备几个菜，今晚我们好好喝上一顿。”

吉普车载着五个人，在街道上轻快地奔驰。放眼车外，月光如水，华灯灿烂，人声如歌。

三

三江省省委书记令狐毅又度过了一个失眠之夜。

天刚刚亮，他再也受不了失眠的痛苦折磨，索性从床上跳下，披上外衣，趿上拖鞋，捧起茶杯，蹑手蹑脚地来到二楼东边的阳台。

令狐毅一面啜茶一面漫不经心地环视着这座精致实用、饱经沧桑的二层小楼和周边两亩见方的院落。院子虽然不大，却处处充满着一种宁静与清爽。这处院子位于天源市中心公园的西北角，三面簇拥着茂密的修竹，东面则是一片地毯般的草坪。草坪静静地向前延伸，直到中心公园的荷花湖边。此时，湖水如镜，天蓝如洗。蓝天带着白云，静静地映在湖底。远处，青山隐隐，氤氲缕缕，万木葱茏，翠色似海。据省文史馆的老馆长讲，这一片地方连同这座小院，自清乾隆朝起，就一直是附近三省的一处高级官驿，专门接待来来往往的二品以上的大员。

又是一个风和日丽的早晨。空气中弥漫着阵阵花气草香，林梢上挂着些许薄雾，凉风习习，群鸟鸣啭，如诗如画，令人心旷神怡。太阳从东边的山后羞涩地偷偷露出脸蛋，几片早霞抹到了院中两棵苍松的巨大树冠上，呈现出一种奇妙的壮观。令狐毅游目所及，不觉一震。自己在这里居住多年，还从未认真观赏过如此美景。他凝目细察，只见这两棵红松，宛若一对孪生兄弟，拔地而起，并肩屹立。每棵树的干径均超过两人合围，笔直的树身红中透黑直插云天，冠荫如盖，荫蔽着整个小院。它们发达的虬根部分纵横于地表，部分深扎于土中。裸露在地表上的树根，根根如铁，粗壮似腕，像血管一样，盘满了树下，铺遍了院落。传说，当年林则徐虎门禁烟遭皇帝贬谪充军后，在前往流放地伊犁的路上，曾在此逗留数日并亲手栽下了这两棵红松。望着它们苍劲的身影，令狐毅触景生情，心中涌出颇多感慨。树之所以能长大成材，全靠有根有土有人护养。树犹如此，人岂能违？

令狐毅生于1942年，五岁丧父，一直由母亲含辛茹苦抚养成人，幼时常遭人欺凌，受人白眼，历尽艰辛。新中国成立后，在党和政府的关心、支持下，他顺利地完成了学业，1965年大学毕业后被分配到国内当时最大的一家机床制造厂任高级技术员。正当他踌躇满志准备大展身手的时候，“文化大革命”的风暴席卷了全国。他虽十分不理解甚至厌恶这场所谓的革命，但又身不由己无法抗拒。于是，他根据母亲的要求，采取了“鸵鸟政策”，不参加任何派别，不掺和厂里的任何是非，终日躲在车间里，心无旁骛地钻研技术，废寝忘食地收集、整理国内外各种相关资料和信息，渐渐地成了厂里的一名技术骨干，后来还担任了厂里技术设备科的科长。特别是他下大功夫设计、试验，与他人一起制造成功的数控机床，当时是走在了全国的最前列，也赢得了工人和领导的尊重。所以在刚刚结束“文革”的1978年，三十六岁的他即被破格提拔为省工业局副局长兼科技处处长，1984年又升为局长，从此官运亨通、一路升迁，1987年任省分管工业的副省长。不幸的是，他在1991年生了一场严重的肝病，动了一次大手术。1993年他病愈恢复工作不久，就被中央任命为一个省的省委副书记，1996年改任省长，2002年调三江省任省委书记。令狐毅在官场之所以能一帆风顺，主要得益于时代的恩赐，亦受惠于各种机缘的巧合。

令狐毅在任省部级领导的二十多年中，逐渐形成了自己的一套为官之道，归纳起来就是两个词：听话，谨慎。所谓听话，就是听上级的话，听领导的话。他常讲，处长要听局长的话，局长要听省长的话，省长要听省委书记的话，省长、省委书记则要听中央、国务院领导的话。听领导话的态度，不但要看对领导公开讲话的态度，更要看对领导私下交代事情的态度。他认为自己能有今天，均有赖于领导；他的职位能不断提升，均源自听话。同时，令狐毅还觉得只有听话，工作才有规矩，上下才能有序。所以，这些年来，他所到之处，不但要求自己要听上级的话，同时也要求下级与同事也要听他的话，并把此作为自己识人用人、提拔干部的一个重要标准。

谨慎是令狐毅一生为人处世的信条。诸葛亮一生唯谨慎，所以成为千古名相。自己比不上诸葛亮，则更须谨慎。谨慎有两面，一面是对自己，一面是对工作。对己而言，他始终律己甚严，自重清醒，不近女色，不贪钱财。所以久居高位，从未发生过这方面的流言蜚语。在待人接物方面，周到细致，从不疾言厉色。为此，他既得到了下级与群众的好评，也经常受到上级的赞扬。对待工作，他一再强调，要多听听上级的意见，要向周总理学习，事事举轻若重。每临大事，要多看、多虑、多思考，应一慢二看三通过。他认为，作为高级干部特别是主政一方的大员，只要在其任内不出大乱子、不发生恶性事端、能稳住局面，就算基本合格了。为此，担大任者要时刻警惕惹大祸、犯大错。要学晚清的左宗棠：发上等愿，结中等缘，享下等福；择高处立，往中处住，向低处行。在全局上，既不冒尖，也不落后。平心而论，在当前的形势下，作为一员封疆大吏，令狐毅能做到这些，已算比上不足比下有余了。

不过，世上的万物都是在不断发展变化的。做人做事如同逆水行舟不进则退。令狐毅的这样一套为官哲学，在一般情况下，还是可以混得下去的。可自从我国实行市场经济以来，中国的经济与社会发生了十分复杂深刻的变化，过去从未遇到的矛盾和问题，都在不断暴露和积累。在这种情况下，作为一方大员，还想同过去那样，事事听上面发指示、处处要上司耳提面命，已是不可能的了。可是失去了这一点，令狐毅一下子仿佛没了靠山和支柱，心里空落落的。所以每遇大事，总是犹疑不决，左顾右盼，不敢拍板也不敢决断。最近两年，干脆变得“无为而治”，不求有功但求无过了。另外，令狐毅幼年时的坎坷遭遇，在其内心深处埋下了一个挥之不去的阴影：就是生怕别人不尊重自己、看不起自己。登上省部级领导高位后，所到之处，见到的都是对自己的毕恭毕敬，听到的也处处是赞扬甚至吹捧。在令狐毅眼里，这种尊敬和赞扬，尽管有些是言不由衷的，但也不失为是对自己做人做事成功的肯定，从而在心灵上感到一种慰藉与满足。“听话，谨慎”的政治哲学，再加上晚年心理状态的微妙变化，就化合转变出两种后果：一是他十分看重面子。不管是什么事，只要照顾了他的自尊心，给足了他面子，一切都好说好商量；反过来，如果有人当面反对他的意见，驳了他的面子，不但事情办不成，还会被认为是不听话，公然冒犯了他的尊严，从而产生出一种忌恨，久久不能忘怀，有时甚至还会采取一些打击报复的行为。省领导中的不少人，正是看准了他的这些弱点，许多重要的工作部署尽管塞满了私货，却每每都是打着他的名义进行；一些善于奉承钻营的干部，则投其所好，处处溜须拍马，事事迎合敷衍，并为此常常得到他的赏识和提拔。二是十分在意自己的名声，总想在自己退下来后，能在三江省留下一个完美的形象。这虽是人之常情，但因考虑过多，就成了一个包袱，变得谋事缩首，断事缩脚，患得患失了。

一阵大风吹过，让昏昏欲睡的令狐毅清醒过来。他喝了一口茶，又想起了另一桩心事。令狐毅的家庭，堪称和睦，但算不上美满。老伴米云比他小一岁，是他大学同学，学的也是电机专业。自令狐毅担任省部级领导以来，她就夫唱妇随，甘做贤内助，工作单位自然也就经常变动。对此，老伴毫无怨言。2003年她从省档案局副局级巡视员的岗位上，正式办了退休手续。两人育有一子一女。儿子十五年前在一次车祸中丧生。女儿令狐可，出生时难产，医生在助产时不小心让产钳伤了孩子的左脑，所以生下来后就一直有点痴呆，后经多方医治，智力有所恢复，生活尚能自理。老伴费尽千辛万苦，终于让她上完了小学、中学，并勉强在一所高等职业学院行政管理系毕业。但在家待了好久，一直找不到一份合适的工作。为了此事老伴经常在令狐身边唠叨："老头子啊，我们都老了。你一生为官清正，固然是应该的，但也要把退下来后的晚年生活事先好好地安排一下。特别是女儿的工作，一定要有个稳妥的去处。否则，一旦我们去世了，她孤苦伶仃靠谁生活啊！何况，时下的人情世故，是人一走茶就凉、有权不用到期就作废了。三江省是你工作的最后一站，看来我们只能在此颐养天年、了结此生了。为此，一定要找一个靠得住、忠诚于你的人来接班。我们不求别的，只希望在你退下来之后，有人能继续真正在生活上关心照顾我们。"起初，令狐毅对此并不介意，认为老伴是咸吃萝卜淡操心。后来被发生在去年二月的一件事深深地刺痛了。二月中旬，他因患感冒突发高烧住进了医院。在住院治病的十多天中，除了秘书和省委秘书长陈刚轮流到医院探视、照料外，其他省里的头头脑脑竟无一人到病房造访。病房安静倒是安静，但安静得有点冷冷清清。刚开始他并没感到有什么不妥，因为这是他一贯对此类事情的要求。后来发现，同样是患感冒住院的天源市市委书记艾观波的病房里，却天天是门庭若市，热闹非凡。白天晚上来看望的人络绎不绝，送的水果花篮，摆满了病房，挤满了走廊。这种场景重重地撞击着令狐毅的敏感神经，疑心和不安搅得他常常难以安眠。自己还未下台，人情就已变得如此冷漠了。自己一旦下台，不知会进一步变成什么样子！所以后来当老伴再在他面前念叨此事时，令狐毅不禁怦然心动，觉得言之有理，自己确实应该认真对待了。自己一生廉洁不治家产，到了晚年，无论如何应做好安排，以确保以后能生活得安逸、舒适。唉，岁月弹指，往事历历。一切恍如昨日，一切又令人感慨。

“令狐书记，凉茶伤胃。来，换杯热的吧！”不知何时，保姆端着茶盘上了阳台。他抬头看了看保姆，从茶盘上拿过一杯热茶呷了一口，身子向后一靠，又陷入沉思。哎，真是岁月催人老，年龄不饶人啊！屈指算来，自己到三江省任一把手已经届满。本来，2007年省委就该换届了，由于某些特殊情况，中央同意将换届工作推迟到2008年。去年年底，中央领导同他交换意见，认为不能再拖了，2008年无论如何应该同时完成省委省政府的换届工作。今年六月中旬，中央组织部还派人来征求他对新一届省委省政府班子主要领导接替人选的想法。现在，已到七月中旬了，对有关人选，特别是对接替他的人选仍是犹豫不决，难下决断。他心里十分清楚，对这件大事，必须对中央有个明确态度。否则，就不能说自己站好了最后一班岗，也不能算自己对中央尽到了责任。

到底谁最合适呢？令狐毅眯起双眼，眺望远山。于振天？按惯常稳妥的做法，他现在已是三江省省长，由他转任省委书记，堪为水到渠成、顺理成章。可不知为什么，自己就是有点不放心。一个省的省委书记，就形同过去的封疆大吏，必须要替中央保一方平安，守一方职责，造一方福祉。于振天这个人，一直在省内做官，人脉广、关系多、根基深厚，可谓典型的地方实力派。这些年，他同自己配合得还算不错，大的方面尚能同自己保持步调一致，平时对自己也比较尊重，从未直接反对过自己的意见。可这个人胆子太大，作风不大检点，且好大喜功，爱拉拉扯扯。政治上灵活有余，原则性不足，实用主义很强。最近一个时期，不少人向省纪委反映、举报，说他拉帮结派，包养情妇，支持子女搞不法经营，还为接任省委书记一事，暗中四处活动、到处拉拢……唉，这个人很多方面不像自己，不十分合自己的胃口。那章一民呢？这个人现在是省委的常务副书记，同自己一样，出身清贫，勤奋肯干，且敢于负责勇于担当，又一贯廉洁自律。几次民意测验，均得票率最高。按理说应是接任省长甚至书记的合适人选。这些天，章一民的身影一直在自己脑子里来回闪现，欲定不能，欲弃又惜。章一民同于振天的最大的区别，是不谋私利，持身严苛，政治坚定，作风踏实。说实在话，章一民曾经是自己最赏识的一个人。为培养章一民，自己也下过一些功夫，两人的关系在很长的时间内也是和谐默契的。但不知什么原因，最近一年多，他对章一民越看越不顺眼，愈看愈生气。除了章一民同自己日渐疏远、交往越来越少外，最让自己不能容忍的，是从去年开始，他在三江省国企改革、城镇化建设、天源市改扩建等一系列问题上，公开表示不同意自己和省长共同制定的原则和方案，两次在常委会上表示激烈的反对意见。当有关方案与原则在常委会上通过后，他仍持保留态度。这就触及了自己的底线，极大地伤害了自己的尊严和面子，也分明是对自己的一种公然冒犯和背叛。很大可能是章一民见自己马上要退出历史舞台了，就露出本来的面目，搞政治投机。这可是一个思想意识和政治品质问题。章一民目前就这么狂妄、目空一切，真让他当了省委书记或省长，还能把谁放在眼里？还能听谁的话、谁还能驾驭了他？还有一件事，更让令狐毅寒心。在女儿的工作安排上，去年年初，他曾亲自约章一民谈了一次话，请他这个分管组织人事工作的副书记多关心关心，并按老伴的意愿表示，女儿是学行政管理的，为避免后顾之忧，最好能安排她到省委组织部门或省政府劳动人事部门工作。说实在话，为女儿的事，自己拉下面子、亲自出马求人还是生平第一次，也是犹豫再三才下了决心的。这也无疑是对章一民的一种信任和重托。谁知章一民听后只是简单表示，这件事一定尽力办好。过了一段时间，他向令狐书记当面汇报，经和各方面反复研究，认为令狐可的身体状况不适宜在省委省政府组织或劳动人事部门工作。如果真这样安排了，不但是对令狐可不负责任，还会影响老书记的清誉。为此，章一民建议令狐可到省档案局或省图书馆工作。同时，章一民还十分真诚地表示，今后不管遇到什么情况，自己都会对老领导和令狐可负责到底。令狐书记听完这些，脸都气青了，狠狠地瞪了章一民一眼拂袖而去。令狐可当然也不会听从章一民的安排，至今还待在家里。对这几件事，令狐书记至今回想起来，仍耿耿于怀、气愤难平。那么，关于省委书记、省长，自己该建议由谁来担任呢？外派还是内部产生？难道让单会涛出任？此人是空降到三江省的，现任省委常委兼宣传部长。单会涛的父母均是老革命，在京有很硬的背景。最近，上边老有人暗示，请三江省委给单会涛压更重的担子。这个人作风轻浮，眼高手低，志大才疏，善于在上层钻营，精通吃喝玩乐之道。据说，见了美色女子就挪不开腿，身上不乏纨绔子弟的恶习。难道上边有意在省政府换届时让他升任省长？令狐毅对这种人天生有一种厌恶情绪，也根本入不了他的法眼，到一边待着去吧！单会涛的影子在令狐书记脑子里闪了几闪，就随风飘去了。

“老头子，已八点多了，该用早饭了！什么事让你如此心神不定、坐卧不宁？”老伴米云边上饭边发问。

“什么事，大事！”令狐毅没好气地回了一句。他端起茶杯，慢慢踱到餐桌前，心不在焉地端起碗喝了一口牛奶。

“令狐书记，怎么才刚用早餐啊！”随着话音，省委常委、天源市市委书记艾观波满脸堆笑地推门而入。

“噢，是老艾呀？请坐！这几天我一直睡眠不好，起得晚了！”令狐毅打完招呼，继续低头用着早餐。

对这位市委书记，自从去年目睹他病房的热闹景观后，令狐毅对其一直看法欠佳，存有重重的戒心和警惕。可艾观波在受到了令狐书记的忠告和批评后，不但没有露出丝毫的不满，反而千方百计加快向这位书记靠拢。凡是令狐书记决定和支持的事情，他都积极表态、坚决执行，且在执行中常有建设性的补充与完善。除此之外，艾观波还不停地寻找机会，密切同老书记私下的接触和交往。从今年一月份开始，每个月艾观波都要亲自到令狐书记家走动上四五趟。起初，他来时既不带东西，也不事先预约。不过，每次来的时间都卡得很准：一是老书记必定在家，二是老书记心情必须极佳。渐渐地再来时，每次都好像不经意似的为老书记带来一些他或老伴喜欢的家常东西。什么新鲜的荔枝啦，阳澄湖大闸蟹啦，西湖明前龙井啦，舟山的黄鱼啦，邻省的时令蔬菜啦……每样东西带得都不多，刚好够老两口吃上几顿。每次艾观波到了令狐书记家里，就是坐下来喝喝茶，陪老书记聊聊天，或者同他杀上一盘棋，从不谈政务，不涉及人事，更不会求助私事，千方百计让老书记感到轻松、自在。久而久之，令狐毅不知不觉中改变了对艾观波的看法。他和老伴都觉得这个人挺讲交情，处事亦挺有分寸。老两口平时不喜欢别人到家叨扰，但对艾观波却是例外，几天不见，就好像缺了点什么。

“老书记呀，一个堂堂的老省委书记，在一些国家就如同总统，就住这么个房子？”艾观波一边在客厅里四处溜达，一边发着感叹。

“你说，一个省委书记该住什么样的房子？对这处房子我很是知足了。眼下担心的是怕连这样的房子也住不长呢！”令狐书记依然埋头用餐，试探性地反问了一句。

“这房子您住不长，谁说的？”艾观波煞有介事，满脸的不满和诧异。“依我看，您也该换更好的房子啦。老书记，不是我说您，即使您不换住处，这房子也早该彻底翻修一次了。屋里家具也应见见新了。如此苛求自己，在全国的省委书记中，恐怕您也是独一份了。”艾观波知道，这话老书记最爱听。

“到今年年底，我就该卸任了。这房子，按惯例，还得腾出来，让新上任的省委书记入住呢！”艾观波的话虽让令狐书记好受、中听，但也恰恰勾起了他的心事。

“老书记，多虑了！这房子，您如果愿意住下去，到时我会去向新上任的省委书记和省长说明白。我就不信，偌大个三江省就没您这个老书记住的房子？如果您不愿意在这里继续住下去，天源市愿为您另安排一个更好的住处，这事包在我身上。我这个市委书记还是有这点权力的。”艾观波心如明镜。当下最不能得罪的领导，是快要退下来的老领导。

令狐毅和老伴看到艾观波的这番表态，嘴上是没说什么，心里却暖乎乎、乐滋滋的。

“老艾，这边坐。我们再随便聊聊。”令狐毅神态舒坦了许多，态度也变得热情起来。

“听说最近有一些干部，对省委这些年的工作意见挺多。你听到了没有？我很想了解一下。你知道多少就讲多少，照实说，不用客气。”令狐毅倾斜着身子，神情严肃而认真。

艾观波心里“咯噔”一声。老实说，他今天来没准备谈这个问题，也不打算谈及。怎么办？他明白老书记的用意。

这不是随便问问，而是在试探自己的态度。当然，也给自己出了个难题。说得好，中了老书记的心意，无疑对自己大有好处；如果说得不好……他竭力稳住脸上的笑意，表面平静如水，心里翻江倒海。“我们市委的几位主要领导在一起议过几次。大家一致认为，老书记这几年主政三江省，既稳健又开拓，经济持续健康发展，社会和谐安定。特别是在党的建设和干部队伍选拔培养方面，老书记坚持标准，坚持原则，开创了三江省改革开放以来最好的局面。”这几句话，看似平淡老套，但在官方语言里，分量却是很重的。老书记听后，心里有一种说不出的愉悦和畅快。

“当然，也有一些杂音，不过无关大局。”艾观波用眼角瞟了老书记一眼，不失时机地又抛出这句话来。

“什么杂音？”

“说老书记越来越求稳，越来越自尊，越来越听不进不同意见了！”艾观波双眼眯成一条缝，里面的眼珠子在偷偷地闪动。

“是吗，我是这样的人吗？”

“不是，您当然不是。他们是以小人之心度君子之腹！”艾观波刹那间退尽了脸上的笑容，换上了一副严肃和认真。

“你知道都是谁在这样议论？”老书记低沉地问了一句。

“是省委大院里的一些人。”艾观波故意吞吞吐吐、期期艾艾。

“不愿说就算了。有议论也属正常。我只是想做到心中有数，以便能为中央、三江省站好最后一班岗。”

令狐毅说着站了起来，做出一副大度的样子，并有意要中止此次谈话。

“不是不愿说。有些话我也是听来的，怕说得不准会影响领导之间的关系。”艾观波及时捕捉到了老书记的弦外之音，意识到此时不说，更待何时！“我听市委办公厅的几位负责同志反映，最近一个时期，于省长和章副书记，特别是后者，和一些人来往甚密，且经常大发议论，其中不少内容都涉及老书记的功过。”

老书记心里一沉，一股怒气腾腾而起。艾观波见火候已到，就狡黠地转了话题。“您的身体好像不太好。人老了，要注意营养、要重视滋补。”说着向站在门口的秘书招手示意，自己也马上走了过去，稍顷就提着两个袋子返回。

“前几天，我的两个亲戚从东南亚回来，为我带来一些上好的燕窝、鱼翅和西洋参。您知道，我的身体一贯很好。对我来讲不是要增加营养，而是要减少营养，防止营养过剩。”艾观波的脸上又挂起一层真诚的笑意。

令狐毅看着这些滋补品，心中闪过一丝不安。但看到艾观波满脸的真诚，就少有地没有当面拒绝。“你常来看看我们，我们已十分高兴了。以后千万不要再送这些东西了，既华而不实，又影响不好！”

“这有什么？只是我本人的一点心意。您放心，绝不是用公款购买的。不过，既然老书记说了，我以后保证再不送这些东西了。”

令狐毅和老伴对看了一眼，两人的心中感到一种从未有过的舒坦。

这时，令狐可睡眼惺忪地从卧室里走了出来。艾观波扫了她一眼，心里顿时明白了几分。

“是令狐可小妹妹吧？”艾观波不惜降低了自己的身份。

“什么小妹妹，是您侄女！可儿，叫艾叔！”米老太太赶紧发话纠正。

令狐可极不情愿地叫了一声，即趋到餐桌前用起了早餐。

“阿可的工作还没安排好？”艾观波早就从别人口里知道了关于她工作安排方面的故事，故作吃惊地问了一句。

“没有，真让人操心呐！”米老太太气哼哼地说道。

艾观波“忽”地站了起来，在房间里急速地走来走去。“这样吧，由我来安排！”他停住脚步，斩钉截铁地说道：“不像话，一个省委老书记的女儿连个工作都安排不下去！我看就安排到我们市委组织部吧，谁有意见就让他们找我提好了。小可，去了先从干事做起。好好干，以后叔叔绝不会亏待你。如果没意见，明天就去上班！”

“没意见！”令狐可高兴得跳了起来。令狐毅和老伴的脸上也绽出满意的笑容。

艾观波见状心中一阵窃喜。他自然明白事情见好就收的道理。况且，这次来访的时间已经不短了。于是就及时而又自然地起身告辞了。

望着艾观波远去的身影，令狐毅和老伴心中都有一种碰到可信赖朋友的感觉。他们久存于心、苦苦寻找的东西和人，似乎都找到了。

“老头子，艾观波这个人，我看行。身为一个省会城市的市委书记，上管党、政、经、社各个领域，下率近千万群众，当个省长有什么不可？不要再考虑那个章一民啦！艾比章更全面、更有情义、更忠诚可靠。有他当省长，我们晚年的生活，就一切无忧了。”米老太太很少有这样的感慨，也从未发过这样的评论。令狐毅多少有点吃惊地看了看老伴，轻轻地点了点头。

四

人逢喜事精神爽，好运来时不用忙。从老书记家里出来，艾观波的心里像灌了蜜一样，美滋滋甜润润的。天仿佛更蓝了，地似乎更阔了，眼前的一切都依稀变得更美了。真是功夫不负有心人！经过几个月的苦心揣摩，艾观波今天终于把准了老书记的脉搏，摸透了老书记的心事，也抹掉了他在去年二月住院时留在老书记心中的阴影。现在，一切都可谓烟消云散了。“我正在城楼观山景，忽听得城外乱纷纷……”艾观波越想越高兴，越琢磨越舒坦，情不自禁地哼起了诸葛亮在京剧《空城计》里的唱段。他本想叫车来接自己，但心里一高兴，浑身就来了力量。于是，他反背着双手，一路溜溜达达地回到了市委办公大楼。一跨进办公室，他即嘱咐秘书，自己今天有要事需要静心思考。因此，不管何人来访，一律挡驾。说罢，关上房门，沏了一杯新到的明前龙井，洋洋自得地躺到了客厅的长沙发上。

艾观波中等身材，挺着微微发福的肚子，前额圆圆的，头有点秃，脖子又短又粗。两只不大的眼睛，一天到晚都是笑眯眯的，谦恭的笑容也时刻堆在脸上，活像一尊弥勒佛，又似一位和蔼的慈善家。他这副尊容，常常给人一种忠厚、蠢笨的感觉。艾观波1981年在大学政治系毕业后，被分配到三江省省政府政研室工作。因思路敏捷、文笔通达，深得领导的赏识，不到三十岁就当上了处长。当时的他，真是豪情满怀，春风得意。他在有关全省经济、社会改革发展的思路方面，常有一些独到的见解，提出过一些大胆的建议。但人怕出名猪怕壮。他的年少气盛、锋芒毕露，无形中得罪了一些人，遭到不少人的嫉恨。加上不谙官场规则，为了一些政策与措施，经常与领导争辩得面红耳赤。为此，让室领导、分管的副省长甚至连省长都产生了反感。不久，领导就以深入基层调查研究为名，先把他派到一个五十人的小厂任副厂长，后又让他去五岭市一个小县——岭溪县任副县长。人不怕受打击，但怕不明白为什么受打击；人也不怕遭受挫折，但更伤心的是搞不清楚为什么会遭受挫折。这种不明不白的变相惩罚，对艾观波这个三十出头的年轻人来说，无疑是一头雾水，百思不得其解，简直是当头一棒，把他打懵了打傻了。从此情绪低落，萎靡不振。后来他遇到了当时任五岭市市长的章一民。在章一民的耐心开导下，艾观波经过一段苦苦思索，终于又振作起来。

不过，艾观波的这次重新振作，是对自己过去的彻底否定，也是对自己人格的一种扭曲。艾观波错误地认为，自己过去的失败，是源于自己的锋芒太露、得罪人太多，根本原因是自己没同领导搞好关系。为此，他暗暗下定决心，今后一定要“藏巧养拙”，奉行“四不”主义：不冒尖、不建言、不得罪人、不种仇恨。于是，艾观波变了。人们看到的不再是那个目光敏锐、才华横溢的艾观波了，而是一个沉默讷言、玲珑圆滑、一天到晚乐呵呵的小老头。担任县长之后，他就开始认真小心地践行自己定下的这套为官哲学。艾观波知道自己没有显赫的背景，更没有过硬的靠山，一切要靠个人奋斗。为此，他把领导、同事和下级，都看成自己赖以立身成事的最大人力资源，也是确保自己在官场立于不败之地的核心人脉。为此他在处理同上级领导的关系时，十分注意扬长避短，一般不去搞送礼、贿赂这一套，而是在听话、不顶撞和揣摩领导真实意图上下功夫。不管自己直接上级的能力如何低、人品如何差，表面上都一律俯首迎合，处处顺从。对领导的指示，正确的当然要执行，不正确的也要执行。但在具体执行过程中，缓事可以急办，急事可以缓办，有的亦可拖而不办，关键是拿捏得恰到好处，避走极端，不能影响自己的升迁。在领导面前，牢记不能公开驳领导的面子，伤领导的自尊，抢领导的风头。对于同事和下级，则坚持多栽花、少种刺，用好小恩小惠。同事中，谁有了高升的机会，只要不危及自己的官运，他都极力推荐，多烧高香，“礼送出境”。对下级，多表扬、少批评，同时要多在关心他们生活上做文章。于是，在其主政的地方，出现了在别处根本见不到的现象：他一般拒绝下级给自己送钱送物，反过来每临逢年过节，自己则常常要给下级发送各种礼包。下级人员中，谁的家里发生了困难，他一旦发现，立即设法予以帮助。且在好多情况下，他还是自掏腰包。在履行本职工作方面，他笃信多干不如少干，少干不如巧干的信条，且着力在巧干上下功夫。对自己要抓的各项工作，追求既不冒尖也不落后，从不与他人斗气，争一时之高下。当领导找自己研究重大问题时，他奉行“万当不如一默”和“沉默是金”的格言。笃信事以急败，恩因缘得。没有十足把握的高见，宁可冷坐，也不急说。在一般情况下，坚持只当庸人，不当英雄，犹忌随便显露主见。即使对已思考成熟了的问题，自己至少也要准备上两至三种应对方案。到底抛出哪种方案，则要看现场的气氛、领导的脸色。一句话，发表意见一定注意火候，在适当场合讲适当的意见。人没有主见不行，太有主见了也不行；太傻了不行，太聪明了也不行。遇到重大矛盾和挑战，他往往把别人推到第一线，自己躲在幕后揣摩，能绕则绕、能躲则躲。实在绕、躲不过去的，就以调和的姿态出现，大事化小，小事化了，能掩盖、敷衍过去就是胜利。同时，他也乐见同事之间发生矛盾与分歧。因为这种矛盾与分歧归根结底对己有利。

艾观波还是个孝子，对一辈子在乡下务农的父母十分孝顺，总是把他们的日常生活安排得妥妥帖帖。妻子迟久兰是自己高中的同学。当艾观波考上大学后，落榜的迟久兰一边替他照顾老人，一边四处打工挣钱供他完成学业。所以艾观波对妻子感激不尽，敬重有加。俩人结婚后，生活和睦，感情甚笃。艾观波当上地市级主要领导后，曾多次打算把父母接到城里居住，但父母以住不惯城市为由，坚持生活在乡下。妻子见状，就随了父母的心愿，一直陪他们在农村生活。这让艾观波十分感动，下定决心绝对不能干出对不起妻子的事情。所以至今，在艾观波的感情世界里从未发生过“出轨”的行为。他的这种孝心和对爱情的忠贞，在三江省上上下下留下了很好的口碑。他奉行的这一套“藏巧养拙”

和“四不”的行为哲学，也着实蒙蔽了不少人，赢得了社会各界的广泛好评。这一切，又使他的官场生涯步入了快车道。近十年来，他可谓要风得风、要雨得雨，官职步步高升，到了2002年就一路由副县长升到省委常委兼省会天源市的市委书记。

艾观波今年已五十三岁了。如果这次省委换届，自己不能百尺竿头再进一步的话，下一届就没有希望了，只能在市委书记的位置上卸任赋闲了。天下熙熙，皆为利来；天下攘攘，皆为利往。所以，最近这两年，艾观波的心思，与其说是放在工作上，还不如说是放在思虑如何再官升一级上。本来，在他前面有风头正劲的于振天和章一民，好事无论如何也轮不到自己的头上。说实话，艾观波心里本已不抱任何希望。可今天，他从老书记和米老太太的态度上，似乎窥见了转机，瞄见了祥云。什么叫机遇，什么叫挑战？机会抓住了就是机遇，失掉了就是挑战。既然有了机会，何不再搏一次？想到这里，艾观波浑身仿佛打满了鸡血，激动得阵阵发抖。常言道，谋事在人，成事在天，一定要找到个能把希望变成现实的办法。艾观波脑子飞速转动，一遍又一遍地分析着形势。于振天换届时改任省委书记，看来无人能够撼动。单会涛？此人虽然年轻，又有深厚的背景，但人品太差，生活作风太不检点，在三江省根本站不住，不足为忧。不过还要拉住他，以便为己所用。屈指算来，在现有常委中能挡住自己升迁之路的，只有一个人——章一民。只要设法搞掉章一民，省长一职自然就会落在自己的身上。看来，拉住令狐毅，依靠于振天，利用单会涛，打击章一民，是一个不错的策略与选择。思谋一定，艾观波立即召来了秘书小侯。

“小侯啊，交给你一项政治任务。”艾观波以惯有的笑眼看着眼前这位年轻人，态度和蔼可亲。“令狐老书记今年已经六十六了。这些年他为三江省的发展和改革，呕心沥血，功莫大焉。眼下，他和老伴身体都不好，我们有责任有义务照顾好他们的晚年生活。别人不愿管的，就由我们管起来！从今天起，你每个月都要设法采购两斤上好的鱼翅，半斤特级血燕。每星期另置办几斤新鲜的河虾、两只小鸡和一只甲鱼，外加一些时令蔬菜和水果。本省没有的，可到邻省去买。另外，老书记家的一些家具及办公用品也太陈旧太寒酸了。你要尽快订购一张紫檀办公桌，一张红酸枝餐桌外加六把红木餐椅，还要买上两张绝好的藤制躺椅。这些东西均以你的名义购置，钱由我设法解决。东西准备好后，由我亲自送去。”艾观波呷了一口茶，加重了语气。“切记，办这类事要用心尽心，要只做不说，且要做得自然随意、不着痕迹。不要把好事办坏，为老领导制造麻烦！另外，由你当组长，另找两个可靠的年轻人组成一个工作小组，专门为老书记及省委省政府、省人大、省政协的老领导做些后勤保障工作。你先拉一个需要提供后勤服务的人员单子，交我看后再付诸实施。”

侯秘书见市委书记如此关心老书记和其他省级老领导，心中十分高兴和激动，当即大声表态：“艾书记，请放心，我一定按照您的要求，把这件事做得尽善尽美！”

侯秘书刚一出门，艾观波转身抄起办公桌上的电话。“于省长吗，我是艾观波。好久没有见面了，很想您呀！昨天，我从一个老朋友那里淘来两瓶五十年的茅台。怎么样？能不能劳大驾，拨冗来品尝品尝？时间？今天晚上方便吗？好，就这么定了。地点在听松堂，一切由我来安排！”

听松堂，新中国成立前是一个大资本家的别墅。新中国成立后主人把它献给了政府，后来就成了天源市招待上级领导的一处馆所。它规模不大，却颇有特色。听松堂坐落在市郊卧虎山的山顶。周围是一望无际的松林。三江省的两江——金江和沙江，先在卧虎山下汇合，然后又分别绕过天源市的北边和南边流向东方。在这个季节，只见碧水潺潺，鸟音啾啾，无穷山色，无边云烟，真是一处难得的神仙福地。按照艾观波的嘱咐，今天晚上听松堂只安排一桌饭菜，也只招待两位客人。

晚上六点半，于振天和艾观波一前一后步入餐厅。两人仿佛心有灵犀，都没带任何工作人员。待于振天入座后，艾观波即亲自打开酒瓶，为两人各自满满斟了一杯。然后两人一言不发地举起酒杯，先是四目对视，接着均把目光扫向酒杯。在明亮的吊灯下，只见杯中波光粼粼，五十年的岁月已将酒色染成了浅绿色，一种醇厚的酒香在厅内荡漾。

“好酒，真是难得的好酒！”于振天发出由衷的赞叹。

“常言道，宝马配英雄，美酒酬知己。来，我们先干了这杯！”艾观波不等于振天举杯，即率先将杯中的酒一饮而尽。

“老艾呀，酒固然是好酒，但今晚这酒是为谁而喝，为何事而饮？”于振天扬了扬头也喝干了酒杯，眼睛中闪烁着狡黠的亮光。

“为志同道合者而喝，为三江省的未来而饮！”

“为志同道合？为三江省的未来？”

“当然！如果说昨天以前不是为了志同道合，不是为了三江省的未来，那么从今晚开始，我们俩即舍此无他了！”言毕，艾观波又带头端起了酒杯。

两人连干了三杯之后，突然沉默下来。于振天转动着酒杯，望着窗外，心里一直在揣摩着刚才艾观波最后两句话的真意。眼下三江省的人事格局还不明朗，自己在下一步的省委省政府换届中，虽然对转任省委书记一事已有了七八成把握，但尚存在着变数。俗话讲，一个好汉三个帮，一个篱笆三个桩。自己眼下确实还需要这个人的支持。何况此人在三江省的作用还举足轻重。不过，自己以前同他直接交往不多，知之不深。看来此公绝不是等闲之辈。今晚相邀同饮，到底是何用意？不能急，一定要进一步摸准底细。

“有些话于省长不便说，就由我来说吧！”看到于振天脸上阴晴不定的样子，艾观波对其内心深处的疑虑已猜得八九不离十。他嘴角上挂着一丝不易察觉的冷笑，决定打破沉默。

“打开窗户说亮话，我今天请于老兄来，就是想对您说说藏在我心窝里的一句话：这次省委换届，老兄一定要排除一切障碍，当仁不让地接任省委书记。”

“那老弟，你呢？”于振天见到艾观波甩出了这句话，一下子对艾的真实用意变得心知肚明。于是，抬了抬眼皮，意味深长地问道。

“我吗，只能做您的助手，与您搭档。”

话已挑明，于振天也不再故作矜持。“老弟，事情恐怕还没有你想得那么简单。当下，各个方面都在蠢蠢欲动。老弟有何高见，不妨说说看，我愿听端详。”

“这样的大事，当然不会一帆风顺。不过，目前的总体形势对我们十分有利。综合三江省各方面的因素，在您接任省委书记一事上，只要令狐毅不掣肘，料想应无大的问题。

关于省长的人选，按往常的惯例，应当主要从现任省委常委中物色。而在现任的常委中，除了您、我和令狐老书记外，还有省委副书记章一民，有政协主席卜南山，组织部长浦安江，宣传部长单会涛，常务副省长宫其业，省政法委书记居希，省委秘书长陈刚、省军区司令员伍军剑……这些人中，大部分在这次换届时因年龄到限均要退下来。因此，关于新的省长人选，最有可能的竞争者只有三个人：章一民、单会涛和我本人。单会涛的声誉太差，不足为虑。因此，唯一能和我竞争的就是章一民。不过，这个章一民，根据我的观察，他在令狐毅老头子那里已经失势。”

“失势？有何根据？”于振天冷冷问了一句。

艾观波决定不再隐瞒，遂把他这几个月的观察结果讲了出来。

“不要尽往美处想，章一民说不定还会接任省委书记呢！”于振天从艾观波的言语中，好似猛然悟到什么，就不淡不咸地冒出了一句。

“您的忧虑不无道理。正因为如此，这个章一民不但是我的对手，而且弄不好还会影响到对您的安排。所以，对他，我们绝不能掉以轻心，一定要千方百计撒沙子、泼脏水、烧暗火，搬开他。从下边的情况判断，大多数地、县的主要领导都基本在我们的掌握之中。只要我们小心应对，章一民就一点戏也没有。因此，我们下一步的做法，就是抓牢令狐毅，联合单会涛，笼住卜、蒲、居、宫、伍等人，排斥陈刚，集中打击章一民。同时，您再抓紧做做下面地、县领导的工作。我也牢牢把住天源市这一亩三分地。我看只要不出大的纰漏，事情完全可以大有所为也！”艾观波越说越兴奋，手也舞足也蹈，简直有点得意忘形了。

“老艾，你真是老谋深算啊！”

“哪里，哪里！我只是个马前卒，一切全仰仗老兄运筹帷幄。”

“哈！哈！”两人不约而同开怀大笑。

“不过，老艾，这些天我反复考虑，凡事预则立，不预则废。古往今来，都是铁打的营盘流水的兵。做官总是短暂的，可日子终究是要过下去的。我观察，对晚年的事，令狐老头子思虑很多，我们也不能不做点打算吧！”过了一阵，于振天像突然想起似的，另起了一个话题。

“老于，不要考虑太多。常言道，有石就有山，有权就有钱。只要咱哥俩坐稳了省里一、二把手的位置，就用不着再为晚年的生活发愁了。”

“不一定吧？”于振天不满意地盯了艾观波一眼。“古今中外，做官本身的油水都不会太大。能确保厚福的，能光大家业的，都是官位后面的东西。”

“那就让咱们的几个儿子好好经营公司，做到东方不亮西方亮，东西不亮仍有方！”艾观波心里一惊，旋即明白了于振天的狡兔三窟的心事。

“对了，这就对了！万事都得留有后路，百顺总需备有后手。以后几个儿子公司的事，你要多上心，多指导。”

“还是老兄站得高、想得远。关于这件事，就交给我吧！”

随后，两人头碰在一起，转入低声细谈。

据当晚值班服务的人员后来讲，是晚，两人边喝边谈。酒，整整喝完了两瓶；话，足足谈了六个小时。到了深夜一点，两人才携手而出，分头而去。

五

7月17日晚上八点，令狐毅主持召开省委常委紧急会议，研究、讨论单会涛转任省委副书记一事。此事在会上颇费了一番周折。与会多数成员对此项动议开始时并不赞成。因为中央有关文件已明确规定，在省委常委班子中，除省长兼任副书记外，只另设一名专职副书记，而这个职务现由章一民担任。为什么要违反规定，再设一名副书记呢？令狐书记在会上反复解释说，这是上级的提议，也是一个过渡性安排，目的是为了适应下一步全国调整省、部级领导班子的需要。最后总算勉强通过，但同时明确，单会涛排在章一民之后。

会上心情最紧张的当然是单会涛。最后见会议达成一致，他终于如愿以偿，一直悬着的心也就放了下来。所以会议一散，他就兴高采烈地溜回自己经常光顾的江月楼饭店。

江月楼位于天源市南郊的一座小岛上，由四栋五层小楼组成。碧波环绕小岛，修竹掩映堤岸，一座拱形白色小桥，连起小岛、陆岸，整个江月楼宛若一幅风景油画。它本是三江省专门用来招待外宾的场所。单会涛由京来三江省任职后，其神秘的背景，加上又是单身的缘故，省机关事务管理局就作为特例，让其在四号楼开了一个房间。可这位精于享受之道的单老弟并不满足，不知什么时候，他竟神不知鬼不觉地把自己的住房挪到了同楼五层的总统小套。这套房间，面积虽然不算太大，可装修得极为典雅、精细。金丝楠木的墙板，手工编织的真丝地毯，清一色的红木家具，浅绿色的自动窗帘，造型别致的灯具，宽敞明亮的卫生间，配着进口的高档洁具……整套房间充满着静谧、温馨。

晚十点，单会涛独自一人进了房间，灯还未来得及打开，就一屁股坐进了沙发，先美美地抽上几口雪茄，又一口喝干一杯法国原装进口的顶级白兰地，然后陷入深深的思索之中。刚才会上的一幕令他悚然起惊，这么多的常委持反对态度，自己今后的仕途升迁还有什么希望？不行，这些人越是不赞成自己，就越得借机造势，扩大影响。想到这里，他从沙发上一跃而起，立即用手机通知秘书：明天除了前些天已定好的两场工作会议之外，另安排一场晚宴，并告诉了出席晚宴的人员名单。关于两场工作会议的开法，他也决定改变套路，尽量展现自己。之后，他到浴室冲了冲身子，躺在床上倒头便睡。五分钟之后，这位同志就幸福地进入了梦乡。

当，当，当！客厅里的一架欧式立地大钟清脆地连敲了七下。

“哟，已七点了！”单会涛被钟声吵醒，不情愿地伸了一个长长的懒腰。突然，从卫生间传来了有人洗澡的声音。

“谁？”单会涛吃了一惊。

“我呀！”门吱呀一声打开了，一个女人半披着薄如蝉翼的浴衣款款而出。

“啊，依霜，是你呀！你是怎么进来的？”

“傻瓜，你真是个没心没肺的冤家！别忘记，我是江月楼饭店的总经理，哪个房间我不能打开？你昨晚就回来了，怎么也不知会一声！”她边说边袅袅婷婷地飘到床边。此时的费依霜，身段窈窕，曲线玲珑，乌发垂肩，秀骨姗姗。脸色白里透红，肌肤像奶油一样，细腻光滑。也许是刚洗完了澡的缘故，整个人宛若含露牡丹，娇艳欲滴，浑身散发出一种成熟女人的体香。单会涛直勾勾地盯着费依霜曼妙的躯体，身上马上有了感觉，腹部开始燥热……他一把揽过费依霜，近似粗暴地扒掉她身上的浴衣，猛扑上去，把身子紧紧压在费依霜苗条匀称的身上。单会涛的脸埋在这个女人的双乳之间，双手慢慢在她身上摩挲，从脸部、脖子、胸部小心地移至丰满滚圆的玉臀……费依霜被揉搓得如醉如痴，软得像一摊泥，紧紧地缠贴在单会涛的身上。

“宝贝，别再折磨人啦！”费依霜娇气嘘嘘，喃喃地嗔怪了一句。

此言一出，单会涛变得更加亢奋，开始疯狂地吸吻她那温润的嘴唇……两个人的躯体不住地扭动、翻滚，仿佛一定要相互融入对方之中。这番翻云覆雨，整整折腾了近一个小时才消停下来，然后二人相互拥抱着甜甜睡去。

费依霜，原是三江省京剧团的一位青衣演员。因扮相俊美，声音甜润，二十岁时已名满三江。不料，后来得了一场大病，连续的高烧让她倒嗓哑音。虽经多方延医调治，均未见效。没办法只得改行，改做剧务，主管服装。这对费依霜来说，无疑是灭顶之灾。原来的一个男朋友也同她分了手。她从此意志消沉，渐渐就患上精神抑郁症，曾几次欲服安眠药自杀。单会涛到三江省任省委常委兼宣传部长后，京剧团自然属他分管。有一次，他由文化局长陪同，到京剧团出席一个座谈会，经介绍认识了费依霜。费依霜的举止相貌让他大吃一惊。当时，她虽然病快快的，但一点也掩盖不了她林黛玉般如诗如画如玉的天生丽质。自此之后，单会涛就盯上了这位病西施。经常制造借口，寻找机会，处心积虑千方百计地同她接触。慢慢地费依霜对文质彬彬、相貌堂堂的单会涛也产生了好感。何况，她当时落寞消沉的心也需要男人的某种慰藉。至于与单会涛同床共眠、成为其小三之事，费依霜起初是死守这条底线的。有一天晚上，她陪同单会涛在这家饭店用餐，不知什么原因，竟昏迷过去。单会涛乘机将她抱回自己的房间，并同其发生了关系。清醒之后，费依霜哭了，哭得肝裂肠断，哭得撼天动地……单会涛则一直跪在她的身旁，信誓旦旦地一再表白，自己一定要对她负责到底。事已至此，再想想自己眼下的境况，费依霜觉得别无他择。再说单会涛的地位和相貌，对自己来说，还算是般配称心。许多美女，想往他身上靠还没机会呢！从此之后，她也就心甘情愿地做起了单会涛的情人。单会涛对她在一段时间内还算体贴、周到，保证她衣食无忧。时间就这样糊里糊涂地过去了一年。费依霜渐渐感到做情人终究不是长远之计。于是，就常在枕边向单会涛吹风，希望能为自己安排一份体面的工作，既可掩护两人的关系，也可方便两人的来往。单会涛认为言之有理。经与省长于振天和天源市市委书记艾观波多次沟通、商量，最后安排费依霜先到江月楼任大堂经理，几个月后又升任总经理。

突然，枕边的手机响了，单会涛拿起一看，是秘书小苗打来的。

“依霜，几点了？”他推了推身边的费依霜。

“可能八点多了！”费依霜双眼惺忪，慵懒地回答。

“糟了，要误大事了。今天，我要在江月楼安排三场活动。小苗昨晚没告诉你吗？”单会涛翻身下床，并顺手在她的胸前又摸了一把。

“告诉了，我已经做了安排。会涛，可别升了官就忘了我！”

“姑奶奶，怎么会！俗话讲，夫唱妇随，水涨船高。我走运了，还能没你的好处！”

费依霜听罢这句话，又热烈地吻了单会涛两口，才心满意足地下床穿衣。

“记住，这三场活动，特别是上午和下午的活动，是工作汇报会，不是庆祝会。因此，不能大肆张扬，不能有过分的安排。晚上的那场活动，改吃西餐，菜肴仍旧是老三样。不过酒由我来准备。三场活动要安排在三个不同的厅堂。依霜，这三场活动你都要亲自打理，不能出任何差错。”单会涛拍了拍费依霜的丰臀，扳住她的肩膀叮嘱了一番。

“放心吧，我的单书记！”费依霜调皮地努了努嘴，转身而去。

单会涛如往常会见客人一样，认真地刮了脸，梳理了头发。根据上午要见的客人身份与场合，他改穿了一身朴素、简洁的服装，拎起一长方形皮包，不紧不慢地下了楼，挺了挺腰身，向第一处活动场所走去。参加第一场活动的人员都是自己分管领域的主要人物。有宣传部的三位副部长，省文化局、广播电影电视局和文物局的正副局长。还有省报、省电视台以及省京剧团、歌舞团的主要负责人。

九点整，单会涛准时迈进会议室，矜持地向与会人员点了点头，径直走到主位上坐定。“今天，我召集各位来，主要是研究、部署下一阶段宣传口的工作，听听大家的想法与建议。”

是研究工作，不是庆贺升任副书记？到会的这些人是今天早晨才得知单会涛又当上了副书记，接着又接到苗秘书的通知，要求大家务必准时与会不得请假。来的路上，不少人都绞尽脑汁，想好一套表示祝贺与表态的言辞。还有一些人，更是急急忙忙地准备了礼物。听了单会涛的开场白，似乎有些失落，不少人一时也变得有些口拙，你看看我，我瞧瞧你，竟不知从何说起。

“随便谈谈，不要有顾虑！”单会涛笑容可掬，一副大度的神态。

“这么吧，我先说几句，算是抛砖引玉。”文化局长尹化一担心场面这么冷下去，会令单会涛感到没面子，就硬着头皮试着开了腔。接下来，几个领导也陆续发了言，讲了对本部门下一段工作的安排。

谁知单会涛对他们的发言一概仿佛视而不见、听而不闻。他漫不经心地从自己带来的皮包里掏出一个淡黄色的木盒，从中抽一根拇指粗的雪茄，用一把精致小剪剪去茄帽，然后把雪茄的一端衔在口中，接着又用一根特制的长梗火柴，把雪茄的另一端均匀点燃，最后他深深地吸啜一口，先让烟雾在口舌间婉转，随之仰脸向空中徐徐喷吐出一圈圈蓝色的烟雾。烟雾如同水母一样在空中盘旋，又渐渐隐去。稍顷，一种优质雪茄特有的香味就弥漫了整个会议室。说实在话，今天出席这场会议的绝大多数人，还从未抽过雪茄。目睹单会涛这种抽吸方式以及从他脸上漾出的那份陶醉，一些人感到好奇，一些人感到无奈，一些人感到厌恶，还有一些人从心中升腾起一种说不出的滋味，却又不得不继续汇报着工作。

单会涛及时捕捉到与会人员的心态变化，不仅不生气，反而狡猾地笑了笑。

“诸位，今天会议的发言到此为止。刚才，我都听了，讲得很好。今后的关键是落实。现在休会一段时间，我来调剂一下会议的气氛。”单会涛不紧不慢地打开了话匣，双眼却在不停地打量着人们脸上的表情。“我抽这玩意儿，叫雪茄。世界上最好的雪茄产在古巴。根据研究者得出的较为一致的看法，雪茄烟最早是印第安人行不离身、坐不离手的东西。它最早的历史可以追溯到玛雅时代。大概是哥伦布把雪茄首先引入了欧洲。西班牙国王费迪南德斯七世和英王爱德华七世对雪茄在欧洲的推广功不可没。第一次世界大战结束后，雪茄方开始在世界上流行。到20世纪90年代雪茄迎来了自己的复兴和繁荣。时至今日，精致的雪茄和优质美酒共同形成了不少国家上流社会生活的一种象征。现在，全世界用于生产优质雪茄的烟叶，主要产自加勒比海和拉丁美洲。能生产雪茄的国家固然不少，但手工制作雪茄的最大生产国仍是多米尼加和古巴，而质量最好的则非古巴莫属。”

单会涛又连抽了几口手中的雪茄，在喷云吐雾的同时，继续侃侃而谈：“古巴是上等烟叶和名牌雪茄的产地，是雪茄王国中的劳斯莱斯。古巴曾有雪茄烟厂一百多家，不过品牌厂家都设在哈瓦那。所以哈瓦那就成了古巴雪茄的代名词。一支品质上乘的人工雪茄，从种植烟叶到产品制成，再到老化、熟透到颜色明亮芳香扑鼻的状态，中间需经过四百多道工序。目前，世界上公认的优质雪茄，必须是手工制成。传说，最好的雪茄是未婚的古巴少女在大腿上做成的。每位雪茄烟厂的工人均堪称艺术家。他们像雕刻一件艺术品一样，独立完成每支雪茄的卷制。因此，世界上没有完全相同的两支手工雪茄。”单会涛见与会的多数人，已被他的这段话所吸引，心中不由得泛起阵阵窃喜，这正是他这次会议所要达到的目的之一。

“雪茄和美酒一样，到了买家手里之后需要‘养’。‘养’的过程是雪茄烟熟化的过程，‘养’的时间越长，味道越佳。一支上等雪茄，当其烟被吸者缓缓吐出后，留在口腔里的余香厚重浓醇、回味无穷。一支好的雪茄吸啜顺畅，燃烧平稳，吸后形成的圆柱形烟灰可长达几公分。”

“我最喜欢古巴雪茄。不同品牌的雪茄，质量差异很大，售价亦极为悬殊。一支限量版的古巴科伊巴售价高达一千元人民币，而一支机制的荷兰产雪茄则只有三十元。”单会涛看到会议室里鸦雀无声，听众似乎越来越专注，自己也就变得越来越兴奋，调门不知不觉中逐步升高。

“总的来看，雪茄是一种奢侈品。抽雪茄不仅是一种生活方式，还是一个感悟人生的过程。抽雪茄给人的强烈印象，是一般香烟无法代替的。古巴领导人卡斯特罗是一位真正的雪茄迷。英国的丘吉尔称自己只有手持雪茄时才能思路敏捷、潇洒自如。世界上的许多名人，从美国的总统胡佛、肯尼迪、罗斯福到古巴的格瓦拉再到巴顿将军和穆沙拉夫，无一不是忠诚的雪茄信徒。拜伦曾有一首赞美雪茄的诗，其中有一句是：给我一支雪茄，除此之外，我别无他求。马克·吐温也说：‘若在天堂不能吸用雪茄，那我才不去呢！’”

“没想到这位老兄，对雪茄竟有如此深的研究，真得刮目相看了。”文化局长尹化一推了推正在旁边闭目养神的文物局局长董尚可。董尚可睁开双眼，看了看还在滔滔不绝侈谈雪茄的单会涛，小声揶揄着说：“此公不愧是宣传部长。学问杂而驳，谈起吃喝玩乐，可谓口吐莲花，妙语连珠啊！我辈自愧不如。”言毕，抬眼望去，见单会涛正在目不转睛地久久地注视着手中的雪茄，如醉如痴地自顾自地说个不停。

“我抽的这种雪茄，是古巴的名牌之一……乌普曼。据说美国前总统肯尼迪生前十分钟爱这种品牌的雪茄。他刚刚登上总统宝座，便面临一个难题，要签署一项禁止与古巴贸易的法令，其中包括严禁古巴雪茄在美国销售。肯尼迪担心一旦禁令发出，自己所痴爱的乌普曼就有可能遇到断供的危险。于是，他在签署法令的前一天，将秘书召到自己的办公室，让他想尽一切办法，务必在当天为自己搞到一千支乌普曼。当秘书告诉他已弄到了七百支后，肯尼迪大松了一口气，从抽屉里取出那份法令说：‘太棒了，既然我有了足够维持一段时间的雪茄，现在我可以签署这项法令了。’”

说到这里单会涛突然收住了话头。与会人员不知就里，只能齐刷刷地望着他，既感到莫名其妙，又不敢随意置喙。

稍顷，单会涛发出指令：“依霜，请为每位倒上一小杯白兰地，我想让大家领略一下雪茄配美酒的韵味。”

在费依霜指挥服务员倒酒的间隙，单会涛不慌不忙地从自己带来的皮包里取出一个加封的长方形精致木盒，小心翼翼地将其慢慢打开。于是，一排精美圆实、闪着古铜色油光的雪茄展现在大家面前。单会涛亲自为每人点燃好一支雪茄，并一一递入他们手中。“来，让我们一起先吸上一口雪茄烟，再慢慢啜上一口白兰地。这是绝配，也是一种仪式，能更好地体会出雪茄的香味与气质。”随着单会涛的号召，会议室里的所有人都好奇而笨拙地开始了行动。

“雪茄是一种文化，抽得时间长了，渐次可以登上唯我独尊、唯我独享、物我两忘的三种境界。”单会涛扬了扬手中的雪茄，又开始了侃侃而谈：“一支顶级雪茄，要想使其达到顶级口味，必须在一定条件下，完成一个熟化过程。在这个过程中，如同对待婴儿一样，需要尽心尽责、小心呵护、周到体贴、无微不至。”说到这里，他话锋突然一转，提高了调门：“大家可能认为，我刚才关于雪茄的讲话，完全是一种饭后闲谝。其实不然。了解雪茄、享受雪茄、对待雪茄，同了解、享受、对待我们的工作是一个道理。五年多来，在大家的共同努力之下，我们三江省的各项工作都取得了史无前例的伟大成就。在今年年底至迟明年年初，我们省要完成新一届省委省政府的换届工作。因此，在今后的半年里，在座诸位都要紧紧围绕这个大局，认真规划、部署本部门的工作，同时把握好舆论，精心做好相关宣传工作。宣传部要为我准备一篇充分肯定这几年三江省发展改革的重头文章。这篇文章见报后，电视台、广播电台、文化局还要围绕这篇文章，运用各种形式为其添枝加叶。刚才我讲了，一支顶级雪茄，只有做好熟化工作才会达到顶级口味。好的雪茄配上美酒，才会产生出绝佳效果。对三江省的宣传工作，也是如此，需要精心熟化，需要各方巧妙配合。唯有如此，才能保证换届工作圆满完成。这是我今天召大家开会的本意，也是要点。一般的汇报，我不再听了，重在看大家的实际行动。好吧，今天上午的会议到此结束。为了感谢大家这些年对我工作的支持，我想送给每位一件小礼品。依霜，你来分一分！”

费依霜应声而入，麻利地把一个个精致的纸质方盒分送到每人手中。尹局长打开一看，原来是一条皮带。这皮带猛眼一看，似乎很不起眼，但仔细审视却非同一般：是按单定制的欧洲名牌，不但皮质顶级，而且带扣是纯金的，带扣中央还镶着一颗宝石。这样的一条皮带，少说也价值万元以上。尹局长倒抽了一口凉气，脑子一闪，顿时悟出今天单副书记召开此次会议的特别用意。再瞅瞅其他人，每个人脸上都透出一种若有所思的神色。

下午三点，单会涛准时来到另一间会议室。会议室坐满了清一色的女士。其中有省歌舞团和京剧团的导演、编导与演员，有省电视台与省广播电台的女主播和各个栏目的主持人，还有省报的几位名记。看见单会涛走进来，女士们不约而同地站了起来。这时的单会涛，上穿一件象牙白的意大利产丝质短袖衫，下着一条笔挺的黑色西装裤，脚蹬一双意大利白色名牌皮鞋，头发乌黑油亮，面容英俊白润，身材伟岸修长，顾盼生辉，潇洒飘逸，真如玉树临风。

“哇，帅呆了！”不知哪位女士带头惊呼一声。瞬间，如同一石击飞群蝶，女士们蜂拥而上，紧紧围住了单会涛，一阵阵唧唧喳喳、欢笑赞美之后，又争先恐后向这位刚刚上任的省委副书记表示祝贺。单会涛见自己这副精心打扮起到了如此效果，开心地笑了。

“瞎祝贺什么，常委变成副书记，只是改了个名字，级别还不是一样！”单会涛故意淡淡地说了一句，向下按了按手，示意大家回原位坐好。“今天，我叫大家来，是要落实几项具体工作。天气越来越热，诸位工作十分辛苦。无以为谢，我想在会议正式开始之前，先请大家品品茶。”

这时，费依霜领着两位服务员走了进来。她们熟练地把事先已沏好的龙井茶摆到女士们前面的小桌上。

“这是今年新产的顶级明前狮峰龙井！”单会涛将茶杯举到眼前，认真地观赏，只见一旗一枪，簇立杯中，芽叶交错，上下浮沉，宛如青兰翠竹，相映争艳，汤色明亮，色泽翠黄，清香扑鼻。细啜一口，只觉齿颊留芳，回味无穷。“但见瓢中清，翠影落群岫。烹煎黄金芽，不取谷雨后。”单会涛一时忘形，不知不觉顺口吟出元代诗人虞集《游龙井》中的诗句。

“这龙井茶，始于唐，成于宋元，及明已负盛誉，至清则名极一时，近代更有发展。说龙井是‘中国第一茶’，堪为名副其实。历代不少名人雅士都与龙井结下情缘，常有诗词颂之。乾隆六下江南，四到龙井茶区。孙中山称龙井茶味道甘美。毛泽东多次到过杭州，足迹踏遍龙井茶区的山山岭岭，不但自己爱品龙井，且常以龙井款待宾客，还曾亲自采过龙井，当过一回‘茶农’。周恩来总理五上梅家坞。朱老总两次访问龙井茶区，且欣然命笔，作过咏颂龙井茶诗一首。”说到这里，单会涛有意地停了下来，打量一番眼前认真倾听的女士。突然眼前一亮，他盯住了省电视台的女主播伍泉。

今天，伍泉上穿蜡染的蓝色浅花短袖中式上衣，下着白色曳地长裙，清秀白皙的脸上戴着一副茶色的近视眼镜。固然是经过刻意打扮，但却透着一种淡雅疏朗与简约素净。

“‘唯此鹤骨老，凛然不知秋。去住两无碍，人天争挽留。’伍泉，这几句诗同喝龙井茶有关。你知道是谁写的吗？”单会涛很喜欢伍泉的神态与衣着，就忍不住想考她一下。

伍泉愣住了，苦苦思索中脸一下子涨得通红。“单书记，我平时不爱喝茶。对这几句颂茶的诗，实在想不出是谁作的。”

“那，谁知道？”单会涛来了精神，略带挑衅地向在座的女士们扫了一眼。

“如果没记错的话，这应是唐宋八大家之一的苏东坡，与当时龙井寿圣院高僧辩才的唱和之作。”说话的是省京剧团的编剧祁一知。与其他在座的女士不同，她穿着随意，布褂黑裤，简洁从容，双鬓染霜，目光炯炯，看来已六十开外。她喝了一口茶，不慌不忙地接过问话。“苏东坡第一次任杭州太守时，与辩才已结下深厚情谊。北宋元祐四年，苏东坡第二次来杭州任太守后，就再次去拜访辩才。俩人煮茗论道，不觉天色已晚。苏东坡当夜就宿在寿圣院。第二天两人仍依依难舍。辩才甚至忘了自己订下的送客不过归隐溪的规定，一直把苏送过了溪。此后，两人还常常以诗词酬答。”

“‘道人晓出南屏山，来试点茶三昧手。……天台乳花世不见，玉川风腋今安有！’祁编剧，这几句诗又是出自何人之手？”

“这也应当出自苏东坡。记得是他写给当时净慈寺南屏谦师的。净慈寺当时是西湖十景之一。它始建于五代，原名永明禅院，南宋时改名为净慈寺。寺僧以茶悟性，颇多茶艺高手。苏东坡再次到杭州任职后，有一天到西湖北山寿星寺稍憩。此时住在西湖南山净慈寺的南屏谦师闻讯赶来拜会，并亲自为苏东坡当场点茶。南屏谦师点茶有道，茶艺高超。苏品饮了他点的茶后，当场作诗一首，以示贺谢之意。全诗为七律，这是其中的四句。”

“诗中说，‘来试点茶三昧手’，何谓茶中三昧？”单会涛双眼紧逼祁一知。

“对此，自古至今，多有不同解释。我个人的看法，三昧，本为佛教名词术语，是梵文的音译。”祁一知理了理鬓发，不紧不慢地说了下去：“三昧，又称三摩地，是佛门修行的方法之一，即心不浮烦、不昏沉、不紊乱，这种状态即谓之‘三昧’。后来，人们常用以泛指摒除杂念、专注于一境，在某一方面造诣精深的高人为‘得其三昧’。南屏谦师是茶道高手，对点茶可谓得之于心、应之于手，深懂其真谛者。故苏东坡在诗中才称南屏谦师为‘点茶三昧手’。”

“‘眼底闲云乱不开，偶随麋鹿入云来。平生于物元无取，消受山中水一杯。’这首诗又是何人所作？”单会涛虽开始佩服祁一知的学识，但似乎心有不甘，就又出了一道难题。

“这可能是明朝孙一元写的《饮龙井》诗。孙为陕西人，平生踪迹奇诡，过着隐士般的生活。孙一元认为，平生不用他求，只要有龙井山中的一杯茶就行了。”祁一知似乎觉察到单会涛的心理变化，不愿多说下去。

在座的诸位女士，听着这两人的一问一答，仿佛第一次明白了饮茶之中尚有这诸多典故和诗句，既佩服祁一知的学识，也赞叹单会涛的博学。当然，也有人为自己的学识浅薄而生出一些羞愧。

“同志们，我们应当向祁一知编导学习。刚才我们谈论的这些诗句，看似平淡，实则意深。茶如诗词，茶境可通仙境。大家都是从事文艺、戏剧、媒体和宣传工作的，除了要熟知本职工作外，还必须熟悉并掌握我们优秀传统文化的精髓。唯其如此，才能更好地胜任本职工作。”单会涛显摆了一番之后，觉得差不多了，就及时转入正题。“今天，我召开的这个座谈会，主要为研究部署一下宣传单位和文艺部门今后的几项重点工作。大家都知道，我们三江省马上要进行省委省政府的换届工作，这是今年全省工作的重中之重。为了把换届工作搞好，我们一定要做好舆论宣传、引导。大讲这几年三江省取得的重大成就，大颂三江省在改革开放中所积累的成功经验，大唱中国特色的社会主义，大赞好的社会风尚。为此，省京剧团要赶排一台新戏，省歌舞团要组织一场新颖的歌舞晚会，省电视台要推出几个新的栏目，省报省刊要多发一些专文和评论。这是政治任务，你们回去后要再做深入研究、认真布置，但必须在年底之前安排就绪。怎么样？能完成吗，各位女秀才？现在你们可以按单位分开讨论一下，各自形成一个初步的工作方案。”

说到这里，单会涛把费依霜叫到了跟前，小声嘱咐了一番。在座的这二十多位女士，个个精神振奋，意气风发，叽叽喳喳地议论开来。

大约过了一个小时，费依霜手拎一个大包走进了会议室。单会涛看了看手表开了腔：“同志们，现在已过五点。正式的会议到此结束。下边我们再闲谈点别的事情。”

听到此话，女士们立即回到各自的位置，静等单会涛接下来的高论。

“法国香水女王香奈儿曾称：‘不用香水的女人是没有未来的女人’。香水，对于女性来讲，是看不见的时装，是魅力的源泉。好莱坞巨星玛丽莲·梦露曾对着镜头讲‘夜间我只用香奈儿5号。’如何使用及使用什么品牌的香水，既反映了使用者的品位，更体现了他的个性。不同品种的香水，配以年龄、姿色、气质、修养，会向人们展现出一个个不同的女性。”听到单会涛口吐莲花，对着香水大发议论，女士们既好奇，又觉得一头雾水。

“香水究其根源，是来自东方，来自阿拉伯世界。波斯产的‘玫瑰香油’大概是香水的雏形。随着十字军东征，香水香料由东方传入法国。14世纪在匈牙利女王的命令下，一种用植物香精和酒精混合而成的香水被研制出来。15世纪到19世纪，意大利开始广泛研制新型香水。其后，由于法国国王路易十四和十六的酷爱，渐渐地整个巴黎就成了香水之都。进入20世纪，香水工业开始与高级时装相结合，引来香水工业的大发展，所研发的产品更能体现女性的高贵和优雅。现在，全世界有十几种香水名牌。但我最喜欢的仍是香奈儿系列。香奈儿品牌的创始人家境十分贫寒。她进过孤儿院，入过修女院，当过裁缝，做过歌厅、酒吧的歌女，她还开过帽店，举办过自己的服装沙龙……凭着她的不懈奋斗，开始逐步融入上流社会的圈子，成为一位名流。后来，她将目光投向了香水市场。1921年，从众多香水样品中，她选择了第五号香水。于是享誉全世界的香奈儿5号香水诞生了。以后，她又与多人合作，推出了诸多香奈儿品牌的系列产品。”

“今天，我为什么大讲香水呢？理由有三：一是大家的生活水平都提高了，用得起香水了；二是诸位都是女士。一瓶好的香水，可以提升你们的气质与品位，可以使你们变得更加清新可人，超凡脱俗，变得越发性感，富有魅力。一句话，可以使你们更加像女人；三是你们都是搞文艺工作的，搞传媒工作的。优质的香水，可以让你们在职场、社交、休闲等场合，显示出与人不同的高雅、温柔、艳丽与清新。换句话说，从今往后我希望在座诸位女士都要使用高质量的香水，这是工作上的需要！”

单会涛这番关于香水的洋洋宏论，还真让一些女士系统地了解了香水，也真勾起了她们隐埋于心的对香水的一种渴望。大家望着眼前的这位省委副书记，脑子里冒出的则是一种难以言状的好奇、诧异与期待。

“为了让大家更好地体验优质香水的品质，我托朋友特地从巴黎为大家买回几瓶香奈儿5号香水。来，依霜，给大家分一下，一人一瓶！”单会涛站在一旁，故作轻描淡写地嘱咐。

女士们都兴高采烈地举着香水，一边向单会涛表示感谢，一边说说笑笑地涌出了会场。

送走了这帮女士，单会涛回到卧室换上了一套普通便装。看看手表，时间已近六点。他不敢怠慢，立即下楼向宴会厅走去。不言自明，晚宴的主角当然是他单会涛。但不知为什么，他总觉得心中底气不足。一路思索下来，他迅速调整了自己在今晚宴会上的态度与角色：绝不能如前两场活动那样张扬和居高临下，一定要变得平和、低调和谦恭。

宴会安排在江月楼最大的一间宴会厅。他走进大厅时，秘书小苗和省委秘书长陈刚正在忙碌。厅内灯火辉煌，一张硕大的圆形宴会桌静静地直立在大厅的中央。本可容纳二十人的桌子周围，只稀稀拉拉地摆着十把座椅。

“今晚，都是谁答应出席？”单会涛看看小苗，对此十分介意。

“按照您的吩咐，今晚，我们只请了各位省委常委。除令狐书记和章一民副书记外，其他常委均答应出席。”小苗赶紧回答。

“章一民为什么不来出席？”单会涛心中涌出一股怒气，不由得沉声发出了不满。他见不远处的陈刚向自己投来一种询问的目光，马上又警觉起来，立即绽出满脸笑容，故意高声说道：“很好，很好！大家工作都很忙，能有这么多领导前来捧场，实在荣幸之至。”说罢，单会涛便绕桌一周，小心地看了看菜单、酒单、座签，并把自己的座签从主人的位置抽出，换上了省长于振天，自己则改坐下首作陪。然后又叫来了费依霜。

“依霜，今晚的菜不要太多。除了几个冷盘外，主要是一汤、一海鲜、一主菜。汤就上鲍鱼鱼翅羹，海鲜换成苏眉鱼，主菜就上你们的招牌菜红烧牛排。另外，今晚不喝中国白酒，一律改喝外国葡萄酒。马上从酒库里提出一瓶法国人头马特优香槟白兰地、两瓶汝拉地区产的麦秆黄葡萄酒和三瓶法国陈年波尔多顶级红葡萄酒。还要准备几瓶苏打水，一些姜汁和冰块。酒杯也要按照上述的葡萄酒的品类重新换过。时间已经很紧了，快去安排！”

费依霜有点慌了，因为单会涛的这种改动，把她原来准备的那一套全打乱了。但她不敢有丝毫违拗的表示，只好硬着头皮应了一声，随即小跑着匆匆而去。

从六点半开始，单会涛就毕恭毕敬地站在宴会厅门口迎候客人。七点刚到，客人已全部到齐。单会涛亲自挑出十只短粗大肚型敞口玻璃杯，向每只杯中倒入三分之一的人头马特优香槟白兰地，又加入一些冰块，然后笑嘻嘻地举杯相邀。“诸位老兄，大家好久没在一起聚一聚了。今晚我请大家来，有三层意思：一是让大家尝一尝我最近托人淘到的几瓶值得一喝的法国葡萄酒；二是屈指算来，小弟孤身一人来三江已近五年了。在这五年中，承蒙在座诸兄的帮助、关照，我才勉强履行了分内之责，没为大家丢脸。特借今晚这个机会表示本人的一点谢意。三是今后我们还要一起为三江省的经济发展社会进步继续尽心尽力。我深知个人能力有限、毛病很多，故恳请大家仍能像过去一样，严格要求我、监督我、帮助我。”

今天来的客人都是省委常委一级的人物，听了单会涛的这番开场白，自然明白个中真意，但也不得不欣赏单会涛的态度和做派。而单会涛呢，在说话的同时，已十分在行地把酒杯递到了每个人的手中。

“这酒是法国产人头马特优香槟白兰地。在世界范围内，法国产白兰地以产地最多、质量最好而闻名全世界。白兰地，在香港和东南亚一带常称它为‘干邑’，在法国则称‘高涅克’或‘可雅’。为保持荣誉和地位，法国的法律规定，只有在夏朗德地区的三十六个县、市所产的白兰地，方可命名为‘白兰地’。”

“来，大家先小喝一口。”单会涛率先啜了一小口，又接着说：“这人头马特优香槟地区白兰地，是1724年由罗米·马丁创制的。它的原料只选取法国白兰地产区最中心的大小香槟区的葡萄，且大香槟区的葡萄比例必须超过50%。这种酒的成品呈晶莹的淡金色、略带琥珀色，经过近三百年的不断追求、完善和积淀，已成为风靡世界的白兰地名牌。喝这种名酒，不可纯饮，可以加姜汁，可以加苏打水，也可以加冰块。初入口，尝到的是一种带有橡木桶味的香料气息，继而是烤苹果味与杏子香。再继续喝下去，口腔里就会充满浓郁的芳香，舌尖上会挂满醇厚的回味。今晚，我给大家的酒杯里加的是冰块，请慢慢品尝。”

老实说，在场的这些人，都喜欢喝上等中国白酒，对外国的白兰地当然也不陌生。但还不知其中竟有如此多的讲究与门道。听了单会涛的娓娓而言，大多数客人都有点心动和好奇，开始认真慢啜细品。

单会涛见火候已到，即请大家入席。待客人用罢鲍鱼鱼翅羹，单会涛点头向在一旁侍立的费依霜示意。费依霜心领神会，马上让服务员拿来两瓶汝拉产的麦秆黄葡萄酒。在服务员向桌上布放清蒸苏眉鱼时，单会涛又起身亲自为每位斟上了半杯："各位领导，本来与苏眉的绝配应是白葡萄酒。可今晚，我想让诸位品尝一下法国汝拉地区的一种特产。汝拉是法国十大葡萄酒产区中最小、最鲜为人知一个产区。这个地区只产几种葡萄酒。其中最有地方特色的当属这麦秆黄。它金黄浓烈，带有几种水果的清香。上个月，北京的几位记者朋友相约，专门去参观游览了这个地区。在该区的戴拉·班特酒庄尝到了这种酒，觉得味道厚重持久，风格独特。这个酒庄的老板不管外边世界如何变幻，始终坚持自己酒庄传统的酿酒工艺。这几位记者朋友，费尽周折为我带回来四瓶。今天我忍痛割爱拿出二分之一。来，大家举杯喝上一大口，在口腔中停留一段后，再慢慢咽下！"

在座的各位都按照单会涛的说法，吃了一口苏眉后，大喝了一口这种麦秆黄。

"会涛，看来你今天没有瞎忽悠。这酒确实不同凡响，与其他酒不大一样。"省长于振天由衷地发出赞扬。其他几位也众口一词，齐声称赞这真是好酒。

“今晚，我请大家，主要不是吃菜，而是饮酒！”单会涛见红烧牛排已经上桌，就不失时机地再次炫耀自己对外国酒的一些知识。“下边，请诸位一边品嚼牛排，一边再尝尝这种红葡萄酒。我个人认为，世界上固然许多国家都盛产红葡萄酒，但论起工艺与质量，无疑法国产的最上乘。质量好的红葡萄酒，可以长久存放，即使经过三十年、四十年……喝起来仍保留着原味和极佳的果香。在法国所产的红葡萄酒中，本人最喜欢的是波尔多红葡萄酒。由于红葡萄酒的生产受工艺、气候、雨水、温度、环境等因素的影响，不同年份生产的酒，尽管通过勾兑等办法，大大缩小了在口感、质量上的差别，但毕竟还不能达到完全一样。好的年份产的酒，就更为可贵。因此，行家喝葡萄酒，不仅喝品牌，还要喝年份。我今晚请大家品尝的是1982年产的顶级波尔多干红葡萄酒。俗话说，耳听为虚，眼见为实，口尝才真。来，请诸位细心地品一品！”

听单会涛如是说，客人们不约而同地都审视起酒杯。在辉煌的灯光下，看见杯中的酒液，晶莹透亮，闪烁着红宝石一样的光泽。啜入口中，只觉芳香四溢，醇厚无比。

目睹诸位如此神态，单会涛知道自己要的效果已经达到了，脸上情不自禁地泛起一层淡淡的得意。单会涛心中清楚，在座的都不是一般人物，他们每个人的态度，对自己今后仕途的发展均至关重要。正因为如此，在他们面前做事，一定要把握好火候。他瞧一下手表，已接近晚上十点钟了，时间够长了，不能再拖了，否则反而会影响效果。见好就收罢！念及此，单会涛马上起身，谦恭地依次悄声询问每个人的意见。最后，满面红光地宣布：“今晚的这顿饭到此结束！”

单会涛抢先走出大厅，周到体贴地将每个人送上车。最后，他站在楼前的一棵大树下，轻松地舒了一口气，点燃了一支雪茄。

是晚，月明星稀，凉风习习，华灯闪烁，树影摇曳。单会涛遥望长空，回想从昨天到今晚的种种事态，感到从未有过的舒畅与得意。他想，何不趁此良景，约费依霜共度良宵？正思虑间，手机却响了起来，打开一看，是省公安厅厅长龚卫斯打来的。“单书记，祝贺您高升。您交办的事已办妥，保证万无一失！”单会涛惊慌地迅速关上手机。“蠢货，十足的蠢猪！这样的事怎么能在手机里讲！”他狠狠地在心里骂了一句。刚才的舒畅与得意一扫而光，一种隐隐的不安浮上心头。

六

近一个月来，省委副书记章一民每晚除必须出席的紧急会议外，下班的第一件事，就是风雨无阻地到医院陪伴住院的老伴饶冰泉。

六个月前，饶冰泉患了一场严重的流感。之后常常食欲不振、浑身乏力，晚上低烧不退，伴随着盗汗咳嗽。起初，俩人均不介意，认为是流感留下的后遗症。后来在做医生的好友司马敏的劝告说服下，章一民才陪着饶冰泉到省人民医院做了检查。三天之后被告之是患了肝癌，且是晚期。这无疑是晴天霹雳，把两人都打懵了。冷静下来之后，章一民商请医院进行复诊。医院一方面在本院安排复诊，一方面又请北京、上海的三位著名专家参与会诊。最后的结果仍是肝癌晚期。章一民心如刀绞，悔青了肠子，怨恨自己平时对老伴关心不够，照顾不周。同时，他也清醒地认识到，上帝留给老伴的时间不多了。因为治疗肝癌，是迄今世界医学界还未攻克的难题。何况，肝癌又是恶性肿瘤中最为凶险的一种。从理论上，可以手术切除，可以进行化疗和放疗，但对晚期肝癌患者来说，无论采取哪种疗法，治疗效果都不会十分理想。当下能较有效延长饶冰泉寿命的是做肝移植。然而找到合适匹配的肝源十分困难。即使费尽周折完成了肝移植，除少数特殊情况外，成活期大多是较为短暂的。也就是说，等待奇迹出现的概率是微乎其微的。

饶冰泉倒是十分理智和坦然。她明确告诉章一民：一不做手术，二不做肝移植，因为这均是徒劳无益的，倒不如让她安安静静度过最后的日子。但为了安慰章一民，她同意做保守治疗，即在进行适当的化疗、放疗的同时，再服点中药作为辅助。章一民征求了医生和朋友们的意见后，也觉得别无选择，就同意了老伴的想法。章一民则暗暗下定决心，要排除一切干扰，尽量多守在老伴身边，陪她走完人生的最后历程。这也许是他这个做丈夫的唯一可行的抉择。

饶冰泉和章一民都是“文革”结束后首批考入高校的大

学生。两人同在首都的一所农业大学学习。章一民学的是农业机械，饶冰泉读的则是植保专业。由于亲历了“文化大革命”，他们深知这大学学习的机会来之不易，所以在校期间十分勤奋努力，时间上争分夺秒，行动上只争朝夕。章一民在大学第二学年就入了党，还先后担任了系、校的学生会主席。作为一个农民的儿子，他跨入大学的校门，如同登上了天堂，眼界大开，一天到晚浑身有使不完的力量。他除了学习一直在全系名列前茅外，平时还非常乐于助人，十分愿意为大家服务。他一米八的个头，相貌堂堂，品学兼优，自然招来了学校众多女生的青睐与仰慕。但那时大学有个不成文的规定，即在大学期间禁止谈恋爱。不过到了大学四年级，这个潜规则就形同虚设了。当时，有一个与他同系的女生叫罗亦可。因同在校学生会任职，两人平时接触较多。时移事易，潜移默化，不知不觉中，两人之间迸出了爱情的火花。罗亦可身材苗条，容貌俊俏，为人开朗活泼，尤其是两只会说话的眼睛常常给人留下难忘的印象。说实在话，章一民对这位女同学也由衷喜欢，在一个时期也确实动了真心。罗的父亲是京城的一位部长，曾与章一民非正式地见过一面。据罗亦可后来说，父亲对他印象不错。但在毕业后工作的去向上两人发生了分歧，确切地说，是章一民同她的父亲发生了分歧。罗亦可的父亲坚决主张章一民留在首都，具体工作由他负责安排。可章一民呢，自上大学的那天起，就下定决心学成后一定要返回原籍，为家乡的父老乡亲尽心尽力。恋爱是浪漫的，而生活却是现实的。罗亦可犹豫了，左右为难，久久难下决心。她是真心爱章一民的，不过却从未想到要同他一起到农村发展。几经周折，终于在罗父的压力下，两人挥泪分手了。初恋失败了，这对章一民来讲，是感情生活中的一次重大挫折。痛定思痛之后，他下定决心十年内不再去触碰恋爱这个神圣而又难以把握的东西。不料，祸兮福所倚。章一民的初恋结局却引起了饶冰泉的注意。饶冰泉是南方人，本已同浙江省人事厅联系好，到该省农科院工作。了解清楚章一民同罗亦可分手的原因后，她在对章一民久存的爱慕之心上又增添了一份尊重。

经过一番严肃思考后，她打破了少女的矜持，主动约章一民畅谈了几次。在畅谈中，她发觉自己与章一民在人品、气质上十分一致，在情趣、志向方面亦非常契合。寻觅爱人，究竟该看重什么？爱情是神圣的，神圣的本质在知音，在知心，在可以生死相许。作为一个女人，一辈子能找到像章一民这样一个人品可靠、志趣相投的生活伴侣，还复何求？于是，饶冰泉毅然向章一民亮明了态度，并坚定地表示，自己不再去浙江，愿同他一起回三江省。此生此世，章一民到哪里她就到哪里，不管遇到什么样的艰难困苦，她都愿同他相扶相依，不离不弃。不久，她又请当时学校的一位老教授、书法名家写了个条幅：“上邪，我欲与君相知，长命无绝衰。山无棱，江水为竭。冬雷震震，夏雨雪，天地合，乃敢与君绝。”她将这个条幅复印一份，连同原件一起作了精心装裱。原件一直挂在自己的卧室，复印件则转交给了章一民。

望着饶冰泉匀称的身材、秀丽端庄的面容和闪着坚毅光芒的大眼睛，听她真心倾吐的爱情誓言，再目睹她在行动上的勇敢和决绝，章一民那颗刚刚受伤的心得到了极大的慰藉，原来十年内不再谈恋爱的决心亦在悄悄动摇，心中爱情的火花再次复燃。他意识到饶冰泉才是自己要找的终身伴侣。何况爱情这个东西，说来也奇怪，有时全凭机缘。看似天作地合的一对却往往走不到一起，而一些不被看好的姻缘却能长相厮守、白头偕老。于是，章一民不再迟疑了，两颗心就这样融合到了一起。后来，他们一同回到了三江省。本来章一民想劝她留在省农科院，自己一人先回老家岭潭县，但她坚决不同意。就这样，两人一起下了农村，并在岭潭县举办了婚礼。在接下来的岁月里，他们共同在岭潭县、五岭市度过一段有苦有甜、有声有色的生活。六年前，章一民调到省里任职，饶冰泉就随他转到省农科院植保所工作。几年过后，她担任了该所的所长。几十年来，两人都认真践行着结婚时的誓言，生活上相亲相爱，工作上互勉互励，从政为官廉洁自律，个人进退不计荣辱，但求坦然、自得。所以在三江省，人们都普遍称赞，他们俩是当前经济大潮中一对难得的模范夫妻。

7月17日晚，单会涛举行的那场晚宴，章一民事先也得到了邀请。他本来就厌恶这类活动，再加上实在不愿撇下在病床上奄奄一息的老伴。为此，他不顾秘书的一再提醒，一个人再次步行来到了医院。

饶冰泉住的是双人病房。医院曾考虑把她安排在高干病房，被章一民坚决拒绝了，因为这违反了有关规定。最后作为折中，安排了个双人房间，但平时只安排饶冰泉一人。对此，章一民勉强同意了，老伴的病况确实也需要一个相对安静的环境，更希望她能在安静中度完剩余的生命。同时，章一民一再声明，另一个床位的费用必须由他个人支付。

章一民走进病房时已经是晚上七点了。看见老伴平静入睡的样子，他开心地笑了。他轻轻地为妻子掖了掖被角，坐在床边的一把椅子上，爱抚地打量着她日渐瘦削的面颊，浓霜染点的双鬓。饶冰泉仿佛心有灵犀，猛然醒了，慢慢睁开了双眼。“一民，你早就来了？”

“刚到。你今天的精神看来比昨天好多了！”

“我也觉得好了一些。一民，你把我的床头向上抬抬，我要坐起来。趁着今天精神好，有些事，我们得好好商量一下。”

章一民立即摇动铁床架上的一个把手，床头慢慢升起。饶冰泉倚着被子坐了起来，顺手理了理鬓发。

“一民，这些天我躺在床上，仔细梳理了近三十年来我们相识、相知、相爱的往事。我感到很幸福。能找到你这么一位丈夫，是我一生的最大幸事，也算苍天有眼，待我不薄。我这病，我很清楚，治不好了。你也用不着再瞎费心思了。人总是要死的，其生若浮，其死若休，只要能死得安然和坦然，就是死有所值，死得其所了。我们俩已举案齐眉、和衷共济了近三十年，已做到了生巳同衾，死可同穴了。为此，作为一个女人我很知足了。唯一的遗憾是不能同你白头偕老了，无法再为你尽妻子之责了！”说到此，一向坚强的饶冰泉也禁不住热泪横流。章一民紧紧握住妻子的双手，泪水亦潸然而下。

“有几件事，我想向你交代一下。第一件事，是关于你的脾气和为人。你性格刚直、为人坦荡。也许是因为来自底层、来自农村，心中有农民，眼中有群众，忧党忧国也忧民。一事当先，总是以党和人民的利益为重，从不为个人设计和运筹。基于此，你对许多事情的看法与处理上常与他人不同。为此，在不知不觉中得罪了不少人，惹恼了不少人，误解你的人恐怕也不在少数。我记得《礼记》中有这样的一句话，水至清则无鱼，人至察则无徒。楚人宋玉也曾说过，其曲弥高，其和弥寡。现在还有一种说法，叫作性格决定命运。我不担心你在其他方面犯错误，只害怕性格会使你受委屈、遭磨难。现在，中国的社会大环境已发生了很大变化。不少人做人的标准越来越低，搬弄的是非却越来越多。我当然不希望你扭曲自己的人品、人格，丢掉一个党员的信仰和原则，但今后是否可以在一些次要方面尽量有所改变，有所妥协。不然的话，你可能会遭受更大的挫折与祸难。如果真是这样，我九泉之下就难以瞑目了。我知道，你把名、利、官位看得很淡。我同你一样，也历来反对为名利与官职升迁而溜须钻营。不过，你既然今天已身居此位，好多事情就身不由己了。我唯一想嘱咐你的，就是万一有一天，你真因正直无私而倒在官场上时，一定要想得开、看得透、放得下，千万不要过分责备自己、苛求自己。有一句话，你说得对，你是一个农民的儿子，最坏的结果，无非是再回去当农民。有了这种准备，就完全可以做到任凭风浪起、稳坐钓鱼船了。这也算是一种居安思危吧！”

听着妻子这掏心掏肺之言，章一民心中既苦又甜，更为妻子从病体中迸发出的智慧与哲理之言所折服。

“第二件事，就是关于我们的女儿。可染这孩子不争气，我也很不满意，但她毕竟是我们爱情的结晶。对现在八零后、九零后的一些人，哪能用我们这一代人的行为标准去要求！可染想让你这个做省委副书记的爸爸帮点忙，安排一下她这个大学毕业生的工作，我这些天想了再想，也并不为过，是人之常情嘛！你不愿意违背自己做官的原则相帮，解释清楚就行了，用不着发那么大的脾气，讲那么重的狠话。哎，你知道不知道，她现在跑到什么地方去啦？”

妻子的话深深触动了章一民埋在内心的一种憾痛。他为妻子拭了拭眼泪，十分动情地说道：“冰泉，我从心底里承认自己不是一个善爱善教的爸爸。司马光说过，为人母者，不患不慈，患于知爱而不知教也！在对待女儿这件事情上，我期望过高，责之过切，方法失当。不过，你尽管放心，舐犊之情，反哺之义，我是一点也不比别人少的，我一定会对她负责到底。天底下哪有父母不爱子女的？目前，我想的最多的，是如何能让她立于世、成于事，不降志、不辱身，本色做人，本分处事，流自己的汗，吃自己的饭，自己的事自己办，既不靠人也不靠天。她现在在深圳闯天下。我已托一位在深圳市政府工作的挚友，请他暗中留意、观察。只要不出大格，就让她去练一练，闯一闯吧！俗话讲，玉不琢不成器，人不犯错不会长大；雨泽过润，万物之灾也；情爱过溢，子孙之害也。溺爱、宠惯、迁就、放纵，只会培养出败家子。对孩子的事，管得太多，包得太多，设计、规划得太多，绝不是好事，只能毁掉孩子。人一生中哪能总是一帆风顺？谁敢担保不会遇到一些坎坎坷坷？何况，苦难是最好的大学，坎坷是最妙的教材。年轻人也只有经过一些风浪与磨难，才会真正成熟起来。我让那位朋友转告女儿，我们对她只有两条要求：一是不能进监狱；二是不能同坏人、流氓混在一起。只要能牢守这两条底线，她想怎么闯就怎么闯，最后实在不行，爸爸欢迎她回来！只要老爸有口饭吃，就绝不会让她饿肚子。这位朋友上月初已约可染见了一面，转达了我们的意见。据朋友反馈，女儿听了之后，沉思了许久，最后冒出一句：爸爸是隔着门缝看人，把人看扁了！”

妻子听到这里，“噗哧”一声笑了。“哪有你这样要求孩子的。我看你是一种倾向掩盖另一种倾向。先是错在过严，之后又失之过宽了！最后一件事，是关于老人。我家的两位老人，你就不用多操心了。他们由我哥哥、妹妹照顾，大概晚年生活不足为忧。我说的是我们岭潭老家的那位老人。你爸妈前些年先后去世。你和这位老人，虽不是爷孙又胜似爷孙。他是你精神上的一位导师。老人一生坎坷，但高风亮节，令人钦服。今后，我是不能为老人尽孝了。一切都托付于你了！”饶冰泉又动了感情，眼眶中蓄满了泪水。

“冰泉，对这位老人，今后不管我的命运如何，我都会为他养老送终的。你就把心放在肚子里吧！你今天讲的三件事，我一定会铭记在心，不折不扣地去办。行了，今天，你讲得太多了，好好休息一下吧！”说罢，章一民为妻子冲了一杯牛奶，切了两片西瓜，扶着她慢慢用下。

“哟，真是老年夫妻如老酒，越老味越醇且厚啊！”随着话音，省委秘书长陈刚、省委政研室副主任毛永清、省委党校常务副校长禹宪铎鱼贯而入。

“啊！是你们三位！”饶冰泉挺起身子打招呼。

“嫂子，千万别动！我们几个闲着无事就过来看看你。”陈刚跨前一步，用手轻轻按住了饶冰泉。

“坐，坐，随便坐！”章一民连声招呼，扭头一看，不免有点尴尬。房间里只有两把椅子，且他已占用了一把。“来，这把椅子只能请陈刚坐。你们两位嘛，只好委屈了，就坐在另一张床上吧！怎么样，这两天外边都有些什么情况？这阵子，我一有空就来陪你们嫂子。消息闭塞得很呐！”大家还未坐定，章一民就开始了问询。

“今晚，单会涛宴请省委常委的事，你可能已经知道了。除你之外，令狐书记也没出席。”陈刚若有所思，缓缓地说道。

“不知为什么，这些天我一直有一种感觉：山雨欲来风满楼！”毛永清接过了话茬。“现在，各方面的人物都很活跃，围绕着省委省政府的换届选举，可谓八仙过海各显神通！”

“现在在省委党校学习的县级领导们，私下传着一个消息：你章一民失势了，一把手已失去了对你的青睐。将来接替令狐书记的是于振天，接任省长的是艾观波……”禹宪铎欲言又止。

章一民知道，新一届省委省政府的主要领导人选，目前尚在酝酿、征求意见阶段，根本无有定论。可现在这些人却说得有鼻子有眼。议论自己倒无所谓，乱传省委省政府主要领导人选，应当引起警惕。不过，无风不起浪，这些说法恐怕也不是空穴来风，其中折射出的动向攸关三江省今后的政治大局，不能不认真地对待。念及此，章一民心里不由得生出一番焦虑。

“一民啊，大嫂的病，今后由我们来照顾。你不能为此而忘了大事。现在，你的官运如何，绝不能看成是个人的私事。它的实质是党心和民心，是正道还是邪道！一民，我们都知道你是君子。君子对君子，好办；但君子对小人，可就难说了。在这个问题上，你既要旗帜鲜明，坚持原则，又要精心谋划，认真对待，绝对不能掉以轻心！只有这样，三江省的未来才会大有希望！”陈刚话里有话，忧心忡忡。

“我观察省里几个身居高位的人，已把你当作最大威胁，必欲除之而后快。对此，我们切不可书生气十足，坐以待毙！”毛永清不愧是搞政策研究的，说起话来一针见血。

屋外起风了。西北风越刮越大，摇曳着树木，敲打着门窗。月光在狂风中挣扎着爬过了窗户，照到了章一民和饶冰泉的脸上，撒下了斑斑驳驳。室内的几个人都沉默了，陷入沉思。

“诸位，外边的一些传言不足为训，更不能让其扰乱我们的方寸。”章一民望着窗外，语音低沉。“请大家相信我，今后不管遇到什么情况，我都会一如既往地坚持原则，认真做人做事。章一民永远是章一民，绝不会变！大家先回去。我会认真对待的。”

话已至此，陈刚、毛永清、禹宪铎表情沉重，依次而出。

“是福不是祸，是祸躲不过！看来，这次你又站在了风口浪尖上了！”饶冰泉抬头心疼地望着丈夫。

章一民坐到饶冰泉的身边，握起她的双手放在自己的胸前。“你现在的任务，就是养病。你能多活几天就是对我的最大支持。既然我们刚才已谈了最坏的结局，还怕什么呢！”

七

2007年11月，丫江市接到三江省省委省政府的正式通知，定于2008年7月19日在丫江市召开全省推进农村城镇化建设工作现场会议。届时，出席会议的省、地（市）、县领导加上必要的工作人员，总规模在400人以上。

丫江市虽勉强称市，然山多地少，经济发展缓慢，是全省最穷的一个地级市。全市占地面积15000平方公里，拥有人口160万。除市委、市政府所在地——宛平区，周围有一块120平方公里的小平原外，下辖的三个县都是山区。境内丘陵起伏，山川纵横。唯独全省的三江之一——丫江，仿佛对这方故土情有独钟，自西向东，依次在三个县内流连、蜿蜒，为这片山区注入了活力，注入了生命。

丫江市虽然经济实力不强，但自然环境却得天独厚。市府所在地宛平区横跨丫江，一年四季碧水湍湍，波光粼粼，帆影点点，冷暖宜人。周围的三县，在峰峦、丘壑的掩映下，泉水星布，流水潺潺。白天常常风和日丽，夜晚每每繁星闪烁。山上有树有矿有特产，川间有粮有菜有水果。牛羊哞咩蓝天，鸡鸭唱踏碧草，空气清新，人情和谐。祖祖辈辈生活在这里的人们，虽无鱼翅燕窝、高楼大厦，但清心自在，安闲散淡，日子过得祥和舒坦。最近几年，住在周边一些大大小小城市的人们，突然爱上了这里的美景和山水，特别是春夏两季，来这里踏青游览的人络绎不绝。对此，民风朴实的当地人，在略感诧异之后，就敞开了胸怀，用自己的方式热情款待这些客人。当地人从中既分享了快乐，又装满了自己的钱袋。日子嘛，虽算不上富裕，但却更加有滋有味了。

丫江市市委书记席相如和市长耿弘秋看到会议通知后，心中五味杂陈，说不出是喜是忧、是苦是乐了。此前，当省长于振天在私下征求他们的意见时，两人一致表示，丫江市不具备召开这样规格、规模会议的条件，尤其强调了丫江市是一个山区，如何加快推进农村城镇化建设还正处于摸索之中。何况，召开的又是现场会议，丫江市自然应当向会议代表拿出一些可看的东西，介绍一些可学的经验，可眼下他们在这两个方面实在乏善可陈。另外，目前丫江市的群众很满足现在的生活，不愿意打破已有的生活秩序。于振天狠狠地批评了他们，说这是不思进取、小富即安的落后观念。同时省长还反复指出，正因为丫江市是较贫穷的山区，如果丫江市能带头实现省里规定的农村城镇化建设目标，则更有说服力，从而可为推动省里的这项战略性工作的落实，做出一种特殊的贡献。

话已说到这个程度，省里又正式下发了通知，真是赶鸭子上架，不上也得上了。如果再推辞或再提不同意见，不但于省长不高兴，令狐书记恐怕也不会答应。因为全省的农村城镇化建设方案是他们俩共同制订的。据说，有不少地级市还主动请战，争取会议的主办权呢！看来，如果再反对，确实有点不识好歹了。可如何落实呢？对于一个靠吃上级财政补贴过日子的穷市，会议人员的住宿、交通、用餐该如何解决？对此固然不能奢侈浪费，但也不能过分寒酸，这里面有领导的面子问题。更让人左右为难的是，丫江市届时如何向会议介绍经验？要安排与会人员参观什么样的现场？席、耿两人均是土生土长的丫江市人。大学毕业后，一直坚守在农村，从乡长、县长一直干到市委书记、市长，前后已近三十年了。两人心里清楚，正是由于丫江市地处偏僻、经济落后，不少前任干上一两年就赶紧找门道、拍屁股走人了。否则，市长、市委书记的位置恐怕还轮不到他们两人的头上呢！

为了保证会议的成功召开，两人急得睡不好觉，吃不下饭，嘴上起了泡，眼里充满了血丝。没办法，他们只好把所属三个县的书记、县长找来共商。八个人躲进山里的一户农家，闭门苦思，绞尽脑汁，时而还夹杂着高声争吵和低声的牢骚。整整憋了三天三夜，最后终于统一了思想，形成了一个实施方案。这个方案被席相如归纳为五个要点。

一是因陋就简、节约办会。为解决与会人员的食、宿，共选了三个地方。第一处是市招待所，共有一百多个房间，但年久失修，设施陈旧，可在抓紧装修后，届时由与会的厅、局级干部入住；第二处是由市里提供土地、港商投资修建并经营的一家丫江市唯一的四星级饭店——山满楼。会议召开时，可包租顶上两层的45个房间，主要安排省、部级领导住宿；第三处是丫江高等师范专科学校。会议期间，可商请学校临时或提前放假一周，由此腾出的三栋学生宿舍楼一律改为单人间，配齐相应的沐浴、盥洗、厕所等设施。届时只能委屈县处级干部和会议工作人员将就使用了。同时规定，凡是家在丫江市宛平区的会议代表，一律不住会，采取走会形式。在用餐方面，他们商定，一律以当地的各种土特产为主，不上名菜，不供名酒，不搞花样，重在保证卫生，让代表们吃饱喝足就行了。关于会议用车，考虑到届时省委省政府的领导，各厅、局干部以及各地市的负责人均会自己带车与会，市里的重点是解决好县处级代表的用车问题。为此，决定在会议召开期间，征用丫江市四大班子领导的小车和下属单位的面包车。关于主会场的安排，确实让这八位老兄伤透了脑筋。如果能够借机新建一处漂亮的礼堂，当然再好不过，但不仅时间来不及，且缺乏必要的经费。最后八人一致同意，抓紧完成在建师专体育馆的收尾工作。到时，会议的几次全体大会就在这个体育馆里进行。总之，丫江市办这次会议的精神是：不伸手，不欠债，不争面子，不讲排场，也不怕有人讥讽寒酸。但大会服务工作一定要周到、细致、礼貌、得体。物质上可以是低标准，但在服务上，则一定要高标准。同时明确，这项工作由市里一位副书记和一位常务副市长负责落实。

二是发动群众，切实搞好环境卫生。一定要把市区搞得干净整洁，井井有条，从而给与会者一个清爽明亮、穷而有志的印象。这项工作由市里一位副市长一抓到底。

三是会议期间的日程安排、同各方面的协调沟通，是保证会议顺利进行的一个重要内容。这项工作由市委秘书长全权负责。

四是研究确定丫江市推进农村城镇化建设的总体部署。丫江市共有160万人口，其中有40万住在市区。在下属三个县县城及乡镇落户的估计已接近30万。如果按照省里70%的城镇化标准要求，尚缺42万。丫江市是一个山区，对城镇化的目标应低于全省的指示。但因这次开的是现场会，会议地点又选在丫江市。丫江市的指标又不能定得太低。如定得太低，不但会使现场会失去光彩，而且还会让书记和省长丢了面子。所以最后就把丫江市的指标定在65%。即使这样，城镇人口仍有34万的缺口。对这34万缺口，宛平区可再承担20万，其他三个县无论如何要共同设法消化掉14万。关于市区的20万，可由市政府拨出北郊、东郊、西郊的一万亩建设用地，采取私营开发、政府资助的模式，抓紧建设经济适用房，鼓励在市区打工的农民工、临时工购买入住。同时，作为一项优惠政策，凡在市区购房入住的农民工、临时工一律可转为市区人口。市区、市郊在建的15万平方米住房，必须在年底交付使用，并优先考虑供给已在下边三个县、镇打工就业且愿意购住的农民工。这项工作，作为丫江市的一项重点工作，由耿市长亲自抓。另外，还决定市里组织三个督导组，到三个县坐镇督导农村城镇化指标的落实工作。

五是准备好在现场会议上的发言。席相如书记苦笑着说，我们哪里有什么经验可介绍？但不讲又不行。我想了想，我们可以避实就虚。譬如，我们可以多议议农村城镇化的意义与前景，多讲讲下一步的想法和规划，多谈谈感想及体会，多表表决心与态度，甚至还可以对这项工作下一步如何健康进展提出一些看法和建议。如果实在要讲点实的，我看西山县库民村可以作为一个典型。这是桩苦差事，就由我来负责吧。

经过八个多月上下同心的艰苦奋战，到了7月15日，八人会议所议定的五大事项均已全部落实完毕。最近这两天，席、耿两人又分头到市区和三个县转了转，实地看了一遍，觉得情况尚可，可以向省里作交代了。昨晚他俩刚想睡个囫囵觉，不料却发生了西山县库民村群众围攻、扣押督导小组的事件。

说起库民村的来龙去脉，时间要追溯到二十年前。1987年，为缓解天源市用水紧张的问题，经省里决定在西山县修建一座容积五亿立方米的水库。按照原来的测算，只需移民一万人。对这一万人省里已事先做了较为妥善的安排。但当水库建成、蓄水达到设计标准后，发觉另有百余户五百多人亦必须移出。这些农民原来是分散住在库区周围和大坝附近的。他们说什么也不愿再迁往他乡。后经省、市、县再三研究，提出一个折中方案：为确保水库水质，他们必须搬出库区和远离大坝，但可以就近安排，不远迁别处。具体办法是，将他们的住处由分散改为相对集中，在离库区两里处另建村聚居。村名就定为库民村。同时，省里决定将附近的一百多亩土地交由库民村耕种，还允许这个村的农民到库区周边的山林中采集药材、蘑菇、木耳等土特产贴补家用。村中有一位老人叫褚家驹，为人正派、公道，在村里享有很高声望。1990年村子建成后，他一直任村主任。在他的细心筹划下，村里人生活虽不太富裕，但大家同舟共济，互帮互扶，邻里和睦，相安祥和。今年年初，库民村所在地西山县的领导，打算结合农村城镇化建设，让这个村整体搬迁到地多人少的穆关镇，认为这样可以一劳永逸地解决库民村的问题。不知道是因说服动员不够，还是由于做法简单生硬，这个提议竟遭到库民村村民的一致反对。昨天，当督导组来村督查落实情况时，即遭到了围攻。村民们把小组成员围在村中的一片空地上，纷纷提出问题，让督导组回答，声称得不到满意答复，督导组就不能离村。这种一问一答的场面，从昨天下午两点一直持续到傍晚，仍没有散去的迹象。

夜里十一点钟，席相如接到西山县县委书记熊淡的电话，讨要对策。席书记问了问相关情况后立即连夜驱车赶到了库民村，听说席书记来了，村民们就撇下督导组，涌向了席书记。席相如赶紧闪到一旁，同督导组长简单交换了一下意见，然后要求督导组立即撤回市里，这里的一切由他亲自处理。随后，他来到黑压压一片的村民跟前，平静地点上一支烟，并把烟盒递给旁边的一位年轻人，示意向在场会抽烟的人分发。

“我也是西山县人。俗话讲，老乡见老乡，两眼泪汪汪。我们又是同住在丫江市，抬头不见低头见，有什么事情不能商量解决？我既然来了，就是要帮助乡亲们解决问题的。走，我们找个地方，坐下来平心静气地交换看法，商量对策。”几句话说得村民们心里热乎乎的，原来的敌对情绪顿时和缓下来。

见状，席相如心中更有数了。他一边询问村民们的真实想法，一边领着大家向褚家驹的家里走去。他知道解决库民村的问题，离不开这个褚老头。迈进院门，看到房间里的情况，席书记立即放下心来。屋里桌子上，摆着两杯浓茶，旁边配着分别装有烤花生、榛子仁、核桃仁、山楂糕的四个小碟。桌子旁的炉子上还温着当地特产——小米黄酒。一种久违了的酒香直往席书记的鼻孔里闯。褚家驹则叼着旱烟袋，笑眯眯地坐在一把藤椅上。

“什么风把书记的大驾刮来了？”

“什么风也没有，只是想你这位老伙计啦，就来随便看看。”席相如也不见外，随意坐在桌前，端起茶杯呷了一口。

“我看是夜猫进宅，没事不来。你们这些当官的，嘴上天天喊着‘以民为本’‘为人民服务’。一旦出事了，就把老百姓忘了！”褚老头长长抽了一口旱烟，口中慢慢吐出一串烟圈。

“究竟怎么回事，特来讨教，更愿细听端详。”席相如满脸谦恭。

“迁村这件事，按说也是县领导的一番好意。可好事没办好，违背了村民们的心意，也脱离了实际情况。”

“你有什么高招？”

“高招谈不上，只是长期生活在村子里，对村民们的心思了解得比你们多一些，也揣摩得比你们透一些！”老人说话的口气缓慢而凝重。

席相如从老人的口气中立即捕捉到了真诚的信息。“老褚啊，咱们俩相识又不是一年两年了，不要有什么顾忌。我今晚来，就是要听听你的看法。只要你说的在理，我一定照办。”

“故土难离啊！这五百多人在这里已生活了快二十年。建库民村这件事你当时也是参与决策的。初建库民村时的辛酸苦辣，村民都品尝过了。这二十年，他们生活得并不容易。可大家相互了解、相互帮衬，气顺家和，相安无事，也算是苦中有乐、亏中有补吧。再说，这些年村里已逐渐形成几条保民办法：村子周围的一百多亩耕地，不分产到户，而是作为全村的公共财产。我们抽调了五十个壮劳力，精心耕种这块土地，专门种植各种时令蔬菜，主要运到天源市、丫江市销售。这几年菜价看涨，每年净收入可达二百万元，年底每户平均可分到两万元。另外，我们又组织村里的妇女和老人，常年在库区的周围山林采摘各种土特产，一年下来也可收入近五十万元。同时，我们还开展了‘季节旅游’。这里空气新鲜，景色宜人，库区如海，山林连天，且冬暖夏凉。每年自发来这里观光旅游的人络绎不绝。于是，我们就动员村民把空闲的房子腾出来，有组织地接待游客。这样每年每户的‘农家乐’‘两日山区游’等项目，少说也能进项上万元。与此同时，村里还和丫江市、天源市的有关部门签订合同，他们每年可向库民村提供一百个农民工岗位，也就是说，平均一户一个。这几项加起来，每户每年的收入可在四万元以上。这些收入不算太多，但维持一个初级小康水平大致上还说得过去。你们现在要把他们迁到另一陌生的穆关镇，原有的一切均被打破，一切又得从头干起，且前景如何又很难预料。你说，村民们能愿意吗？”褚家驹放下旱烟袋，磕了磕烟灰，提起温在炉子上的酒壶为席相如满满地斟上了一杯。“来，先干掉这杯，算是为你的深夜来访洗尘!”言毕，一饮而尽。席相如望着这位可敬可爱的老人，心里一热，亦一口喝干。

“褚老头，这几件事你做得都很漂亮，我很佩服，也十分感谢你主动为政府分忧。可国家要推进农村城镇化建设，这是件大事。市里、县里岂能不动不做？何况从根本上讲，还是为了农民。对此，务请见谅啊！”

“农村城镇化？说起来好听，可做起来难啊！其中的道理我一个农民，一时还说不清楚。只是觉得这有点忘了我们丫江市的实际情况。更不用去说一些人在实际工作中，肥脸朝天，眼中没有农民，做法简单生硬，常常把复杂的问题搞简单，把简单的问题弄复杂，结果被自己制造的麻烦压垮了。这恐怕有背中央的宗旨吧！前些年政府提出的建设社会主义新农村的做法，我觉得蛮好。再说，推广城镇化恐怕也不会只有一种做法。比如，你席书记如能帮我们这个村完善电网、电视网，还有什么信息网，再把村里的道路修好，把用水用气的问题解决好，这不也是城镇化了吗？为什么一定要搬迁呢？”

老人的这番话在席书记心里引起共鸣，深深为这个老农的睿智所折服。是啊，城镇化难道不能有多种模式？

“褚老头啊，你这个想法很好。不过，如果你们村不搬迁，以后的发展余地可就有限了！”

“发展余地？有！但要请席书记做主。”

“别卖关子，快说！”

“我常想，我们村边的这个大水库，真是潜力无限啊！

这个水库目前由省、市共管，安排了几十人在这里住着，主要工作就是巡逻、看护，平时没有多少事情可干。是不是可以考虑把水库的日常看护、监管、巡查交由我们村代管。我们保证比以前管护得更好！”

“那你有什么要求？”

“要求只有两个：一是把过去政府每年用于看护、监管、巡查的费用拨给村里支配。二是允许我们在绝对不污染水库水质的条件下，有控制地进行一点开发工作。具体点讲，适当开展一些水上运动，适量放养一些鱼虾。在水库周边的山林里，允许我们种一些人参、花椒、枸杞、茱萸、山药及一些稀有水果。如果这些能得到同意，我想库民村今后的发展就不会有什么大问题了。当然，我会组织教育好全体村民，让他们像保护眼睛一样保护好水库，保护好库区，保护好水质。我自己也愿舍下这条老命，百分之百地对国家、对政府负责！”

还有什么可说的呢？席书记和褚老头连干了三杯，并问围在院子的村民：“你们同意并能百分之百做到褚老头的建议吗？”

“能，绝对能，愿立军令状！”院子里响起惊天动地的吼声。

席书记感动了，胸中的一股热浪直向外冲。他高兴地站起来宣布：“库民村这次不搬迁啦！今后库民村如何发展，可以按照褚老头的思路去做，我本人会全力支持。当然，其中有些问题因涉及省、市有关部门，还需要进一步协调。这样吧，等这次会议开过，我会再来一次甚至几次，一定把褚老头刚才提出的所有问题逐一解决。但有一个君子协定，请大家在会议期间，一定要稳定情绪，不要去给会议添麻烦。”说罢，席书记起身，同大家一一握手告别。这时，东方已现曙色，雄鸡开始报晓，新的一天又开始了。

回到市里，他和耿市长交换了看法后，就回到家里，茶不喝，饭不吃，倒头便睡。一觉醒来，已是18日上午了。

三江省推进农村城镇化建设现场会议于19日上午九时准时在丫江召开。会议由令狐书记主持，于振天省长作报告。除章一民在机关留守外，省委省政府、省人大、省政协的领导均出席了。这天，于振天省长穿着一身笔挺的西服，戴着一副茶色花镜，油亮的黑发配着黑里透红的面孔，显得格外精神，讲话的声音也特别洪亮：“同志们，这两年省委省政府主要抓了三件大事：国企改革、天源市改扩建工程和农村城镇化建设。这三件大事构成了我省一个伟大的、综合性的发展战略，攸关三江省的现在与未来。经过大家的共同努力，国企改革已基本完成，天源市改扩建工程也全部部署到位，年底可完成90%的项目。现在，我们重点要抓的，就是今天会议的主题，大力推进农村城镇化建设。对于这项工作，困难较多，阻力较大，需要同志们统一思想，齐心协力。同志们，什么叫现代化？综合国外发达国家的发展历史，可以说现代化就是工业化。从某种意义上讲，也可以说就是农村城镇化。这个农村城镇化问题不解决，我们中国就无法实现现代化。所以这项工作能否顺利推进并完成，直接关系到国家和三江省现代化的前途。再说，从三江省的实际情况来看，只要我们能站得更高一些，看得更远一些，决心能再大一些，三江省在城镇化建设方面走在全国的前列，也是完全可以做得到的。我省现有人口3000万。天源市目前的人口是600万。该市如果完成了改扩建工程，再加上原来下属的四个县近期要县改区，估计天源市的常住人口马上将达到1000万左右。全省另外的七个地级市，现在已有城镇人口近800万。如果这七个地级市各自再完成50万的城镇人口，那么我们三江省的城镇总人口就可达到2150万，城镇人口所占比例将超过70%。这一目标实现了，我省在全国城镇化建设方面就跃居到其他省的前面。大家都知道，丫江市是除天源市外，七个地级市中最穷的一个市。他们经过努力，到年底亦可达到70%。丫江市能做到的，别的地级市还有什么理由做不到呢？”于振天从讲话稿中抬起头来，威严的目光缓缓扫过全场。

“于省长，我们是个山区，关于城镇人口的目标，到年底我们只能完成65%，而不是70%。”席相如赶紧从座位上站起来纠正。

“65%，为什么？”于省长满脸的不高兴。

“于省长，完成65%，我们已用了吃奶的劲了。”

于省长狠狠瞪了席相如一眼，又开始讲了起来：“这是一项政治任务，没有商量的余地。能干、愿干的留人，为难、消极的就走人。我们要用帽子换任务，用职位换成绩……”

按照会议的议程，下午是分组讨论。可说来也怪，与会的地市级代表不在本组讨论，却纷纷来到丫江市这个组“取经”“讨经验”。这样一来，真把席书记、耿市长搞得哭笑不得，只好据实相告。于是，第二天会议的气氛便发生了变化。许多代表都十分质疑省里定下的这个70%的指标。不少人还进而提到，南方几个经济发达的省份也不敢定这么高的指标。全国目前城镇人口的比例还不到50%，三江省是一个典型的农业省、山地省，怎么要在这方面创先进、做标杆呢？……这些议论当然也传到了令狐书记和于省长的耳朵里，但这丝毫动摇不了两人的决心。

晚上十点左右，省委值班室和省公安厅同时向二位省里最高领导报告：与丫江市比邻的望平市、高尧市各有三千多农民，不同意市里制定的搬迁方案。当他们得知丫江市正在召开全省城镇化建设现场会后，遂决定到丫江市向省委省政府主要领导请愿并表达诉求。目前这两支队伍正举着横幅、打着标语连夜向丫江市赶来。

听完报告，令狐书记面色如灰，冷汗直流。于省长也显得惊慌失措、坐卧不安。两个人均已感到，出大问题了，弄不好会引起一场灾难。两人立即召集与会的省委常委开了个碰头会。会议决定各地（市）县的领导一律连夜返回工作岗位，抓紧做好相关工作，严禁再发生类似的游行示威事件。同时，指派常务副省长宫其业、省委秘书长陈刚分头拦截来自望平、高尧的游行队伍，做好解释疏导，说服他们返回原地。于是，这个现场会议也就中途停开了。

八

这天深夜，三江省农业大学訾泽尘教授匆匆回到了住处。开房门时，她瞄了一眼手表，时针已指向十一点。“糟糕！差点把一件大事忘了！”訾教授换上拖鞋，急忙抄起了客厅的座机电话。按照约定，明天中午应是她做东，和好友赖锐、杨雪凝见面吃饭的日子。确认的电话本应在今天下午打出。因忙于做完一项重要实验，到现在她才猛然记起了此事。

訾泽尘先拨了赖锐的手机，占线，再拨仍是占线。接着拨杨雪凝家中的座机，电话中的嘟嘟声倒还清脆，就是久久无人接听。她又试了两遍，结果依然。“这两个死东西，不知跑到什么地方疯去了！”她到浴室冲了个澡，换上睡衣，从冰箱中拿出牛奶和三明治，坐在沙发上，随手打开了电视，一边用晚餐，一边漫无边际地浏览电视上的节目。到了十二点的时候，訾泽尘又试着给赖、杨两人打了一通电话，仍旧无人应答。“算了，今天实在太累了，先休息了。明天早上再打吧！”她嘟哝了一句，就懒洋洋地爬到了床上。

一觉醒来，已是第二天早上七点多了。她赶紧打开手机，再次轮番拨叫赖、杨两位。几轮下来，足足用去二十多分钟，一切同昨晚一模一样。这种反常现象，过去是从来没有过的。不免令她百思不得其解，又有点惴惴不安。从卫生间出来，她像平时一样，打开了中央电视台专栏节目“朝闻天下”：据××省纪检部门昨晚在网上披露的信息，该省一位副省长为除掉自己升职路上的绊脚石，雇凶杀死了与他同居了十多年、最近与他闹翻的情妇。

“什么？副省长雇凶杀情妇？”訾泽尘怀疑自己的耳朵出了毛病。突然，她打了一个寒颤，心里冒出一种不祥的预感。“难道赖锐、杨雪凝也遭人……”她不敢往下想，急忙穿好衣服，奔出房门，跳上自己的小车，急速驶向赖锐工作的地方：三江银行天源市分行。人已到了分行的门口，她才想到今天是星期六，金融机构大多是不营业的。訾泽尘懊恼地拍了拍脑袋，但又不甘心如此作罢，于是抱着试一试的念头，下车走向了门卫室。门卫室里坐着两个保安。

“同志，有件事想向你们打听一下，赖锐总经理昨天来上班了没有？”

闻听此言，两个保安的屁股上像按了弹簧一样，忽地一下跳将起来，露出十分警觉的神色，目光在訾泽尘身上扫来扫去。

“怎么了？”保安奇怪的眼神令她浑身不自在。

“你同赖锐是什么关系？”

“什么关系？朋友关系。我们是二十多年的好朋友！”

“赖锐不在了！”

“不在了？什么意思？”訾泽尘的心不由得往下直沉。

“唉，你这个人真是什么话都听不懂。在我们这个行当里，人不在了，就是死了！赖锐上星期五晚上下班回家时，在对面的林荫大道上，被人用小车撞死了。”一个保安边说边朝门前的大道抬了抬下巴。

訾泽尘脑袋“嗡”的一声炸开了，人瘫软地靠在墙上。

“这是一件重大刑事案件，由省公安厅刑侦处直接负责侦办。案件目前还处于保密阶段。别说我们不了解案情进展，即使知道了也不能奉告。你还是回去吧！”另一保安走过来扶住訾泽尘，帮她坐进了小车驾驶室。訾泽尘坐在方向盘前，脑子里一片空白。人也像傻了一样。怎么好好的一个人，竟说没有就没有了！足足待了二十多分钟，她才慢慢缓过劲来，下意识地发动了小车。到哪里去呢？回家？突然，她脑子里闪过杨雪凝的身影。她怎么样了？不行，得去看看她！于是訾泽尘的车就径直开向杨雪凝的住处——“聚春林”14号楼。

到了楼下，眼前的情景又让訾泽尘大吃一惊。整个14号楼被红色警戒带围了起来。小楼入口处站着两个荷枪实弹的警察。这让她的第六感觉顿时有了反应：最可怕的事情再次发生了。但她有点不愿相信，略一迟疑，就硬着头皮向警察询问。一个警察认真查看了她的证件并记录了她的家庭地址，然后告诉她：“杨雪凝于上周五夜里在寓所上吊自杀了！”

“什么，自杀？这怎么可能！”訾泽尘不敢相信自己的耳朵，像疯了一样大声喊叫起来。“我不相信她会自杀。我是她的挚友，请允许我进去看看。”

“同志，请冷静！”一位警察不客气地拦住了她。“这是一起重大人命案。省公安厅正在全力侦破。这里是案发现场。没有省公安厅领导批准，任何人都不得入内。我们两个的责任就是保护现场。”

此后，两位警察就紧闭了双唇。任凭訾泽尘怎么发问，都始终只有四个字：无可奉告。訾泽尘此时仿佛身患大病，浑身无力，迈不动双腿，觉得自己已用完了最后一点力气。她不清楚自己是如何把车开回家的，也不明白自己又是如何跌进卧室的，只知道心如刀绞，胸中满是撕心裂肺的悲伤。她将自己摔在床上，号啕大哭。哭声伴着滔滔泪水，伴着无尽的追思……

杨雪凝、赖锐、章一民和訾泽尘都是1978年“文革”结束后第一批考入大学的学生。章一民、訾泽尘考入首都的一所大学的机械系和生物系；赖锐、杨雪凝则分别进入首都另一所大学的金融系和商贸系。他们四个同是岭潭县一中的毕业生，又是一起考入首都的重点大学，且杨、赖、訾均是一中公认的校花，章一民则是一中公认的一号帅男。几种机缘巧合一处，成了当时轰动岭潭县及周边地区的一桩大事和奇闻。后来四人不仅结伴进京，还经常结伴回乡探亲。大学四年间，他们四个人经常见面，过往甚密，有问题相互商量，有困难相互帮助，亲如兄妹，形同家人。他们之间的这种情谊得到了许多人的赞叹，当然也多少招致了一些妒忌。大学毕业工作分配时，章一民坚决要求回岭潭县从基层干起。其他三位也表示愿意随章一民一道回县，但章一民没有同意。他说服杨、赖、訾服从省人事局的安排，分别到省财政厅、商贸厅和三江省农业大学工作。在以后的岁月里，四个人见面聚谈的机会虽比不上在大学的日子，但相互间的联系则从未间断。特别是杨、赖、訾三位，因同在省城工作，她们继承并发扬了在大学时形成的习惯，成了不折不扣的闺蜜。后来在她们之间又形成了一个不成文的约定：每个星期六中午在一起聚餐一次，并轮流做东。

这三位女士，都堪为美人，然细看之下，却各有不同。赖锐长得娇小玲珑，体态匀称，丰腴饱满，圆圆的俊脸，圆圆的大眼，圆柔的小口，曼妙的细腰连着圆浑的臀部。胸部峰峦高耸，臀部坚挺后翘，整个身子形成一条前凸后凹的S形曲线，加上她平时爱着红色上装，在红色的衬托下，显得更加俊俏明艳，宛若出水芙蓉。赖锐性格热情奔放，为人活泼张扬，讲究衣着，看重仪表。平时爱美又十分欣赏自身的美艳。她曾多次公开扬言，只愿和美女美男交往，不免露出几分虚荣和轻浮。杨雪凝身段高挑，肌肤胜雪，略带弧状的瓜子脸上嵌镶着丹凤眼、弯月眉、高挺的鼻梁和薄柔的双唇。她眼梢轻扬，嘴角微翘，桃腮上一对酒窝时隐时现，整个人如同带露的荷塘莲花，风姿绰约，明丽清朗。她为人爽直刚傲，做事泼辣执着。平时，杨雪凝总爱留着男式偏分短发，喜着夹克上衣，外罩白色束腰半长风衣。当她眉梢上扬、嘴角微翘时，眉宇间常透出一种英慧之气，身上则洋溢着刚柔相济的干练与飒爽。訾泽尘属于那种初看平淡无奇，越看越惊艳的女人。她修短契合，浓纤适度，眼横秋水，眉若春山，面如敷纷，齿似编贝，环姿窈窕，体态潇洒。浓黑的秀发用手绢轻轻一扎，随意地甩在身后，显得飘逸、自然。她的颈项如天鹅一样，秀长圆嫩，配上玉琢般鹅蛋形俊脸，侧面看去，真如法国卢浮宫的国宝油画——蒙娜丽莎。訾泽尘性格温婉沉静，矜持内敛；气质雍容闲适，大方高雅；服饰简约清爽，素淡纯朴。她平时爱穿白衣黑裤，又平添了几分脱俗散朗的风度，使整个人诚若空谷幽兰，悠悠自许，清心玉映。在事业方面，她走的是平实无华的路子，耐得住寂寞，挡得住喧闹，只求干得顺心、自在；生活上则用心地打理，尽力活出自己的品位，活出自己的境界。

岁月如歌，世事如棋。三个同样美丽却性格迥异的女人，在以后的岁月里则分别走出了各自不同的人生轨迹。

赖锐刚到省财政厅工作的最初几年，倒尚努力安心，很快就由普通科员晋升为科长。这时一个男人再次闯入她的世界，从而改变了她的人生。这个男人叫单会涛。人世间有许多巧遇和偶然，人们往往视此为机会或缘分。单会涛和赖锐本是大学的同学，同在金融系就读。大学三年级时，他们一个是校学生会文体委员，一个是宣传委员，相互接触的机会自然就多了起来。当时赖锐能歌善舞，娇艳动人；单会涛高大英俊，相貌堂堂。两人渐渐互生倾慕之情。单会涛在此方面的表现则更为大胆主动。赖锐生性爱美，心中早有一个梦想，此生要找一个才貌双全的如意郎君。为此，她暗自庆幸能在生活中遇到了单会涛。这位美男子的仪表，让赖锐一见倾心，从心底里认定如果此生能和单会涛生活在一起，将是最大的幸福。于是他们很快坠入爱河。正当两人爱得死去活来的时候，一个极其偶然的机会，赖锐发现单会涛同时还和邻系的另一位美女同学勾肩搭背。这极大伤害了她的自尊心。经过认真了解，才知道单是一个典型的花花公子。仗着自己是一位部长的儿子，学习吊儿郎当，作风放荡轻浮，到处拈花惹草。大学期间他已先后与五六个女同学调过情骂过俏、谈过恋说过爱。赖锐征求章一民、杨雪凝和訾泽尘的意见，三个人一致反对，力劝赖锐马上同这样的人分手。赖锐当时虽情窦初开，憧憬美妙的爱情，但胸无定见，心无城府。没有经验的赖锐，听取了几位好友的意见，与单会涛中止了来往。这也是赖锐毕业后愿意回三江省工作的一个重要原因。1990年春节，省委省府机关举行联欢晚会。赖锐代表省财政厅在晚会上表演了一段独舞——反弹琵琶。这一天，她决意要在领导面前认真表现一番。于是，赖锐薄施脂粉，轻抹口红，特意身着低胸无袖曳地浅红纱裙。在明亮的聚光灯下，只见她杏眼盈波，腮凝新荔，长臂圆润如玉，双腿纤细白嫩。两个圆挺的丰乳，如鲜桃一样在低胸纱裙中时隐时现。她伴随着急管繁弦，尽兴曼舞，物我两忘。时而旋转翩跹，时而举臂跃足，时而卧腰俯地，时而柔身冲天，真似洛神凌波，惊鸿翔空。这一晚，赖锐的一场妙舞，惊艳全场，令人眼花缭乱，看得如醉如痴。说来也巧，国务院的一位老领导当晚也来观看了演出。这位老领导是时任省委书记邀来三江省过春节的。而单会涛又恰恰是这位老领导的秘书。赖锐当晚的表现令单会涛心迷意乱，又勾起了他和赖锐在大学时的一段美妙记忆。怦然心动的单会涛，立即采取行动。经多方查询，找到了赖锐的住处。

一天晚上，门铃响了。赖锐打开房门，见站在门口的竟是手捧鲜花的单会涛。单会涛一如既往，衣冠楚楚，发色油亮，白皙的脸上，两只大眼闪着撩人的光芒。赖锐一下子愣住了，一时无所适从。望着这个男人，胸中掀起阵阵波涛，心中五味杂陈，是惊喜，是怨恨，抑或是几份眷念……单会涛却旁若无人，不待赖锐同意，就拥着她进了房间。是晚，单会涛讲了许多，时而慷慨激昂，时而情意缠绵，时而追悔莫及，时而又信誓旦旦。这一晚，赖锐只记住了单会涛的两句话：他此生只爱她一人，愿同她白头到老。以往的一切，均是自己不对，请她务必原谅。赖锐被感动了，或许是被内心深处的虚荣迷住了双眼。她不但没能断然拒绝对方，反而还答应了单会涛，两人可以恢复交往。

一个盛夏的夜晚，单会涛穿着短衣短裤，手里拎着两瓶法国葡萄酒闯入了赖锐的房间。赖锐当时刚刚洗完了澡，绸缎般的长发飘散在双肩。面色嫩红，吹弹可破，真似雨后的桃花。胸前的两座山峰在薄薄的浴衣里，像两只小鸽子不住地跳动，坚实丰满的圆臀仿佛要撑破浴衣弹蹦而出，晶莹白嫩的双腿在灯光下闪着迷人的柔光。单会涛被眼前这位娇俏玲珑的美女惊呆了。所以一进门，两只贼眼就直勾勾地盯着赖锐，色眯眯的眼光一个劲地在她身上游移，身上亦顿时欲火中烧。他强压住自己心中的邪火，老练地不断为赖锐加酒，并频频举杯相邀。几天不见单会涛，赖锐心中不知不觉升起了几缕思念。加之这几天她心情愉悦，刚才又洗了个痛快的热水澡，浑身越发惬意清爽。恰在这时，单会涛出现了，不知怎么了，赖锐对此不但不反感，反而有一种来得恰当其时的念头，颇觉锦上添花、雪中送炭之妙。连续几杯下肚，赖锐已呈半醉状态，身上阵阵燥热。她失态了，也有点动情了。女人是不能动情的，一旦动情后果就难以预料了。单会涛见时机已到，即三下五除二去掉了赖锐身上的浴衣，抱起她的玉体向床上走去。赖锐想拒绝，却提不起勇气。她明知单的企图，有那么一点惶恐，又有那么一点期待。正当她思绪不定、心慌意乱之间，单会涛已赤条条地爬到了她的身上……随着一阵昏晕和心旌摇荡，赖锐瘫软了，整个人融化了，她半推半就地把自己的身子交给了单会涛。这一夜是赖锐的迷狂之夜，也是单会涛色胆得逞之夜。在以后的几年里，单会涛常借节假日之便，来天源市与赖锐偷偷幽会，继而两人又堂而皇之地过起了同居的生活。2003年单会涛正式调任三江省任省委宣传部长后，两人的来往就更加频繁了。期间，赖锐几度提出要与单办理正式结婚手续，均被单用甜言蜜语搪塞过去。有一次赖锐表示要去北京拜见单会涛的父母，被他断然拒绝了，还嘲笑赖锐是个乡下女人，婆婆妈妈，心重多疑。后来，单会涛为掩人耳目，动用关系把赖锐调出财政厅安排到三江银行天源分行任总经理，并为她在“清和人家”购置了一套豪华住宅。女人的感觉往往是格外敏锐的。近两年来，她发觉单会涛对自己越来越冷淡了，特别是随着他仕途的变化，一种终究会被他抛弃的恐惧时时袭击着她的心田。这种恐惧赖锐曾同杨雪凝、訾泽尘私下里透露过。杨、訾闻之大惊，多次苦劝赖锐早下决心。但赖锐一直心存幻想，期冀侥幸。特别当她知道自己怀孕之后，决心越发难下了，更想倾力挽救他们之间的关系。

杨雪凝刚到商贸厅时，有一种初生牛犊不怕虎的闯劲，干得风生水起，得到了厅机关上下左右的一致好评。正当她要再接再厉、准备大干一番时，却被调到了省发改委政研室。发改委，在省里历来被认为是百厅之首，在中央，则被视为“小国务院”。对一个公务员来说，能进入发改委，意味着今后仕途广阔。可对杨雪凝来说，进入发改委却成了她倒霉吃苦头的开始。当时全国的改革开放正进行得如火如荼，省发改委政研室集中了一大批省内各界的能人才俊，直接为全省的改革开放出谋划策。杨雪凝作为一个毕业不久的大学生，在许多情况下，无从置喙。有时发言机会来了，自己讲的也多遭冷眼。好不容易说出了一些有分量、切中时弊的意见，亦往往不为领导重视。久而久之她的热情就消失了，并渐渐产生了离开发改委的想法。为此，她几次要求能到基层工作。这个要求不但未获批准，反而还受到了领导的批评。后来室里换了一位女领导，杨雪凝的日子就更加不好过了。1990年前后，电台、报纸上出现了几篇官员辞职下海的报道，似乎官方对此也有鼓励、支持之意。这个动向搅得杨雪凝食不甘味，坐卧不安。经过一个多月的反复思考，杨雪凝毅然向领导提出了辞职下海的报告。在什么地方下海？下海之后干什么？杨雪凝颇费了一番心思。她的父亲是岭潭县一位有名的厨师，专为人承办婚丧大宴，几个拿手大菜更是远近闻名。可惜，在公社化和“文革”中，社会上举办大宴的机会太少了，父亲的一手好技艺变得英雄无用武之地。为此他常常唉声叹气。当时奉行手艺传男不传女的老规矩，父亲要把手艺传给儿子——雪凝的大哥，可儿子不领情，坚决不干。雪凝提出要学，父亲又不同意。“文革”结束后，父亲东山再起，被岭潭县城关的“独家鲜”酒店聘为掌厨。谁知父亲只干了两年，就患急性胰腺炎谢世。杨雪凝虽没得到父亲真传，但平时耳濡目染，亦能做上几种美肴。更值得庆幸的是，父亲临死之前，看女儿真心学艺，就把他的一套菜谱偷偷交给了女儿。据此，杨雪凝下海的第一个想法，就是从餐饮业入手。可在省城开饭店，谈何容易！既要有合适的店面，又须有资金保证，还应该有一个好的厨师……而这一切，她都没有。杨雪凝这个人，作风泼辣，敢作敢为，一旦打定主意，就不达目的决不罢休。于是，杨雪凝开始骑着一辆破自行车在省城四处观察。一天中午，她转到了天源市中心公园的西侧，突然感到口干舌焦，就想买上一瓶冷饮。可张望四周，不见一家冷饮店的影子。无奈之间，她就把自行车靠到一处围栏上，从自行车上抽出一把竹扇扇了起来。不经意间抬头一瞧，发觉自己正站在一处既不像旅馆又不似酒店的一幢二层小楼的房檐之下。再仔细一看，房檐下边还挂着一块木匾，上写“陶然陋室”。四个字用行书写就，笔意飘逸，超然脱俗。楼内一层稀稀拉拉摆着几张桌椅，不见一个客人。只有窗前坐着一位年轻人，一手捧书，一手打扇。这倒引起了杨雪凝的好奇。她闪身入内，向捧书的年轻人问道：“先生，您这里是旅馆还是饭店？”

“既不是旅馆，也不是饭店！”坐着的年轻人头也不抬，继续看书。

“那，到底是什么场所？”

“斯是陋室，惟吾德馨。”此人竟背起了刘禹锡《陋室铭》中的两句文词。

见状，杨雪凝乐了。“得了，别瞎诌了，能否赏茶一杯？”

“阁下，这次您算是蒙对了。此处无酒无肉，只供香茗甘泉！”

“何茗何泉？”

“茗，只供杭州明前狮峰龙井；泉，则是本店祖传古泉！”

“那好，就请沏上一杯古泉狮峰！”

坐着的年轻人抬头打量了一下杨雪凝，微微一笑，不慌不忙起身备茶。这时，她才看清了此人的庐山真面目。年轻人瘦削挺拔，长脸圆目，文质彬彬，气定神闲，慢条斯理的举止中，隐隐透出几分飘逸，颇有点仙风道骨之气。杨雪凝扫视屋内，见一楼底层是高大宽敞的三开间厅堂，青砖铺地，木板镶壁，明窗净几，古色古香。它面对天源市中心公园，门前横卧一条幽静小道，东西两边围以竹篱。小道的外边，又有一片不大不小的绿地，芳草生香，沁人肺腑。整个环境，小处见大，清静可人。

杨雪凝对这处房子和主人有一种似曾相识的感觉。她心中暗喜，兴趣大发，干脆稳稳地坐了下来，啜了一口年轻人送上来的茶水，直觉清香满口，浑身舒坦无比。这更让她平添了几分好奇。

“好茶、好水，难得的茶和水！”她高声赞叹。

“看来，今天是碰到了行家了。来，再喝第二道！这第二道才是此茶的精华。”

杨雪凝认真地品着香茗，同时再次认真地审视了这座茶室。

“怎么了，看上这间茶室了？”

杨雪凝真诚地点了点头，问道：“贵姓，台甫？”

“免贵姓夏，名寒雪，岭潭县人。您呢？”

“本人姓杨，名雪凝，也是岭潭县人。”

“啊！真是无巧不成书。你叫雪凝，我叫寒雪，名字中都有一个雪字，且同是岭潭人。真可谓他乡遇故知了！”

不知为什么，杨雪凝听年轻人这么说，脸上竟悄悄泛起了一层红晕。“你刚才说，泉是贵店祖传古泉，可否让我见识一下？”

“这有什么不可，请随我来！”夏寒雪打开后门，亮出一个三丈见方的小院，四周立满葱翠欲滴的秀竹。院子的一角，有一处由四条青石板围成的一个方台，方台上压着一具方形木盖。

“这就是本店的祖传古泉。”夏寒雪掀开木盖，露出黑洞洞的井口。“我沏茶所用之水就是取之此泉。这座两层小楼也是我家祖传。我太爷之前的几辈先祖，据说是自雍正朝起，即在京城和本省经营茶馆生意，开了十几处茶房，生意也着实兴隆昌盛了一段时间。此处是本省总店，后改为太爷居住之所。新中国成立后，人们渐渐失去了到茶馆品茶聊天谈生意的雅兴，我爷爷就先后关掉了所有茶馆。20世纪50年代初公私合营时，爷爷把在外地的茶舍全部上交国家，唯留此处一人空守。父亲则带着家里其他人回了农村。我这一辈人丁不旺，只有姐姐和我本人。前几年爷爷、父母又相继辞世。此房‘文革’中曾被没收交一造反派头头居住。‘文革’结束落实相关政策，这房子才又回到我们手中。我大学毕业后，因身体不好，一时也找不到合适的工作，无奈之下就回来与此房厮守，重操家传旧业，开了这家茶馆——‘陶然陋室’。本想继承光大祖业，怎奈经营无方，能力不济，稀里糊涂就混成了今天这个样子。唉，百无一用是书生，可叹呀，可悲！”夏寒雪颓然坐在井台上，不住地摇头叹息。

“喂，别空悲切了！能否让我到楼上一观？”瞧着夏寒雪的一副落魄神态，杨雪凝有点哭笑不得。

“这有什么不可以，这里的一切，任由阁下浏览！”说罢，前面带路，领着杨雪凝沿着东边靠墙的木梯登上了二楼。

二楼面积同一层一样，只是没有隔断，三间大房浑然一体，一头架着一张大床，一头并立着一排木柜，中间则摆着一只硕大的长桌。看来，这是夏寒雪的卧室兼书房。从二楼下来，杨雪凝对这栋房屋既羡慕又喜欢，心中禁不住升起了许多联想。接着又问：“你也是大学毕业，是哪个大学？”

“三江农业大学。不瞒阁下，本人大学攻读的还是茶叶专业！”

人有时很奇怪，同屋相处经年，却常常无话可说；意外偶然相逢，竟相见恨晚，话如滚滚江水，无尽无歇。杨雪凝和夏寒雪这一天在一起谈了很久，从上午谈到中午，从中午谈到晚上，两人分手时仍觉言犹未尽。临别时，杨雪凝坦诚地告诉夏寒雪，自己也是大学毕业，原在省政府机关上班，现在不想干了，准备下海闯荡一番。今天看了他这座小楼，萌生了一个想法，但她需要回去再认真思考一番。

三天后的一个清晨，杨雪凝敲开了夏寒雪的房门。她开门见山地对他说出了自己反复考虑的方案：“你这个地方，风景优雅，闹中取静，非常适合开办一家风味独特的精致版酒店。酒店的名字可改称‘陶然居’。酒店的主人就是你我两人。我们既是董事长、总经理，也是厨师与服务员。平时，我负责制做饭菜，你负责采办食料。不瞒你说，我父亲是岭潭县的一位名厨，我有他传给我的菜谱，加上父亲对我长时间的熏陶和我本人的留意观察，推出几款风味独特的大菜不会有什么困难。所谓精致版，是指经营方式。我们是两人创业，不能像一些大饭店那样，大规模的招兵买马。在一个相当长的时期内，就是我们两个‘内外兼修’，亲力亲为。只有这样，才会保证酒店只盈不亏。我们每天只做两桌菜，一桌在中午，一桌在晚上。凡来就餐者，必须事先预订，且以一桌为准。这座小楼，架构不错，但还需要再装修一下，让它变得更加大方、清雅。装修费由我来想办法。这处房产可以作价入股。说实在话，我认为这个方案有成功的把握，但也不能百分之百打保票，必须靠我们俩人同心协力，细心操劳。应该说，我现在是沾了你的光，我除了一双手和一身力气外，其他一无所有。你这个人，根据你的喜好与特长，今后，你只管做好两件事：一件是每天一早，按我开的单子到集市上保质保量地采购一次食料。另一件是饭前饭后陪侍客人品茶。其余的事，均由我来打理。一年下来，如果盈利，按一比二分红，你二我一。”

“为什么你一我二？”夏寒雪很不高兴。

“因为是你提供了开酒店所需的基本条件。”

“这个二比一，以后不要再提了。”夏寒雪一下子变得十分认真。“我之所以愿同你合作，是因为这个方案合乎我的胃口，我也信得过你这个人。要说基础条件，你才是开酒店的基础条件。没有你，哪来的酒店？一句话，我们当前的首要目标，是千方百计确保你这个方案的成功！”夏寒雪讲得情真意切，斩钉截铁。杨雪凝听后，十分感动和高兴。她知道，自己这次没看错人、没找错人。她动情地看了看夏寒雪，紧紧地握住了他的双手。

房子装修之后，匾额“陶然居”三个大字另请高人写过，又加挂了一副蓝底金字楹联：“世上云烟一壶酒，人间炎凉三杯茶。”同时在楼下客厅和楼上餐厅四周还悬挂了十几幅向朋友借租的名家书画，从而使整个“陶然居”更加高雅闲适，溢满文人气息。二楼作为餐厅。一楼西边两间，一间改作厨房，一间充作夏寒雪的卧室。靠东的一间，既是客厅又兼做业务柜台。半年之后，“陶然居”已站稳脚跟、饮誉天源了。慕名来品尝饭菜的客人，争先恐后、熙熙攘攘。因为每天只供两桌饭菜，不少人为能有机会品尝，常常派专人事先排队预订。后来，夏寒雪又用古泉之水和优质龙井开发出一种带有浓郁茶香的米酒。此酒浓度适中，口感独特，老少咸宜，这无疑又为“陶然居”添加了一道光彩。每天夏寒雪采购食料归来，并不休息，饭前饭后诚心诚意地陪伴客人品茶论酒。他对酒、茶的渊博知识，伴着他那副儒雅谦和的神态，常令客人乐此不疲、兴奋不已。而杨雪凝呢，则精心设计出一套风味突出的菜谱：四菜一汤一点心。两人相辅相成、相得益彰。第一年经营下来，已有了八万多元的净利。

这虽不算多，但这毕竟是两人同创事业的硕果和心血。同时，两人在创业过程中的心心相印、志趣相契，使两颗年轻的心越走越近，他们既享受到了事业有成的欢乐，又收获了比金钱更贵重的东西——爱情。不久两人就结了婚。

有人说：幸福的家庭都是一样的，不幸的家庭则各有各的不幸。正当两人的酒店事业如日中天时，夏寒雪病倒了，长时间低烧不退，人亦日见消瘦。杨雪凝几次催他去医院治病，他总是置之不理。最后实在没办法，杨雪凝硬把他拉到了天源市一家最好的医院。经核磁共振检查，确定为胰腺癌。这不啻是五雷轰顶，几乎把杨雪凝击垮。她强忍悲痛，一边经营酒店，一边精心护理夏寒雪。然上天无情，救人乏术。六个月后，夏寒雪还是驾鹤西去。面对夏寒雪的骨灰，杨雪凝一时心灰意冷，万念俱灰，甚至想抛弃“陶然居”这份令她快乐、又令她悲伤的基业。但内心潜在的刚强与信念又给了这个不幸女人以力量。她下定决心咬紧牙关，一定要振作起来，一定要用自己的肩膀独自撑起这家酒店，否则，就对不起死去的寒雪，也有悖自己当时下海的初衷。于是她从老家请来一位四十多岁的下岗女工左大姐做助手，重新开始了自己所倾心的事业，并把它办得更加兴旺红火。

在天源市坊间有这样的一种传说：“陶然居”有四宝，佳肴、名茶、美酒与女娇。女娇当然指的是杨雪凝。杨雪凝虽然遭受了年轻丧夫的巨大打击，然而一旦从痛苦中挣脱出来，恢复了往日的信心与勇气，她就依旧美艳动人，依旧婀娜多姿，依旧风姿绰约，加上惯有的矜持冷傲和大方得体的举止，使她身上更加焕发出一种特别的迷人魅力。这自然令不少男人想入非非、趋之若鹜。一年前的一个晚上，省政府办公厅派人来“陶然居”预订了一桌饭菜，但来用餐者却只有一人。此人一米七的个头，戴着一副墨镜，派头十足，霸气逼人。他除了品茶品菜之外，另提出一个要求：让杨雪凝陪他用餐。这种要求突破了杨雪凝做人的底线，自然令其十分厌恶，但一时却又摸不准此人的背景和来意。为了生意，也是为了事业，她勉强答应入座，陪他饮了几杯。不料此人仍纠缠不休，竟强拉起杨雪凝的手问东问西，两只眼睛闪着斜光，在她胸前不住地扫来扫去。见状，杨雪凝双眉倒竖，怒目圆睁，欲要拂袖而去。但想了想，又强压心火，冷冷地以要马上做菜为由抽身而出。事后，有人转告她，这位客人就是三江省的省长于振天。从此之后，这个于振天几乎每月都要来上一次。每次用餐之后都是久赖不归。这令杨雪凝既恼怒又无奈，同时还隐隐生出几分不安与戒惧。经同訾泽尘商量后，决定立即抓紧准备，以最快的速度关闭并卖掉这处店面，让“陶然居”到别处安家。又过了一个月，于振天带着三个企业家模样的人，乘着夜色又来光顾“陶然居”。饭后照旧是赖着不走，四个人还先后脱掉了西装上衣，一边轮流讲着一些一般人难以启口的黄段子，一边又不断地耍浑、挑逗、丑态百出。见状，杨雪凝立即猜出这些人今晚不怀好意，遂借故离开，留下左大姐同他们周旋。大约十二点左右，这几个人自感无趣，就悻悻地走了。当杨雪凝返回帮助左大姐打扫餐桌时，从地上捡起了一个U盘。她好奇地看了看，随手装入了口袋。回到住处，回想当晚的情景，一种不祥的预感袭上心头，人一下子也变得心绪不宁、忐忑不安，睡意当然也就荡然无存了。手足无措间，她打开了电脑，随意搜阅了一些网上的信息后，就从口袋里掏出了那个U盘插入电脑。不料是加了密的，一时竟无法打开。这激起了她的好斗之心。在试用了几种解密办法后，U盘终于打开了。在屏幕上显示的是一组组数字和人员名单。细看之下，竟然是几个企业家向于振天行贿的金额以及于振天在境外赌博时输掉的人民币、美元和欧元清单。几个数字加起来，足足超过一个亿。杨雪凝越看越惊心，越看越胆寒。她“啪”的一声关上电脑，咬着牙骂了一声：“这个人面兽心的坏蛋，明天我就到省纪委揭发他！”可转念一想，又觉不妥，单凭这个U盘，能扳倒这个大人物吗？必须得继续搜集证据。但眼下无论如何也不能交出这个罪证！想到这里，一种义愤感充满胸腔。她重新打开了电脑，取出U盘，放进了保险柜。同时，她也清楚地意识到，自己是遇上麻烦了，摊上大事了。不过她坚信一个真理：善有善报，恶有恶报；不是不报，时候未到。果然，第二天一大早，于振天的秘书就来到饭店，转弯抹角地询问杨雪凝和左大姐，昨晚在打扫店房时，她们是否捡到了什么东西？之后，连续三天，那晚陪同于振天的几个企业家轮流来店查询。最后又来了一个公安厅的大官。杨雪凝对他们的意图当然心知肚明，但一直不动声色冷静对付。不管这些人如何折腾，她总是淡淡的一句话："什么也没捡到，什么也没看到！"

訾泽尘大学毕业和章一民一同回到三江省后，一直坚持本色做人、本分做事的原则，安心并乐于在高校的工作。所以，她在三江省农业大学老师的这个位置上，心无旁骛，尽心尽力。在后来涌起的经济大潮中，訾泽尘目睹学校的不少老师和科研人员，纷纷下海，来去匆匆，有的还挣得盆溢钵满，过起了时髦、豪华的生活……面对这种令人眼花缭乱的现象，訾泽尘却心如静水、安之若素。对她的这种人生态度，赖锐、杨雪凝都不以为然，特别是赖锐，在三人会面时，多次劝她不要死守那个三尺讲坛、虐待自己，老是过着苦行僧一样的生活，应当另开创一片属于自己的天地。訾泽尘对两位好友的劝告置若罔闻，无动于衷，既不反驳，也不表示赞成，总是微笑着说："人各有志，各有各的活法。我这个人就适合当教师。适合嘛，也是一种选择。”正因为如此，訾泽尘的教学工作得到了学校领导的充分肯定，受到了学生们的衷心拥戴，1998年被评为教授，2002年又因在植物育种研究方面取得重大突破性成果，获得国家和省里的大奖。她现在的这套住房，还是学校奖励的。美中不足的是，她至今未婚，仍然过着一种单身女人的生活。对此，人们自然有许多揣测和议论。訾泽尘的态度依旧是听而不闻、视而不见，一个人优哉游哉的，淡定而安然。当然，对于訾泽尘这样一位美女，这些年来，来自校内外、省内外的追求者何止一个！这其中有一个不为外人所知、深埋在她心底的秘密：这一辈子一定要找一个同章一民一样的男人。原来，在大学和章一民同读一校时，她就暗暗地爱上了章一民。由于为人矜持再加上初涉爱河的羞赧，一直迟迟不敢明白表示。后来，见罗亦可和章一民热恋，自己就躲开了。再后来，罗亦可与章一民分手，她认为上天又赐给了自己一个良机。就在她翻来覆去、苦思冥想如何向章一民袒露自己的心迹时，饶冰泉也就是章一民现在的妻子又捷足先登抢了先。说实在话，訾泽尘当时确实有点不服气，亦有与饶一争高下的想法。但冷静下来一想，发觉饶冰泉这个女人各方面均不错，与章一民也算般配，自己也就泄了气，君子不掠人之美嘛！与此同时，她也下了一个决心，一定要找一个外表、内心、学识、品德与章一民一样的丈夫。否则，宁可终身不嫁！当然，对于訾泽尘的这种心事，包括章一民、赖锐、杨雪凝、饶冰泉都一直蒙在鼓里。

“当，当，当！”客厅里的挂钟清脆地敲了十二下。“哟，已十二点了！”钟声把訾泽尘从回忆中拉回了现实。她坐起身来，理了理秀发，归拢一下自己的思绪，一个清晰的结论浮现在脑海：“赖锐、杨雪凝十之八九被人谋杀了！杀手是谁？难道是于振天、单会涛？这两个人，一个是三江省现任省长，一个是三江省委现任副书记！”想及此，訾泽尘心中一阵凄然：与这两个大官斗，自己一个弱女子岂是对手！难道能就此罢手？难道能眼看着自己的两个好友蒙受奇冤？不能！绝对不能！訾泽尘断然否定了“罢手”的念头。她从床上跳了下来，急速地在房间里转来转去。向谁反映？找谁商量？……章一民！此时此刻，她唯一可信任的人只有章一民，唯一可找的人也只有章一民！于是，她毫不犹豫地抄起话筒，拨通了章一民的办公室。

“喂，哪一位？”话筒里传来章一民好听的男中音。

“是我，訾泽尘。我有重大事情要向你当面汇报，请定时间！”

“今天？”

“对，就在今天！”

“好！请稍等。”章一民对訾泽尘的这个电话，既感到突然又觉得非同寻常。因訾泽尘这些年来很少与自己直通电话，在上班时间给自己的办公室打电话更是绝无仅有。

“泽尘，你不要过来，我有车，比你方便。时间就定在今天下午两点半，地点可在你们农业大学东门对面的蒙娜丽莎咖啡馆。”

下午两点半，两人如约准时在咖啡馆见了面。看到訾泽尘憔悴苍白的面孔，泪水盈盈的双眼，章一民愣住了。“怎么啦，发生什么大事了？”他把咖啡杯往訾泽尘跟前推了推。

听到章一民的询问，訾泽尘禁不住又哽咽起来，泪水从面颊上滚滚落下。“赖锐、杨雪凝可能被人谋害了！”

“什么？怎么可能！什么时候？”章一民大吃一惊，简直不敢相信自己的耳朵。

“7月15日的夜里。”

“你是怎么知道的？”

于是，杨雪凝把她昨晚和今天的所见所闻所历向章一民详述了一遍。“我决不相信她们的这种死法。7月8日，我们三个人还在一起又说又笑，怎么这么巧，一个星期后，两个人会在同一晚上就双双死去。直觉告诉我，这是谋杀，且与省里的两个大人物有关！”

“谁？”

訾泽尘低声说出了两个人的名字。

章一民惊呆了。两人四目凝视，沉默无语，房间里静得能相互听到对方心脏的跳动。

“这事关系重大，攸关三江省的大局。我相信你的直觉。对雪凝，我是了解的，她怎么会无缘无故地自杀？我虽知道她和省里二号人物之间有一些瓜葛，但究竟发生了什么，我并不清楚。不过，赖锐同那个人的感情纠结我们还是了解的。7月15日夜，是大雨初晴，行人稀少……”说至此，章一民停住了，陷入长时间的思索，之后抬起头来，双眼闪着精光，低沉而坚决地说：“事情已过去一周了，省公安厅到现在还没把两人的案件向省委报告，这很不正常。年底，省委省政府要大换届，目前三江省各种政治势力、各派人物都在活动。我觉得赖锐、雪凝手里可能握有那两人的什么材料，因害怕会危及他们要实现的政治目标，故铤而走险，杀人灭口。当然这只是我的一种揣测。但无论如何，这是人命大案。不管牵扯到什么人，于公于私我都必须要查下去，即使丢掉了自己的官帽，牺牲了个人的生命也在所不惜。”章一民面色铁青，紧握着双拳，激动地站了起来，旋即又重重地坐了下来。

“目前，我们最急迫的事情，是搜集证据。但当下，我还不能公开介入此事。现在的三江省，不少人已把矛头对准了我，把我当成了妨碍他们仕途的绊脚石。如果我把此事现在公开向省委提出来，肯定会有人造谣，污蔑我有私心、不怀好意，反而使案情变得更加复杂。因此，你必须记住两点。”说到这里，章一民情不自禁地握住了訾泽尘的双手。“一是搜集证据时一定要悄悄地进行，一定要做到保密。你可以用你的办法，必要时亦可雇私人侦探。我当然要利用我的渠道，决不会袖手旁观。二是你一定要注意安全。这些人是一群见利忘义、不择手段的流氓暴徒。何况他们还和公安、司法部门有着千丝万缕的联系。为安全起见，今后，我们两人的联系方法，尽量少用电话。如有线索和材料，可通过特快专递渠道。我这边的收件人可写秘书小强。”

听罢章一民的这番话语，訾泽尘恢复了往日的信心和勇气，浑身又充满了力量。她深情地望了望章一民，脸上又现出了她一贯的淡定、高雅的笑容。“放心吧，我一定会按照你的嘱咐，认真搜集罪证，决不退缩，绝不会向邪恶势力低头！”

言毕，两人握手而别。

九

告别訾泽尘回到家里，章一民的胸中一直翻滚着波涛，时而愤怒，时而悲怆，时而惊心，时而酸楚……他想约人商量，却又无合适人选，几次欲拨通省政法委书记的电话，几次又不得不半途撂下。他隐隐感到这可能是在自己从政生涯中第一次碰到的棘手难题。在坐卧不安、心绪不宁中，他随意翻了翻桌上的台历，才发觉今天是星期六，又猛然想起已有两个多月没回家看望老人了。明天是星期日，按照自己目前的心情，也难以静下心来处理公务，不如回家转转，一来可探望探望杜介英爷爷，二来亦可趁机散散心，排遣一下糟透了的心情。于是叫来秘书小强，让他去买两箱老人最喜欢的北京牛栏山牌二锅头，20斤五香花生米和20只酱猪蹄，并嘱咐第二天早晨八点，由小强开车，两人一同回岭潭县。

第二天上午，两人准时离开了天源市。小车在小强的驾驶下，轻快地沿着刚刚修成的省级公路奔驰。窗外天碧云淡，绿野无际，山峦起伏，房舍栉比。带着甜味的新鲜空气从窗外扑入车内，章一民连连长吸了几口，顿时心旷神怡，愁忧皆忘、喜气洋洋者矣。

“花非花，雾非雾，夜半来，天明去。来如春梦不多时，去似朝云无觅处。生年不满百，常怀千岁忧。”章一民轻声吟出古人的一首词《花非花》，这首词也是杜介英老人十分喜欢的。“生年不满百，常怀千岁忧。”章一民又把这两句默默复诵了一遍。随着复诵，一段与杜介英老人相识相知、情真义切的往事，如电影中的镜头，一幕一幕浮现在章一民的眼前。1977年的秋天，章一民在岭潭县一中高三学习。一个周五的下午，上完了四节课的章一民匆匆步行回家。途径石牛镇时，远远望见十几个不三不四的人围着一个人辱骂嘲笑。章一民好奇地趋近一看，见是一位老人半卧半坐、瘫软在地上。老人年约六十开外，苍发蓬乱，面容清瘦，形销骨立，孱弱不堪，身着一套又旧又破的黑色衣裤，双目紧闭，似乎昏了过去。几个小混混在旁边又叫又骂，还不时用脚踢碰老人。章一民又气又急，一把推开几个混混，蹲到老人面前。用手在老人鼻下一试，还能感到微微的气息。摸了摸老人前额，又冷又凉。把了把脉搏，细若游丝……“老人没病，是饿昏了！”章一民根据父亲传授的简单医学常识，立即做出了判断。他站起身来，焦急地向四周探望，见不到一个熟人的身影。摸了摸口袋，分文皆无。怎么办？章一民飞快地转动脑子。

“小子，怎么了，他是你老子？”“是你老子，就得背回去，还傻愣着干什么？”混混们又是一阵戏弄与嘲笑。

“对，先背回去再说！”章一民愤怒地瞪了瞪这帮家伙，弯腰背起了老人。他一口气跑了五里多路，还没跨进院门，就高声急喊：“爹！妈！快来瞧瞧，这位老人可能不行啦！”

章一民的父亲章和安应声而出，急忙帮着章一民把老人平放在床上。然后他欠身坐在床边认真地为老人把脉。章和安年轻时学了几年中医，在部队还当过连队卫生员，复员后又做过几年公社的赤脚医生。章和安把完了脉，翻了翻老人的眼皮，紧锁的双眉展开了。“孩子他妈，赶紧熬上一锅小米粥。一民，去弄碗开水冲上红糖，先喂老人喝下。看来，他是好几天没进食了，是饿坏了。”

喝完了糖水，章一民的母亲又喂了老人一碗小米粥，老人开始慢慢缓过劲来。

“饿久了进食不能急，要慢慢来。一民，你今晚陪着老人睡。这小米粥，每两小时喂一碗。如果没有意外，他明天就能恢复正常。”章一民的父亲再三叮嘱。

这一晚，遵照父亲的安排，章一民一夜未合眼，小心侍候老人进食。到了黎明鸡叫的时候，老人终于睁开了双眼，伸了伸胳臂，动了动双腿，慢慢坐了起来。

“小伙子，我这是在什么地方？”老人迷茫地看了看四周，拍了拍趴在床沿的章一民。

“在我家呀！”章一民揉了揉睡意惺忪的双眼。“您可醒过来了，把我们都吓死了！”

“啊，是你把我弄到了你们家里？”

“当然是我啦！”望着老人迷惑不解的目光，他把事情的经过向老人简单地讲了一遍。

“老朽谢谢你了！真是落水的凤凰不如鸡。没想到我杜介英会倒霉到这步田地！如果没有你，我这把老骨头恐怕要抛撒荒野了！”老人无限感慨，眼泪溢出眼眶，爬上了布满皱纹的面颊。

“这是什么地方？”老人若有所思，又问了一句。

“石牛镇双沟村！”

“双沟村？有一位老人叫章和安，你可认识？”

 章一民听后得意地笑了。“他是我父亲。昨晚，他还为您诊治呢！”

这时章和安和老伴闻声从里屋走了出来。章和安和老人四目对视，相互打量许久，才如梦初醒。“哎呀”一声，两人紧紧拥抱在一起。

“杜师长，是您呀，变得我都认不出来了！”章和安激动得浑身发抖。

“和安，真是你呀，我一直觉得此生我们难以再相见了！”老人脸上涕泪纵横。

“老师长，您怎么会弄成这个样子？这几年，我一直不断给您写信，可始终未得回音。我本打算进京看您，又怕北京变化太大，找不到您，还担心我这个老兵会给老首长增添麻烦！”章一民听父亲称老人为师长，脸上挂满了疑问。

“唉，一言难尽哪！”老人长叹一声。章和安猛然想起老人身体刚刚恢复，此时还不宜多讲话，就扶老人躺下。“日子长着呢，有话以后慢慢说。”言罢，起身去做了一顿比较丰盛的早餐。

吃过早饭，一家人围坐在桌前，喝着当地的土茶，老人和章和安则抽着旱烟。两袋烟抽过，老人精神大振，慢慢叙述了这些年的坎坷经历。

章一民的父亲是在1949年人民解放军南下经过岭潭县时自动报名入伍的。刚到部队时，因懂些中医就被安排在一个连队当卫生员。杜介英则是章一民父亲所在部队的师长。一次杜师长冒雨下连视察时认识了章和安。过了不久，杜师长偶感风寒，但高烧却长时间不退。人，一下子垮了。当时，部队是边行军边打仗，既缺乏必要的医疗条件，又没有一个可安心治病的场所。经军首长研究后，决定让杜介英到刚刚解放了的武汉市治疗。对此决定，杜介英坚决不同意。章和安得知此消息后，心中十分焦急。他想试着用祖传的中医秘方为师长治病，但却苦于队伍不断行军打仗，一直无法找齐所需的草药。一天，天下大雨，队伍在安徽的一个小镇稍做休整。章和安趁机急忙跑到小镇的一家药房购齐了秘方所需的十味中药。他连夜煎熬，把熬出的药汁装了满满三个行军水壶。然后让连长找来了师长的警卫员，把三壶药汁交到他手里，并再三叮咛：让师长每天喝四次，每次三大口。此轮药用完，如仍未治愈，我将再配药继续治疗。杜师长怀着半信半疑的心情，坚持喝完了三壶药汁，结果高烧退尽，精神大振，体力恢复如初。这件事给杜师长留下了深刻的印象。1951年杜师长所在的野战军奉命入朝参战，他就把章和安安排到自己身边任卫生员兼警卫员。两人在硝烟炮火中，几经生死，由相识到相知，由相知到生死与共。1955年部队由朝鲜返国后，杜介英升任军长。不久，彭老总又调他到解放军总后勤部任副部长。期间，杜介英几次想留章和安长期在北京工作，都被他谢绝了。理由很简单，二老年迈多病，妻子已翘首相盼多年，自己文化程度不高，不宜在京城工作。其实，还是“几亩土地一头牛，老婆孩子热炕头”的农民思想在作怪。之后，两人虽境况不同地位悬殊，但友情却始终深厚如故，相互间的书信来往也从未间断。这种情况一直保持到1966年10月。

“和安啊，好多事我都没在信中对你讲。其实，我的厄运从1959年就开始了。事情起自彭老总。庐山会议之后，部队里掀起了对彭老总的大批判、大揭发运动，北京军区尤为激烈。一些人依据我是由彭老总点名调到总后勤部任职的这一事实，就认定我是彭老总的死党，使用了各种手段逼我同彭老总划清界限，反戈一击，带头揭发批判他的罪行。”

“说实在话，我在抗美援朝之前，并不认识彭老总，也没在他的直接指挥下打过仗。只是入朝之后，在他的运筹帷幄之下，我同其他队部的指挥员一样，与彭老总一起浴血奋战了几年。我同彭老总的接触，除了作战还是作战。我目睹了他的帅才、他的无私和他对党对人民的赤胆忠心。”老人端起茶杯长长地啜了一口，双眼精光四射，看了看章一民后继续说道：“孩子，抗美援朝这场战争是人类战争史上空前绝后的一个奇迹。我们面对的是以美国为主的由当时几乎所有帝国主义强国拼凑起来的精锐之师，它们的部队武装到了牙齿，清一色的现代化武器装备。而我们呢，刚刚打完了三年的解放战争，武器装备虽有所改进，但基本上还是小米加步枪，且没有制空权、制海权。就是凭着部队指挥员的智慧、信念和战士们不怕牺牲勇往直前的大无畏精神，靠着毛主席和彭老总的英明指挥，用我们的血肉之躯筑起一道坚不可摧的长城，并最终取得了伟大的胜利。这一仗打出了军威，打出了国威，打出了新中国的傲骨与精神。彭老总是在有人不敢挂帅时，临危受命，出任志愿军总司令的。他这个让敌人闻之丧胆、令朋友见之钦佩的总司令，怎么会是野心家、阴谋家呢！他是开国元勋，又是政治局委员，对一些问题有了不同看法，写封信给党的中央主席，怎么就成了‘三反’分子啦？我困惑，想不通，心中万分痛苦又无可奈何。但有一条我是坚定不移的：用鲜血和生命在战火中建立起来的友谊和信赖，岂是一句划清界限的话所能抹灭的。一个党员要讲党性，一个领导干部要讲人格，一个普通人要讲良心。良心是人性中的唯一向导，也是一个人的最后一道防线。在任何情况下都不能出卖自己的人格、人品和良心，不能用诬陷他人的卑劣手段来擦亮自己头上的光环。所以在那场运动中，我始终保持沉默，没有揭发彭老总一个字。结果可想而知，我被解除职务下放到军事科学院图书馆做资料员。不过，我也由此因祸得福，有时间认真查阅、整理先后入朝作战的我各相关野战军的英勇战绩。在整理过程中，他们泣天地、惊鬼神的伟大行为，一次又一次地展现在我的面前。战友们前仆后继、以命相搏的身影，每日每晚都在我脑海里闪现……不知不觉中，我进一步认清了这场战争的意义，我的精神也得到了升华。想想死去的战友，个人眼下所受的这点委屈又算得了什么！从此之后，我甩掉所有的不满与委屈，把资料员的工作干得有滋有味。谁知到了1966年，风云突变，‘文化大革命’开始了。我的罪名是在‘彭德怀死党’之上又加了一个‘国民党特务’的帽子。这顶帽子的起因是在1938年。在国民党军围剿我党陕北根据地的一次战役中，我以营长的身份率领国民党军的一个营战场起义，投奔了八路军。这次起义是经过我党地下工作者长期筹划的，此前我已是党的秘密党员了。欲加之罪，何患无辞！整我的那帮家伙硬说我是混进解放军的国民党特务。当时同我单线联系的一位地下工作者已因病去世。‘文革’的混乱情况让我一时又找不到关键的证人。这样一来，他们两罪相加，就把我作为重犯投入了秦城监狱。一关就是十一年。今年年初，我被平反出狱。可到家里一看，真是‘妻离子散、家破人亡’。老伴三年前已经去世。唯一的女儿在我被关入监狱不久即莫名其妙地失踪了。为此，我花了近半年的时间，四处奔波，打听寻找，一点结果也没有。北京对于我来说，是一个伤心之地，给我留下了太多的悲伤。期间，部队领导多次听取我对重新安排工作的意见。经过反复考虑，我认为自己已六十四岁了，老了，不适宜在部队干下去了。于是就向上级提出了离休返乡的要求。可返乡能返到什么地方去呢？按理说我是河南南召人，可以回南召。但南召老家已无任何亲属了。于是，我就想到了和安。经过一番准备，五天前我就离开了北京奔你们来了。”

“五天前？”章一民有点不解。

“对，就是五天前。唉，人老就糊涂了，一糊涂也就无用了。”老人自嘲地摇了摇头。“我坐火车到了天源市。下火车时，我的钱包被小偷偷了。到长途汽车站买票时，一摸口袋，我大吃一惊。怎么办？茫茫人海，举目无亲，我这个老兵可真发愁了。我仔细翻遍身上所有的口袋，惊喜地发现在上衣口袋里尚有三张面值一元的人民币。我坐在车站的椅子上，盯着这三张人民币，思量了许久。三元钱不够买到达五岭市的长途公共汽车票，但可买十五个馒头。这十五个馒头可以维持我三天的生活。天源市到你们双沟村，大概是三百多里的距离。我每天走一百里，估计三天就可以到达。现在是秋天，晚上气候凉爽，不用住旅馆，找个背风的地方露宿即可。谁知人算不如天算。走路是个力气活，消耗大，一天吃下六个馒头还嫌不够。何况，好汉不提当年勇。人老了，第一天走一百里还可以，第二天就不行了。后来，是咬着牙苦撑了五天才到了石牛镇。馒头早已吃完，碍于老脸，又不好意思乞讨。到石牛镇时已有近两天粒米未进了。原想坐下来喘口气，不料腿一软，人就昏了过去。”

“杜师长，没想到您在晚年竟遭如此大难！”章和安仍习惯地用部队的称呼。“这下好啦，就在这里安心地住下去吧。从此之后，我们就是一家人了！”章和安难过得泪水直流，紧紧地握着老人的双手。

之后，老人把所有关系都转到了双沟村。起初几年，北京部队的领导还时不时派人来探望一下。也许是时间久了，也许是人员变动太频繁了，渐渐部队就不再派人来了。对此老人并不介意，也毫无怨言。他一天到晚只关心三件事：一是双沟村的发展。双沟村之所以称为双沟，就是三道丘陵夹绕着两条沟川。在两条沟川中，东一处、西一处，零零星星地散布着一百多亩耕地。全村五十多户人家、三百多口人，守着这片土地，不管如何精耕细作，也只能是喂饱肚子而已。想进一步发展，门也没有。所以，老人围着双沟村，整整转了一年多。一天晚上他找来村里包括章和安在内的五个党员进行了深谈。最后他们一致认为，双沟村要想向前奔，必须要找一个好的带头人。可谁来当这个带头人呢？众望所归，非老人莫属。但老人却认为自己老了，当冲锋陷阵的领头人不行了，最多只能当个参谋。后来大家商定，推选章和安为村主任候选人，交村民大会选举决定，老人自告奋勇担任村党支部书记。章和安当选村主任后，经商村民同意，首先对村里的生产方式重新做了组合。一百亩耕地转由十个种粮能手承包，每年所产粮食交由村里统一分配。其次，有计划地组织多余劳力出外打工。经老人出面联系，北京市和天源市有关部门每年为双沟村提供五十个长期合同工岗位。同时，进一步做好对现有的山川的开发工作。在三道丘陵上广种水果、草药和其他经济林木，适当开展乡村旅游项目。这样一来，全村村民的平均收入得到迅速增长，生活水平上了个新台阶，对男女老少的安排也各得其所。于是，人心更齐了，大家都觉得更有奔头了。第二件事是修路、通电、建学校。在老人的策划下，他用自己平反出狱后补发的工资，加上从几位老战友那里募到的一笔资金，全村老少齐上阵，以自愿义工的形式修了公路，把村子同外界连接起来，大大改变了这个山村的交通条件。另外，又购置了电线、电杆、变压器，把照明用电从石牛镇接到村子的每家每户，结束了村子里长期使用煤油灯的历史。同时，还把村子里一所小学的校舍修葺一新，保证本村所有适龄儿童都能入校，完成小学一至四年级的学业。

第三件事，也是老人的一件心事，就是修葺烈士陵园。

在双沟村南边的村口，有一座烈士陵园，是为纪念1949年解放五岭市战役中牺牲的解放军烈士而修的。因疏于看管，陵园已呈荒芜破败景象。老人与章和安商定，以后由两人共同维护看守这座陵园。老人用自己的部分工资买砖买树，花了一年多的时间，在陵园四周修起了围墙，在陵园内栽满了松、柳。同时，通过查询资料、走访调查，为每名烈士建立了档案，还为这次战役整理出一份文字材料。当有人来参观时，老人就当起了义务讲解员。如今，这座烈士陵园已变得整洁干净、郁郁葱葱，成了远近闻名的一处爱国主义教育基地。老人每天都在陵园里转悠。用他的话说，自己在寻找过去，在为烈士守灵。

老人的所作所为，在双沟村人们的心里，是小葱拌豆腐，一清二白的。对村里所发生的变化，村里人都把它归功于两位老人：杜介英和章和安。尤其是对杜介英，全村人佩服得五体投地。渐渐地村民们不再叫老人的名字，而是亲切地直呼他为“老党员”。

待村子里工作走上正轨之后，杜介英老人就把村支部的工作也压到章和安的身上，自己则转而关注章一民的成长。初次接触，老人即看出章一民是个好苗子、好后生，决心要把他培养成才。老人不但在经济上资助章一民上完了大学，而且更重要的，是用自己的人生经验和一个老党员的品质与人格，指引着章一民的人生方向。章一民高考填报志愿时，曾征求老人意见，想报考农业专业。对此，老人毫不犹豫予以支持。为什么？老人解释说，中国是一个农业大国，中国革命的核心是农民问题，中国实现“四化”的核心矛盾，仍然是农民问题。解决好农村、农民、农业的问题，大概还需要几代人的努力。他们这一代已是日薄西山，以后主要要靠章一民这一代以及以后的年轻人了。章一民大学毕业就今后的工作去向再次同老人商量时，老人又是斩钉截铁地回答：“回家乡，回农村。”老人在回复章一民的一封洋洋万言的长信中，反复阐述一个道理：农村太重要了，谁不了解中国的农村，谁就无法领导中国。农村天地广阔，有本事的人是可以大有作为的。同时劝说章一民，既然回到了农村，就一定要从乡镇的基层工作干起。因为乡镇是我国的基层政权，是离农村、离农民最近的地方，可以接地气、可以知民心。只有在乡镇干好了，才能胜任更高一层的工作。

这些年，章一民谨记老人的教导，在大学读了农机专业，大学毕业后毅然回到岭潭县，在一个乡镇，一干就是五年。后来章一民在县、地两级政府、党委任职时，每当自己有了新的工作思路时，他总是首先回到双沟村征求老人的看法。老人每次都像在部队指挥打仗一样，严肃认真地作出回答。要么反对，要么支持，要么作出补充，但常常挂在嘴边上的一句话则是：情况要摸透，问题要把准，决策要坚决，做法要稳妥，关键是看成效，切忌浮躁，追风赶时髦……正是靠着老人的指点，章一民才有了今天，才会在前进道路上没犯大的错误。章一民几次同老人商量，想把老人接进城里同自己一同生活，但每次都被老人婉拒了。理由是：我生性喜爱农村，在农村我觉得自在惬意，已难以再适应城里那种喧闹纷乱的生活了。何况，双沟村的老乡们对我很好，我现在身体尚健，完全能照料好自己，你尽管把心放在肚子里！事实上，老人的话只说了一半，他内心里还有一个顾虑，就是看到章一民的工作如此繁忙，十分心疼，不愿意再给他添麻烦了。

“章副书记，车子已进五岭市了。要不要到市委休息一下？”小强一边开车一边轻轻地提醒。

章一民从沉思中回过神来。他向窗外望了望，说：“不去，直接回双沟村！”

车子在家门口刚一停定，虎子即蹦跳着奔了出来。虎子是老人在章一民父母去世后领养的一条名犬。这家伙滚圆的身子，长长的尾巴，强壮的四肢，周身覆盖着浓密的苍灰色长毛，肚皮底下一条浅浅白线直通到下巴，虎头虎脑的大脑袋上竖着两只尖长的耳朵，铃铛般的大眼里闪烁着狼一样的光芒。虎子先是摇头摆尾，兴奋地围着章一民跳来蹦去，最后像人一样站立起来，两只前蹄搭在章一民肩上，不停地舔吻他的双颊。章一民爱怜地捧起它的脑袋，在它鼻尖上吻了吻，拍了拍它的后背。“爷爷呢？快去找爷爷！”虎子听后，愣了一下，看了看章一民，立即会意，身子向后一缩，扭头向烈士陵园跑去。

“噢，爷爷在陵园里忙乎呢。”章一民示意小强将车上东西搬进屋里，自己则尾随着虎子向陵园走去。章一民父母在世时老人坚决不同意章一民喊他爷爷。因为老人认为，自己和章和安是战友、是同志，是同辈。父母去世后，章一民就改叫爷爷了。对此，老人没有再反对，算是默认了。

“一民，回来了？”老人远远看见章一民的身影，就高兴得大声喊了起来。

章一民抬头凝视，见老人身着短衣短裤，肩上搭着一条白毛巾，手握着一把铁锨。阳光下，老人的身影硬朗坚挺，满头银发熠熠生辉，一尺多长的白须随风轻扬。他精神矍铄，嗓音洪亮，俨然一副老寿星的模样。

“爷爷，您在干什么？”

“唉，我在救这两棵松树！”

对这两棵苍松，章一民非常熟悉。它们是在建陵时栽下的。近五十年过去，已长成参天大树，盘根纵横，躯干挺拔，冠荫接天。它们如同两个卫士，竖立在陵园门口，并成了进入双沟村的一个标志。但不知什么原因，最近几年，这两棵老松渐渐失去了精神，眼下已变得半干半枯了。

“到底是什么原因？”章一民绕着树干边观察边问爷爷。

“俗话说，根壮叶茂。你看看，这两棵树下的土，被白蚁掏空了。根也早已被它们咬噬殆尽了。失去了根，失去了土，焉有不死之理！”老人点上旱烟遥望远方，猛抽了几口。

章一民心里一沉，似有所悟，望着老人感伤的神态，赶紧走上前去。“爷爷，咱们爷孙俩两个多月没见面了。走，回家去！今晚，我要和你痛痛快快地喝上一顿。”他接过铁锨扛在肩上，扶着老人离开了陵园。

回到家里，小强已在餐桌上摆了两盘五香花生米、一盘拍黄瓜、几只酱猪蹄和一盆豆腐炖青菜。章一民和老人坐定后，就让小强找出父亲和爷爷在部队时使用过的两个军用茶缸。按惯例，他在每个茶缸里都倒了一瓶二锅头。

“好酒！”老人家呷了一大口，然后往嘴里送上几颗花生米。“冰泉的病怎么样了？”老人双眼急切地直盯着章一民。

“恐怕来日无多了！”章一民禁不住黯然神伤。

“不要太伤心，孩子！得了这种病，神仙也无法呀。”老人神色悲怆地仰脸又大喝了一口。

“孩子，你这次回来，可能还有别的事情吧？”老人头也没抬，轻轻叹了一口气。

“爷爷，我可能又要碰到人生一大坎了。”章一民原本就有一肚子话要向老人倾诉，见老人主动提及，也就竹筒倒豆子，统统倒了出来。最后，他特别强调：目前三江省的形势空前复杂。围绕着年底省委省政府的班子调整，各种人物都在活动，各种势力都在集结。一些人为了达到自己的目的，无所不用其极。还有一些坏蛋已经狗急跳墙、凶相毕露。下一步如何演变，很难预料。对此，我十分忧心和不安。赖锐、杨雪凝这两个人爷爷也认识，她们曾来看望过您。可这两个人，在7月15日夜里，一个在回家的路上被车撞死了，一个在家里被人谋杀了！

“这两个姑娘被人谋害了？”老人忽地一下站了起来。

“这两个人被害已两个星期了，可至今，我这个省委副书记还未见到省公安系统报来的任何信息。看来，这绝非是工作疏漏，很大可能是故意瞒着我，或者有针对我的图谋。”

“你们那个老书记呢？他不是比较喜欢你吗？”

“今非昔比了！”章一民苦笑了一下。“我也弄不清楚，我在什么地方、什么时候得罪了这位大人。我常扪心自问，自己对他的态度这些年是始终如一的，从来没有变化过。可一年多来，他对我却愈来愈冷淡。近几个月，我们之间竟形同陌路，变得根本无法沟通了。我自己也感到与这位老书记的意见分歧越来越大，突出反映在国企改革、农村城镇化建设、省会城市改造及家庭生活方面。前三项工作，是他在退下来之前下决心要推动的，带有树碑立传的性质。这位老书记日益看重自己的名声，日益在意退下来后自己晚年生活的保障问题。他曾向不少省级领导试探，别人对自己是否也是人在情在、人一走茶就凉呢？老书记有一个女儿，身有残疾，毕业于一所高等职业技术学院。他希望我能安排她到省委组织部工作，我没同意，建议她到省档案馆或图书馆工作。不料他勃然大怒。这也许是导火线吧，从此之后，对我就有意疏远了。也许他心里认为，我是个忘恩负义之徒，对他没感情，不关心他的家庭生活。最近一个时期，天源市流言蜚语四起，说什么章一民不行了，在老书记那里失意了。对此，我真是丈二和尚摸不着头脑，哭笑不得又无可奈何。”

“我对三江省的官场情况也看不准。关于这两年三江省的几项重点工作，我从各方面倒听到了一些反映和不同意见。”老人放下了酒杯，围着桌子踱来踱去。“对三江省的总体局面，我有个大致判断，不正常，不健康，不得人心。”

“你打算怎么办？”老人坐回桌前，语气凝重、严肃。

“我已做了最坏的准备。我是一个农民的儿子，也从未想到能当上省委副书记。将来最坏的结果，无非是丢了乌纱帽，回到农村重操旧业做农民。不过，请爷爷放心，今后不管遇到什么情况，我都不会忘记自己是一个共产党员，都会以您为榜样，坚持真理、不输人格！”

“好，好，好！”随着三声叫好，老人连饮了三大口。“人，马马虎虎地活着易，认真正派地活着难，活得明白清醒则更难！人，不能不清醒，但太清醒也会招来许多痛苦与麻烦。要说我们这一代人同现在的年轻人有些什么不同之处，就是我们没有优渥的童年，而青年多舛，中年多隐痛，垂老又不乏风雨。我们这一生只讲奉献，敬畏理想信念，付出多、索取少，初衷不改、无怨无悔。我们这一代是物质贫乏精神富有的一代，且是只管栽树、不考虑乘凉的一代。我们这些老家伙在人生的道路上，一直追求的是明白与清醒。为此，把信仰、党性看得重于生命。在为人处事方面，主张大事清楚，小事糊涂。现在倒好，不少人是反其道而行之，经常是小事清楚，大事糊涂，该懂的不懂，不该懂的却懂得许多。他们丢掉的往往都是大问题，即原则、信仰与人格。也许我们经历了太多的磨难、困苦、流血与牺牲，才学会了坚守、自信与执着。在血雨腥风中我们懂得坚守，在坎坷挫折中我们保持着执着，在新东西面前我们不失自信，敢于搞懂并予以消化。我们对党、对人民、对国家总有一种使命感，常常想人民的事多，想自己的事少。这可能就是我们这些‘老派人’的风格吧！改革开放以来，我们的国家固然取得了历史性的辉煌成就，但也积累了一系列尖锐的矛盾和问题。譬如，对一些常识性的错误，我们过去曾犯过，现在不少干部仍照犯不误。一些干部包括党的一些高级干部，常常热衷于喊口号，醉心于急于求成，迷恋于权力和名利。我看，一些干部现在的精神状态，难以保证在将来不犯大的错误。失去理想、信仰、党性的领导，最怕坚持原则、德才兼备的同志。你们那个老书记恐怕就是这样的人吧！不过，人常说‘舍得’，只有舍，才能得。只有敢舍，才能敢为；只有无私，才能无畏！你刚才说得很好，事情也许不会如你说得那么严重，然而一旦有了这最坏的准备，就能做到沉着应付，从容淡定。还有什么可怕的呢！”

听着老人这些至理名言，章一民热血沸腾，胸怀似乎更阔了，眼睛仿佛更亮了。“爷爷，您的话，我全领了。今晚咱们不再谈这些大事了，下面只做一件小事，喝酒！”

不到一个小时，两人茶缸里的酒已空空如也。章一民的头，开始发晕了。

“章书记在家吗？”门外同时传来几个人的声音。

“谁呀？请进！”章一民起身拉开了房门。抬头一望，见院子里黑压压地站了几十个人，有邻村的李大爷，有石牛镇的老镇长，有岭潭县的老书记，还有五岭市的几个老相识。“进来，进来，快请进来！”章一民连忙招呼他们进屋。

“不用了，你这个小屋也装不下我们这么多人！”老镇长带头开了腔：“我们就在院子里向你这个省委副书记反映几个问题。”章一民站在门口，心里沉甸甸的。

“这个国企改革是怎么回事？咱们岭潭县的丝织厂，本是县里一家最大的国有企业。你也知道，岭潭县富产桑叶，家家养蚕，蚕丝是县里一大特色产品，远近闻名，更是丝织厂的原料保证。过去丝织厂的生产、销售一直不错。几年前，厂里发觉设备陈旧了，产品的花色品种也需要调整了，就向县里申请一千万元更新设备的专项经费。结果令人大失所望，不但一分钱没有拿到，反而招来了县里的一纸命令，要丝织厂进行改革。改革的办法是私有化。把原来厂里的所有设备、厂房作价卖给了一个私人老板。原来厂里四十岁以上的工人，不论男女，一律买断工龄，付了很少一笔钱，就打发这些工人统统离厂回了家。后来，这个私人老板又把工厂卖给了另一个私人老板……倒来倒去，厂里状况越来越糟，眼睁睁看着一个政府只要扶一把就能脱胎换骨的厂，一个本来蛮有特色和前途的厂就这样垮台了。所有资产都进了私人老板的腰包。章书记，国企改革难道就是这样一卖了之吗？政府难道能这样对待新中国成立后为国家拼搏了几十年的老工人吗？”厂里的一个老人说到这里，已泣不成声。

“还有咱们省里搞的这个农村城镇化建设。”石牛镇老镇长激动得胡须乱颤。“前些天，省里又来了一个什么规划，要把石牛镇变成一个小城市。为此，镇周围的农村包括双沟村的农民，都要统统搬进石牛镇居住。这能成吗？农民都住进石牛镇，离开自己的耕地和生活来源，他们吃什么？穿什么？扎着脖子喝西北风吗？他们原来的土地还种不种？如果地不种了，又能干什么？我看这是瞪着眼说梦话，闭着眼瞎折腾！”

“我觉得我们现在的干部任用存在问题。”岭潭县的老书记马成石声音里充满了怒气。“一是干部调配太频繁。县委书记、县长一般都不能干满一届。往往只干上一两年，屁股没坐热就又另谋高就了。二是空降干部太多。不少县的主要领导都是从地市或省里空降下来的。他们一般不了解农村情况，待的时间又短，能干成什么事？三是不分具体情况，过分强调干部年轻化。规定乡镇干部不能超过四十岁，县级干部不能超过四十五岁。大家都知道，随着生活水平提高，医疗条件的改善，现在人的寿命都延长了。四十到六十岁的人可谓年富力强，正值最成熟最能干工作的年龄。何况这些干部退下来国家还得养着，造成了这几年县、乡干部队伍急剧膨胀，工资开支大大增加。我就不明白，让这些人这么早就退下来有什么好处？四是目前的县市领导，有很多人都把家安在地级市甚至省会，每到星期五这些人就开始纷纷离岗返家，到了星期一，他们才姗姗返回。一星期满打满算才工作四天。这怎么能把工作搞好？另外，星期六、星期天，主要干部都离岗，万一发生了什么事，谁来处理？”

“还有，目前农村党的基层组织，好像已不复存在了，或者说已不起什么作用了。家族式的恶习重新抬头，各种不健康势力在蔓延扩大，黑社会性质的团团伙伙在村里横行霸道……我们党在农村的基础正在动摇。”

……

这样的发言一个接一个，一直持续到深夜。发言中涉及的问题，有的章一民已有所察觉，有的他正在调研。看看时间实在太晚了，何况大家又都是站着说话，章一民实在于心不忍。“各位乡亲、各位老同志，你们讲的这些意见和看法，我个人完全赞同。明天，我回去后，一定向省委反映。”章一民站在台阶上逐渐提高了嗓音。“不过，大家反映的都是事关全局的大问题。不是我打官腔，估计从研究到出政策，需要一段时间。我以一个党员的党性向大家保证：凡在我职权范围内的问题，我一定会亲自抓、亲自督办，等有了结果，一定回来当面向大家汇报。”听罢章一民的表态，院子里的人呼啦一声一起拥了过来。章一民逐一同他们握手，眼睛里噙满了热泪。

送走了客人，章一民返身进屋，突然发现五岭市的几个老相识仍悄悄地站在门后。

“一民，有些异常情况，我们想单独向你反映。”灯光下，章一民认出是自己任五岭市市长时的市政府政策研究室的老主任石昆和另外两个同志。

“最近一个月来，省委副书记单会涛和省长于振天的两位秘书常常在夜里来到市里，同市委、市政府的主要领导关门密谈。据做具体服务工作的同志透露，在密谈中，两位秘书除向他们分析了省里今后一些人事安排的动向外，还多次打听你在任市长时搞的一些改革。这几天，在市委、市政府大院里，人们经常窃窃议论的也都是关于你的事情。多年的经验告诉我：来者不善，善者不来！有些人在上蹿下跳，八方串联，这很不正常，估计矛头是针对你的。你这个人光明磊落，是君子。可他们贼头贼脑是小人啊！俗话讲：‘害人之心不可有，防人之心不可无。’你不能不防啊！”这几位老相识激愤之情溢于言表，殷殷之心可质云天。章一民的眼睛湿润了。此时此刻，任何言语都显得多余。他跨步上前，默默地紧紧地同他们拥抱在一起。

十

送走了来反映情况的干部和群众，章一民和老人心情沉重，困意全无。两人坐在桌前，细细琢磨着大家反映的问题，反复分析了与问题相关的各种情况。不知不觉间，东方已露出曙光，几声报晓鸡鸣在空中回荡。章一民起身叫醒小强，匆匆准备早饭，打算饭后即驱车返城。也许是因为劳累和焦虑，老人突然感到头晕。章一民慌忙扶老人躺下。他怕这是老人患感冒的前兆，赶紧按农村的土办法，用竹叶、葱胡、香菜根和薄荷叶熬了一碗浓汁让老人趁热喝下。一刻钟过后，老人浑身冒汗，脸色重现红晕，感觉舒服多了。但章一民仍放心不下。他略作思考，即嘱咐小强：“把返城的时间推至下午。你到厨房烧上一大锅开水，并找出老人洗澡用的大木盆。”他清楚地记得，小时候，村里人感冒了，如喝罢草药汤仍未见好，就到镇上的澡堂里痛痛快快地泡上半天，让人在身上用劲地搓上一遍，准能手到病除，康复如初了。为此，他决定今天要亲自帮老人洗一次澡，搓一次身子。

待小强准备停当，章一民即帮老人脱去衣服，然后半抱半扶地将老人放入一只大木盆中。泡了十分钟之后，章一民即拿过一条毛巾沾透热水再拧至半干，在老人身上认真、仔细地揉搓起来。从颈部、背部到双腿再到脚丫缝儿。连续两遍之后，老人通体发红，浑身冒出细密的汗珠。期间，老人一直静静地半躺着，享受着章一民的揉搓，眯着眼甜甜地品味着这种爷孙之情。后来，他突然睁开双眼。“行了，一民，你也该歇歇了。老头子谢谢你的这份孝心！我这感冒算是彻底治好了。你赶紧回省吧！”听到杜爷爷这番话语，章一民不以为意，反倒觉得以往是自己粗心了。今后，要抓紧一切时间，争取能定期帮老人洗澡、搓澡。转念再一想，老人毕竟是上了年纪的人了，身边如无合适的人照顾是不行的。对此，章一民再次责备自己的失误。于是他立即找来了村主任，两人商量了许久，最后决定请村里五十多岁的牛大婶白天过来照料老人，应付工资由章一民承担。晚上，则由村主任亲自到家里陪伴老人。待一切安排完毕，已是下午两点多了。因周二省委要开例行的常委会，章一民必须赶回，不能再停留了。

车一开动，章一民即吩咐小强，中途不要停留，径直回天源。说罢，就向后一仰，想趁机休息一会儿。然而昨晚县、镇群众和干部反映情况的场面，一直在眼前闪现，忧心和不安令他辗转反侧，难以合眼。小强知道章一民昨晚一夜未眠，巴不得让他在车上美美地睡上一觉。所以拿出了看家本领，把车开得又快又稳，不到一个小时，即跑完了一百二十多公里，顺利地拐向五岭市的外环大道。突然，市东郊的羊山和牛山之间升腾起一个巨大的火球，随着一声巨响，两山仿佛是两位相对而立的老人，先是上下跳动，身子向两边拉开，接着又猛然回撞在一起。顿时，山摇地动，烟尘蔽天，几道烟柱，直冲九霄，一阵沉闷的雷声在大地上滚动……两人乘坐的小车，如大浪中的小船，左右晃动，东倒西歪……

章一民在北京上大学时，曾听过关于唐山大地震的学术讲座。他隔着车窗审视眼前所发生的一切，脑子里一闪当即想到了地震："不好，发生地震了！"他对着小强高喊。

"地震！怎么办？"

"看样子，地震的中心就在五岭市。小强，立即调头！到市委市政府去！"

"章书记，我们还是先回去向省里报告，由省里统筹安排吧。明天省委还要开常委呢！”

“管不了这么多了！五岭市的老百姓正在遭难。现在群众最需要的是有领导站出来。不要再啰嗦了，立即照我说的去做。何况，市里损坏程度如何，群众伤亡情况怎么样，市委市政府还能否正常运转，我们都有责任搞清楚，向省里向中央报告。我现在离灾区最近，人命关天，义不容辞，灾区就是战场，必须以最快的速度赶到现场，站到第一线！”

小强不再争辩，艰难地驱车前行。一路上，只见两旁的房屋大多已被夷为平地，树木电杆东倒西歪，人们在废墟中奔跑、呼喊，不少地方还在燃烧冒烟，哭声、呻吟声响成一片，一切就像炮火弥漫的战场。

费尽周折，小强七扭八拐总算把车开到市委市政府大楼前的小广场。章一民下车一看，市委大楼从中裂开一个一米多宽的裂缝，楼体已经向西倾斜。市政府的大楼因是前年才建成的，整体状况看上去尚好。人们看到章一民跳下车来，马上像潮水一般涌了过来。大家像见到救星一样，眼光齐刷刷地看着他。

章一民心里一热，泪水潸然而下。人群仿佛受到了感染，“哇”的一声响起一片撼天动地的哭声。

“同志们，种种情况表明，这是一场大地震。五岭市这次遭遇大难了。但大家不要慌。有党在，有政府在，有我们这个伟大的国家在，再大的灾难我们也能顶得住、扛得过。我是从老家看望老人返回时碰巧路过这里的。现在，我宣布立即成立五岭市抗震救灾指挥部，我任总指挥。我不走了，决心同大家同甘苦共患难，共同战胜这场灾难！”

人群马上安静下来，人们脸上的悲痛渐渐转为坚定。

“市委市政府的领导还有谁在？”

从人群外边匆匆忙忙挤进两个人来。他们脸上带血，显然已受了伤。“章副书记，我是副市长连石松，他是市政法委书记耿留成。我们两个今天在市委、市政府值班。”

“市委书记和市长呢？”

“他们的家都安在天源市。两人上星期五下午回去，今天上午应该回来。不知为什么，现在还未见到他们。”

“其他领导呢？”章一民脸色变得铁青。

“正在派人寻找。”

“时间就是生命！目前压倒一切的任务是救人。我们不能再等了。你们两个就担任副总指挥吧！”

听说章一民副书记已来五岭市坐镇指挥抗震救灾，市委市政府机关各局、办的干部都纷纷向广场集中。

“电力局、电话局、自来水公司、煤气公司的领导来了没有？”章一民一边查看周围情况，一边大声询问。

“来了，来了！”几个人同声回应。“这次地震对五岭市来讲，闻所未闻，史无前例。目前，水、电、气、通信全部中断，手机也无信号。”

“如果马上组织人力抢修，估计最少需要多长时间？”章一民目光直视着他们。

“最少需要三天！”

“最少需要三天！”章一民身子一振，心中一沉，脸色十分凝重。“同志们，大家现在应该明白了。我们现在的处境，是水、电、气、通信全部中断，意味着我们已同外界失去了一切联系。在今后的至少三天中，一切都只能靠我们自救自助了。只有撑过这三天，四面八方的援军才能赶到。为此，五岭市所有的干部、党员、团员，必须身先士卒冲锋在前，必须把方便让给别人，把困难留给自己，把生的希望让给群众！这是一场战争，也是对我们的一场严峻考验。因此，指挥部要求大家，个个要做英雄，谁也不能当逃兵和狗熊！”接着又问道：“电视台的人来了没有？”

“来了，我就是！”一个三十多岁的女同志应声而出。

“电视台能否继续播放节目？”

“不能了。整个演播大楼都垮了！”

“那，电视转播车呢？”章一民抱着最后一线希望。

“转播车因停在楼外的专门棚子里，虽被砖瓦砸了一下，尚能正常运转。”

“车上配有发电机和扩音喇叭吗？”

“配有发电机，但没有扩音喇叭。不过车上设有安装喇叭的接口。”

“市广播站有人在吗？”

“有，我就是！”一个二十多岁的小伙子站在章一民面前。

“好，你回站里找出两个高音喇叭安装在电视转播车上。你们俩组成一个小组，主要任务是向市民及时传递指挥部的决策，稳定人心。现在你们的第一项工作，就是播放指挥部的第一号通告，告诉全市群众，抗震救灾指挥部已经成立，正在统一领导全市的抗震救灾工作。中央、三江省和周围兄弟省、市、县的同志也正在赶来支援我们。因此，大家不要惊慌，务必要沉着冷静，积极开展互救。所有的困难都是暂时的。在党和政府的领导下，我们一定能战胜这场灾难，迎来更加美好的明天。这是个安民告示，你们懂吗？你们要开着转播车在市区转上三圈，一刻不停地反复广播。同时，还要告诉你们两个单位的领导，要他们设法联系下属几个县的广播站，采取同样的方式，在本县范围内播放同样的内容。”两个人应声而去。

“老耿，老连，现在我们要抓紧研究、部署下列几项工作：第一是救人。72小时之内是救人的黄金期。这是重中之重。为此，要动员所有力量，动用一切手段，对受伤的要立即安排救治；没从危房中撤出的，要立即撤出；对埋在废墟中的群众要千方百计救出来！市医院要马上搬到中心公园，现有的帐篷要首先保证搭建临时病房。同时，要求市区各街道、各居委会和各县所属的乡镇，不能等、不能靠，迅速开展互救互助。连副市长，这件工作就由你负责吧！”

“第二项工作，是要千方百计恢复同省里和中央的联系，报告灾情，请求支援。种种情况表明，五岭市这次遇到了几百年从未见过的大地震。对这样严重的灾害，仅靠我们五岭市是扛不过的。五岭市军分区的领导来了吗？”章一民抬头环视。

“报告总指挥，军分区政委、司令员向您报到！”两人看来是跑步赶到的，脸上挂满了汗珠，短袖军衫已被汗水浸透。

“军分区的通信设备是否还能同外界联系？”章一民来不及寒暄，直截了当地问道。

“报告总指挥，我们本来有一条直通省军区的军用专线。可能是设备老化了，地震发生后我们立即启动此专线与省军区联系，但怎么也接不通。目前我们正在派人沿线分段检查。”

虽不出章一民所料，但也多少有点失望，可这件事情必须尽快解决。“司令员、政委同志，恢复五岭市同外界通信联系的重要性不用我多讲了。这样吧，这项工作就交给你们了。建议你们一边检查专用线路，一边立即派出两位得力的军官日夜兼程，克服困难徒步进省。五岭市离省城200多公里，如果顺利的话三天内也许能够赶到。这是个笨办法，但无论如何要比我们坐等好啊！另外，全市水、电、气的修复工作，也由你们一并负责。”章一民声音发抖，心情激动。

“是，我们立即照办！”

“另外，你们还要以最快的速度，组织你们手里目前掌握的部队和基干民兵，投入救人工作。首先要重视人群密集的场所。”

送走军分区领导后，章一民吩咐市政法委书记耿留成：“现在，一切都必须做最坏的准备。我不清楚现在市区的食品、瓶装水、交通燃油还能维持多长时间。为确保伤员、儿童、老人和医务人员的需要，我们现在要马上采取一项极端措施：即把这些物品一律控制起来，实行统一管理统一调配。未经指挥部允许，任何人、任何单位不得私自动用，违者严惩不贷。也就是说，我们必须千方百计保证全市能正常运转三天，渡过最困难的这段时间。这可是攸关全市安危的大事啊！老耿，这项工作由你全权负责，公安部门全力协助。”

望着章一民沉稳、坚毅的神态，耿留成感动得泪水直流。他万万没有想到，这个平时温文尔雅、文质彬彬的省委副书记，身处紧要关头，面临险况恶境，竟如同一个身经百战的将军，从容不迫，指挥若定。

“章书记，你放心，我到今年年底就要退休了。临退之前赶上这场大灾难，也算是给了我一次再尽点责任的机会。我就是豁出这条老命，也要坚决把这件大事办好。”

望着老耿渐渐远去、有点驼背的身影，章一民感慨万千：多么好的干部、多么好的人民啊！突然，他眼前一黑，跌坐在地上。小强知道他这几个小时太紧张了，几件大事部署已定，绷紧的神经一松，再加上劳累，人就支持不住了。他慢慢扶起章一民，既心痛又无奈地走进了刚刚搭起的一顶帐篷。

此时，帐篷外的天空仍乌云密布，几道电光闪过之后，大雨倾盆而下，紧接着大地一阵晃动，又发生了一次较强的余震。

“小强，赶紧把市地震站的同志找来！”章一民霍然抬头，焦虑地眺望漆黑的夜空。

十分钟过后，一个四十多岁的同志匆匆闯了进来，右手用绷带吊在脖子上。

“章书记，我是市地震站的工程师苏存仁。”

“你们地震站受损情况如何？”

“我们地震站的办公地点是一座三层旧楼。地震发生后，整个楼体全部陷入地中。前些天，我们的监测仪器已陆续监测到一系列不正常情况。今天下午，正、副站长和几位专家正在楼里分析、研究、汇总有关情况，不料地震发生了，他们全部遇难。”说到这里，苏工程师已泣不成声。“我因带着两个技术员到郊外的一个监测点抄录数据，才得以幸免。目前地震站就剩下我和两个技术员了。”

章一民鼻子一酸，跨前一步紧紧握住苏工程师的双手。“地震站遭此灭顶之灾，我同你一样悲痛万分。不过，现在还不是我们伤心的时候。我问你，这次地震有几级？”

“根据已掌握的数据，初步判定为8级左右。”

“裂度呢？”

“大大超过8级！”

“地震中心位置在什么地方？”

“大致判定在市区东郊与岭溪县的交界处。具体位置还需实地勘查。”

“关于震级、裂度和地震中心的位置，相信国家地震局会有准确判断。不过，地震就发生在我们眼前，无论从哪个方面讲，我们都有责任提供第一手资料和数据。你说呢？”

“你说得对，这是我们应尽的责任！”

“现在，我宣布你暂时代理站长职务。你当前的工作主要有两条：一是做好地震站受灾的善后工作；二是继续监测余震情况，并马上派人勘查地震中心的确切位置。你有伤在身，能完成任务吗？”章一民关切地注视着苏工程师。

“大灾当前，义不容辞！”苏工程师的身影迅速消失在夜幕中。

“小强，你再到市政府大楼转一转，看看还有些什么人在坚持上班，我需要人协助！”章一民难过地低下了头。

小强刚刚离开，三个身影先后冲进了帐篷。章一民举起蜡烛一照，脸上绽出了笑容。

“哎哟，是任副书记和左、汪二位副市长啊！真是及时雨啊！我现在已是焦头烂额，拉不开栓了。快说说你们掌握的情况！”

“我上星期五到岭南县了解县委、县政府近期换届的相关情况。地震发生后，我即往回赶，无奈交通断绝，只能步行，所以到现在才来向你报到。”市委副书记任一介满脸歉意。

“岭南县灾情怎么样？”

“县城灾情不太重，倒塌了一部分房屋，只是水、电、气、通信断掉了。”

“老任，你也来任副总指挥吧。不过，现在是非常时期，市委决不能断人。我看，你就回去蹲守在市委，设法及时了解、掌握市区和市属四县抗震救灾的进展情况，有什么问题我们及时沟通。市委大楼你是回不去了，你现在要么去市政大楼办公，要么就在我旁边搭一帐篷，与我相依为命。何去何从，由你自定！”章一民笑嘻嘻地盯着任一介。

“我还是暂到市政大楼办公为好。这样，市委、市府两摊可以兼顾一下。你这里是指挥中心，一顶帐篷怎么够用？明天，我设法再弄两顶来。”言毕即同章一民握别。

“章书记，我家就在岭溪县。岭溪县这次受灾很重。可县委书记、县长均回家未返。我本想留在县里指挥救灾，但又挂念市区的情况。无奈，我安排了周末值班的一位县委副书记负责全面指挥，自己就徒步来市里领受任务。”副市长左秩铁匆匆说明情况。

“老左，初步判断，市东郊和岭溪县是这次地震的重灾区。县里的一、二把手都不在岗，怎么组织群众抗震救灾？”说至此，章一民满脸怒容。“这样吧，你也任副总指挥，但你的工作地点不在这里。你要马上返回岭溪县坐镇指挥，领导全县的救灾工作。有什么困难，在通信没恢复之前，可及时派人报告。小强，为老左找一辆自行车，这可能会走得快一些。再带上几包方便面和几瓶矿泉水，边吃边走吧！这可是对你的特殊优待。我们这些人到现在还水米未沾呢！”章一民拍了拍左秩铁的肩膀，亲自送他出了帐篷。

“章书记，我家在岭北县。两位老人地震中受了重伤，

我对他们略作安顿后就赶了回来。你知道我是分管教育和卫

生的副市长。有什么任务，你下命令吧！”五岭市副市长汪鸣道说话直截了当、瓮声瓮气。

望着这位昔日的老部下，章一民心中十分高兴。“老弟，咱们好长时间没见面了。没想到我们会在此种情况下又聚在了一起。现在，你也是副总指挥，仍主抓你的老本行：教育与卫生。这是这次救灾工作中的两个重点。学校是人群最集中的地方。地震发生时幸亏是星期天，绝大多数师生均不在校，估计伤亡不会太大，但也不能有丝毫马虎。因此，你的第一个任务，就是马上摸清全市学校的受灾情况，设法弄准师生伤亡数目。第二个任务，就是组织全市的所有医疗力量，竭尽全力做好受伤人员的救治工作。我已经让市医院搬到中心公园了，并让连副市长暂时负责。你现在立即去把老连替换出来。以后连副市长专抓从废墟中抢救群众的事情。我担心市医院力量不够，你可同五岭医学院联系，让院长和书记亲自带队，动员医学院所有没受伤的师生全部到中心公园参加对受伤人员的救治工作。”

送走了汪鸣道副市长已是深夜了。章一民走出帐篷，极目四望，除淅淅沥沥的雨声外，远近均笼罩着一片黑暗。呼救声、呻吟声仍时时传来，大地也在时断时续地颤抖。但可以明显感到，整个城市的忙乱情绪正在消失，各项工作已经全面展开，并在有条不紊地进行。章一民从昨天下午开始一直紧揪着的心终于稍微平静下来。他轻轻吐了一口气，返身坐在一张椅子上，轻轻地闭上了双眼。突然，他浑身一震，从梦中惊醒。梦中出现的伤亡群众血淋淋的面孔，让他难过得泪如雨下。他擦了擦泪水，过了好一阵子才回过神来。向外一望，天已大亮。他立即叫上小强，匆匆步行来到了市中心公园。公园里露天躺满了从四面八方送来的受伤群众。医学院的老师和学生们都在紧张地为伤员处理伤口，绑扎绷带。作为外科手术室的两顶帐篷内，凭借着一台小功率发电机，正在紧张地为一些重伤员做着手术。手术器械的碰撞声，主刀医生的口令声透过帐篷，在公园里回荡。……看到章一民的身影，汪副市长悄悄跟了过来。

“情况怎么样？”

“非常严重。从昨天下午到今日凌晨，这里已接诊了五万多伤员。其中因伤重抢救无效而死亡的约有八千人。现在最缺少的是帐篷、医药、医生和发电设备。你看绝大部分伤员都躺在露天。市医院所存用药，最多能再支持一天。市医院自己的备用发电机，只能支持两台手术。从目前的情况看，最少还得增设三个手术台。但没有电，手术根本无法进行。另外，医生，特别是外科医生实在太少了。正在手术台上的两个主刀外科医生——费唯医和许忠治，已连续工作了二十四小时，再这样下去，就是铁人也要垮掉！”

汪鸣道焦急的话语如同一记记铁锤，猛烈地撞击着章一民的心。他双眉紧蹙，飞快地转动大脑。

“小强，你快去通知指挥部的几位副总指挥，加上军分区的领导同志，到我帐篷里开个紧急碰头会。”

二十分钟后，所有应到会的人员均准时到达会场。

“同志们，现在时间不等人，我长话短说。眼下，我们布置下达的各项工作均在紧张有序地进行，整个局面得到了初步控制。然而种种情况表明，这次五岭市受灾的程度可能大大超出我们先前的估计。现在库存的医疗用品只能再支撑一天，由我们统一调配的饮用水、食品到明晚也将全部用罄。可我们同外界的通信联系还未打通，外部的救援物资根本无法在短期内运达。全市的水、电、气还需两天才能局部恢复。因此，明后两天是一个关键的时间点，我们必须用尽一切办法支撑下去。这就是摆在指挥部面前的一个严酷事实。对此，希望大家心中有数。”章一民严肃地望了望与会的每位同志。“下面，我们要逐一研究、解决几个迫在眉睫的具体问题。首先是帐篷问题。大家都看到了，如此多的伤员躺在露天，这怎么能行？我们于心何忍！我原想把市政府大楼腾出，让伤员搬进去。但我到楼里看了看，发觉墙体多处出现裂缝，而当下又余震不断，让伤员进去了也不安全。思来想去，还是让他们住帐篷保险。为此，现在需要立即设法筹集帐篷。同时，还要再搭建三个手术室，这是抢救受伤群众的最低需求。你们几位都是在五岭市工作的，说说在什么地方可以弄到帐篷？”说到这里，章一民的目光有意无意地扫了军分区领导一眼。

“报告章总指挥，昨天下午从你这里回去后，我们就在反复商量搜集帐篷这件事。我们心中清楚，当前救灾急需的大件物品中最吃紧的就是帐篷。章总指挥，你知道，我们手中没有野战部队，平时可掌握、动员的主要是基干民兵和一些预备役部队。有少许一些帐篷是供基干民兵集训拉练时使用的，且分散在四面八方，一时无法集中。昨晚，我们查了军分区的所有仓库，找到了一些过去替换下来的旧帐篷，但其中大部分都有破损。所以我们连夜发动分区机关干部动手修补。另外，我们还动用了库存的一些雨布，用土办法赶制帐篷。总之，我们已经用各种办法凑集了七十顶新、旧帐篷。它们正在送来的路上。”

“太好了，真是太好了，谢谢部队同志的雪中送炭！”在场的几位地方干部包括章一民在内，都高兴得跳了起来。

“下一个问题，是关于发电机的问题。为伤员动手术，必须得有电，对三个新搭建的手术室更是如此。大家想想看，我们就近可以从哪里搞到发电机？”

大家你望望我，我望望你，一时无人开口。

“昨天晚上，”任一介副书记清了清嗓子，慢吞吞地说道，“我从市政府楼顶向四周察看情况，发觉在城北市体育场附近有一处灯光辉煌的地方。不知是什么单位？”

“市体育场附近？”连石松副市长凝眉沉思。“这可能是艾观波同志的家。”

“艾观波同志家在五岭市？”章一民有点不敢置信。

“前年，艾观波同志把父母送到了五岭市并在这里安了个家。”连副市长解释了一句。

听连副市长这么一说，会议又陷入一片静寂。

章一民知道，这件事只能由自己拍板了。“现在，是非常时期，谁也不能例外。指挥部决定，马上征用这家的发电机。我想，这项决定，即使艾观波同志在这里，他也会同意的。汪鸣道同志，你立刻带人去执行指挥部的决定。一定要做好说服解释工作。如行不通，最后可以强制执行。总之，今天上午必须把发电机拉到这里。为此，出了什么问题，我负全责！”

汪鸣道副市长离开后，会议继续进行。

“刚才，我在来这里的路上，看到参加救援的同志们，大都是在废墟中用手扒，用锹挖，遇到大的水泥构件显得十分软弱无力。致使救人速度太慢，误失良机，让更多的人失去生命。为此，必须动员一些重型机械，所需燃油可由指挥部调剂供应。”军分区司令员费文同提出了建议。“我相信，在堂堂的五岭市一定能找到几台适用的机械。”

“有倒是有，就是怕调不动。”耿留成说话的口气中露出信心不足。

“你先不要管能否调得动，只管说哪里有！”章一民有点着急。

“市区西郊有一家三江矿山机械制造厂。这是一家在五岭市首屈一指的私营企业，也是生产设备最先进的一家机械制造厂。该厂的董事长兼总经理叫于洪海，是省长于振天的大公子。”

怎么今天尽碰到这样的人物？章一民不由得心生惆怅。他来回踱了几步，认真思索起来。他清楚，大家都有难处。可这件事，对救人救灾又十分重要，势在必行。看来，只能由自己出马了。

“这样吧，这件事我去走一趟，同这家公司好好交涉一下。留成同志你马上把我们现在还掌握的物品列一清单，精打细算，无论如何要再坚持两天。这两天如同辽沈战役的塔山阻击战，死命撑住，就是胜利。还有一件事，我昨晚一直在考虑，现在情况瞬息万变，交通一时无法恢复，大家又各自分管一摊工作，日夜奔波于第一线，动不动得召集大家来开会，实在不是一个适宜的做法。我想变通一下：今后如无特别情况不再开会，但情况与工作信息交流不能中断。怎么办？我想设几个联络员，由他们负责同各位联系。现在，散会！”

等与会同志离开后，章一民转身问小强：“昨天，我让你去了解市委、市政府工作人员的情况，结果如何？”

“我向市委办公室和市政府办公室的两位主任了解了一下，两个办公室共有十个工作人员，个个身强力壮，从昨天下午开始，他们一直坚守在办公室。”

“好，你让这十位同志到矿山机械厂等我！”

……

在去矿山机械厂的途中，章一民看到道路两边立满了居民们用各种材料搭成的临时小篷，里面坐着老人和孩子。也有几处是在椅子上支起一把大伞，人就蹲卧在伞下。篷子是简陋了一些，但人们脸上的表情倒还安静。章一民看在眼里，心里升起些许欣慰。突然，从一处抢救现场传来阵阵哭喊。章一民、耿留成立即奔了过去。只见一处倒塌的楼板下，传出一个小孩的哭叫声。从人们费尽力气扒开的一个小洞里，有人在下边用手托着一个婴儿慢慢向上递出。“快，孩子的母亲已经不行了，先把这个孩子救出去。”洞里传出的是一个成年女子的声音。就在上面的人刚刚把婴儿托出的时刻，又一次发生了强烈的余震。随着地面的抖动，“轰隆”一声，小洞刹那间就被倒塌下来的几层楼板盖了个严严实实。

“廉书记，廉书记！”上面的人群发出绝望的撕心裂肺的哭喊。

“谁是廉书记？”目睹此状，章一民眼眶里滚动着泪水。

“是西城区的区委书记，是个女同志。她的丈夫和孩子昨天都在这次地震中遇难了。她忍痛忘掉这一切，身先士卒，奋不顾身，一直在现场组织群众从废墟中救人。十分钟前，她隐隐约约从废墟中听到了一个婴儿的哭声，就像疯了一样，拼命冲了过去用手扒，双手的指甲都扒掉了。经过大家的努力，后来终于掀开一块楼板，露出了一个小洞，体胖的人下不去。她因身材瘦小，就抢着跳了下去。”旁边一个参加抢救的群众哽咽着回答。

“赶紧救她！”章一民心如刀绞，禁不住高声大喊。

听到喊声，不少人立即开始用手扒、用掀挖。同时也有几个人不由自主地回过头来，瞧着这个喊话的人。

“这是省委副书记章一民同志。从昨天到现在，他一直在指挥全市的抗灾救灾工作。”耿留成向人群作了介绍。

“乡亲们，廉书记是好样的，大家应当向她学习！这场灾难虽大，但它绝对压不垮五岭人。中央，省里很快就会派人来，全国各地也会马上来帮助我们。我知道你们现在已是筋疲力尽、饥寒交迫，但救人的事，一刻也不能停。大家要像廉书记那样，拼命救人，咬着牙坚持，我们一定要战胜这场灾难！”

人们仰起头，挂满泪珠的脸上透着坚毅。

“同志们，先把廉书记挖出来！我现在就去为大家征集大型机械。等回来后，我亲自为廉书记安葬！”

离开现场，章一民悲急交加，心情沉重，不清楚自己是怎么走到矿山机械厂大门前的。

两扇黑色大铁门赫然紧闭，门前站着两个保安，每人牵着一只眼冒凶光的狼犬。见有人靠近铁门，两只狼犬拼命向前挣着铁链，狂跳乱吠。

章一民不慌不忙走到保安的身旁，向他们介绍了身份，讲明了来意。

“我们董事长不在厂里，他回家了！”一个保安避开章一民的目光，结结巴巴地说了一句。

“我听说，他的家就安在厂里。快去找他！我只给他十五分钟的时间。如果不能按时来到，我们将立即采取行动！”耿留成一字一句凛然说道。“另外，请立即打开厂门，我们要先进去看看。你们不用怕，出了什么问题，我们负责。”

两个保安相互对看了一眼，感到情况不妙。其中一个推开了两扇大门，一个牵着狼犬向场内的一座小楼跑去。

章一民和耿留成步入厂院，不由得吃了一惊。这个大院除了两座小楼和三座长方形高大厂房外，还占有一个足有两个足球场大小的场地。举目四望，大院里排满了几十辆刚刚下线的起重机、挖掘机、大铲车、推土机等五花八门的重型机械。章一民心中暗喜。这些机械可解决了救人的大问题。这个大院在大批外地支援人员进市后，无疑可作为一个很好的指挥中心。

半小时过去了，从不远处的一座小楼里慢吞吞地晃出一个身影。这个人身材高大，穿着一身进口的高档西服，戴着一副金框墨镜，华贵的皮鞋铮亮照人。从这个人身上一点也看不出正在遭受史无前例地震大灾的影子。当他看清楚站在自己面前的竟是省委副书记章一民时，心中不免有点吃惊，亦略感局促，不过很快又镇静下来。

“不知章副书记大驾光临，有失远迎，请多多见谅！”边说边大大咧咧地伸出手来。

章一民书记伸手同他握了一下，目光迅速扫遍了他的全身。“大驾不敢当，只是有件事要同你这个董事长商量。”

“什么事，请章书记坦然相告！只要是我能办到的，一定尽力而为。”

“五岭市昨天发生了8级大地震，这你可能知道了。全市几乎被夷为平地，废墟下掩埋着数万群众。现在全市的首要任务是救人！参加救人的人们，因缺少机械都在用手扒、用锹挖，不少人把指甲都扒掉了，也成了伤员。现在的问题是，参加救人的人受了伤还是小事，更重要的是效率太低，会丧失许多救人的良机。可我们现在同外界的联络全部中断，外面的援救人员、物资包括大型机械暂时都不能指望。为此，经抗震救灾指挥部研究决定，打算征用你厂现存的这批大型机械！”

“征用？”于洪海跳了起来。

“请放心，于洪海同志，不是无偿征用。凡是从你这里动用的机械，在抗震救灾的后期政府会按成本计价付款。”

“成本价，说得轻巧！我们是民营企业，讲求利润。何况这些机械是按外商订单生产的。按契约规定，它们均应在近期发货。”于洪海腔调越来越高。

“现在我同你商量的，是如何能尽快救出更多的人，人命关天！不管是什么单位，国营的还是民营的，在这个危难时刻，都应保有做人的底线，都应该讲良知和良心。我知道，你同外商已签订了供货合同。如因救人而耽误了供货日期，我想他们也是能理解的。如果实在不行，无非是再加点补偿金！”

“补偿金，谁付？你付？”于洪海原形毕露，咄咄逼人。

“如果你实在不愿付，并觉得心安理得的话，”章一民冷笑一声，“这笔钱，就由政府来付！”

“哪个政府？你就是政府？”

“是人民的政府！我现在代表的就是人民的政府！”章一民一阵心寒，决定不再同这个无赖纠缠。“眼下，时间就是生命！我不能同你在这里浪费时间。现在，我代表五岭市抗震救灾指挥部宣布：你们厂现在的所有大型机械，一律征用。五分钟之内要开到救灾第一线！另外，这个大院子也同时被征用，任何人不得私自占用。”

“开走？我看谁敢！”不知什么时候，于洪海身后来了十多个手持棍棒的大汉。

章一民被激怒了，他的目光像箭一样射向于洪海和他身后的帮凶。“你们听着，于洪海的行为已构成破坏抗震救灾罪和损害人命罪。我们将对于洪海进行刑事拘留并由司法机关追究其上述罪行。谁胆敢同他一样以身试法，就继续站在他的身旁。否则，立即走开！”望着章一民双目圆瞪寒光四射的神态，于洪海身后的人怕了，一个个悄悄地溜走了。而恰在此时，小强领着十个小伙子赶到了。于洪海见状像泄了气的皮球，无精打采地退到了一边。

“章书记你真是人民的好干部啊！我们拥护您、支持您！”伴随着喊声，从一处大厂房里涌出一大群在厂留守的工人。

章一民望着这群工人，心潮澎湃激动不已。“各位师傅，你们能开动、驾驭这些大家伙吗？”

工人们哄然一声笑了。“我们是干什么的？这些家伙不但是我们制造的，而且还是经过我们驾驶测试过的。一句话，从我们之中找出一批人把这些家伙开到抗灾一线使用，那简直是小菜一碟！”

“好，事不宜迟。谁会驾驭这些机械的，就先动用厂里燃油，把它们开到救灾现场。以后的燃油供应和人员调换由抗震救灾指挥部统一负责。还有，你们还要把厂里的千斤顶带上，这东西现场用得上！”

“好咧！”人群立即散开，分头准备。不到十分钟，六十多辆各种机械，排成一字长龙，隆隆开出了工厂。

目送着渐行渐远的车队，章一民仿佛又经历了一场战斗，身体既疲惫又亢奋，他转身站到了小强带来的十个小伙子面前。

“知道为什么叫你们来吗？”

“不知道！”大家都望着章一民。

“现在，我们的交通、通信完全瘫痪。估计还需一两天，才会有所恢复。可指挥部需要及时了解各方面的情况。我已把在岗的几位市领导都派到了第一线。今后的信息交换、工作安排，不能再靠开会，也不能让他们在一线与指挥部之间来回奔波。因此，我选你们十位同志，在今后一个时期专做联络员的工作。具体联络任务由小强同志负责分配。目前搞联络只能靠双腿。所以，你们的吃、喝，作为特殊情况，由指挥部保证充足供应。怎么样，能完成任务吗？”

“能，保证百分之百完成任务！”

十个人异口同声回答。之后，他们又围成一个小圈，听小强分配任务。

“小强，你们离开时，不要忘记带走这位于洪海。先把他交市公安局羁押！”

望着这一切，章一民和耿留成会心地笑了。因挂念着发电机的问题，两人又匆匆转回了中心公园。

“不好了，两位主刀的医生都昏倒了！”

章一民一脚刚踏入公园大门，就听了一阵惊呼声。章一民和耿留成立即向设有手术台的帐篷奔了过去。只见费医生、许医生面如白纸，一脸虚汗地躺在地上。护士和医生们围着不断呼叫。

“怎么了？”章一民分开人群，立即蹲下来测量他们的脉搏和体温。见无发烧的症状，就略微放下了心。“他们连续工作多长时间了？”

“从昨天地震开始，已超过24小时了！”

“先把他们抬到旁边的那个帐篷里去！”章一民用手指

了指。此时，公园里正在架设军分区送来的帐篷，到处是一派紧张忙碌的景象。“他们一直没吃饭吗？”进入帐篷后，章一民又继续询问旁边的医护人员。

“哪有时间用餐啊！况且这两位主刀都是南方人，他们吃不惯方便面这类食品。”一个年轻护士回答。

“好啦，我明白了，他们是又累又饿昏倒了，让他们好好休息几个小时吧！”

这时费医生慢慢睁开了双眼，见章一民蹲在身边，立即晃动身子，挣扎着想坐起来。

“不要动，费医生。你是累昏了、饿昏了！我代表指挥部，感谢你为救治伤员所作出的功德！”

“不要这么说，不要这么说！救死扶伤是医务人员的天职。何况，遇上这样大的天灾！”这时，许医生也醒了过来。

“老费、老许，你们现在最需要点什么？请告诉我，我会立刻照办！眼下抗震救灾工作离不开你们，五岭市人民需要你们！”

“章书记，能否给我们各做一碗米饭。有了米饭，我就会精力充沛！”费医生略作沉思，不好意思地说道。

周围的人们想不到费医生会提出这么个要求，禁不住一阵哄堂大笑。而章一民心里却是一阵酸楚，眼泪夺眶而出。

“汪副市长。”章一民站起身，叫来了汪鸣道。“你立即设法为这两位医生弄来两碗米饭。我看，你去同五岭医学院的领导商量，在全市没恢复供电供气之前，可在校院里露天架锅，每天必须保证这两位医生能按时吃上米饭！”汪鸣道转身欲走，章一民仿佛记起了什么，又叫住了他。“哎，发电机的事办得怎么样了？”

“虽有周折，但都办妥了！不过这回可真把艾观波彻底得罪了。”说着，朝不远处的几个人努努嘴。章一民定睛一看，这些人正在忙着安装电机。于是他开心地笑了，高兴地拍了拍汪鸣道的肩膀。“老弟，这次我把于振天得罪得可能更彻底。得罪就得罪吧，谁让我们是共产党员，是人民的公仆呢！”

天色渐渐地暗了下来。天空中又开始洒下七零八落的雨点。大地，像打了摆子似的，时不时地抖动几下。章一民坐在指挥部的帐篷里，把一天的工作又梳理了一遍，觉得救灾工作整体上已由忙乱走向有序，政府的决心和人民的信心已交融在一起。自己身体虽极度困乏，然心境却十分充实。他喝了几口矿泉水，勉强吃了几块饼干，又开始思考明天的工作。明天，是地震后的第三天，也是最关键的一天。还会发生什么情况，会冒出什么困难？他眯起双眼陷入沉思。一种沉重感袭上心头，刚刚冒出的一点睡意旋即又逃之夭夭、烟消云散了。章一民知道今晚恐怕又难以入眠了。他索性披上一件外衣，在帐篷里不住徘徊……

不知过了多久，大概是在夜里两点左右，一阵纷杂急促的脚步声由远而近向帐篷逼近。章一民走到帐篷门口，掀帘向外张望，心中冒出一种不祥的预感。

“章书记，出了大事了！”随着一声呼叫，满头大汗的耿留成已站在他的面前。

“什么事？不用慌，慢慢讲。”

“有人劫狱了！”

“劫狱？真是胆大妄为！”

“余局长，你来向章书记汇报！”耿留成拉了拉站在身旁的五岭市公安局局长余光平。

“今晚九点，我们公安局的几位领导开了个碰头会，分析了这两天全市的治安状况。”余局长向前跨出一步，行了个军礼，清了清嗓音，开始汇报。“会议进行过程中，有一个同志跑步向我们反映了一个情况：位于岭溪县的市第一监狱这次受灾很重，大门被毁，围墙出现几处坍塌。狱方发现今天下午有几批不三不四的人在监狱周围走动。对此，希望引起领导的重视！这个情况让我们十分警觉。因为这所监狱里关的是全市乃至全省的重刑犯人。所以，我们决定马上休会，并立即向监狱加派一个班的警力。我也带人跑步奔向岭溪县。几个小时后，我们赶到了监狱。但已经晚了。只见几个值夜班的狱警被人蒙着双眼，个个捆绑得像粽子一样。经查，关在第一牢房的十几个重刑犯全部逃走了。”

“这十几个重刑犯是什么来头？”章一民冷冷地问道。

“这个月初我们破获了一起黑社会性质的贩毒、杀人案。为首的几个人态度蛮横，拒不交待。我们审讯了几次，均无多大收获，即将有关情况报告了省公安厅。省厅领导指示我们：暂停审讯，他们将接办此案。但此后却没了消息。”

“你说是黑社会性质的贩毒、杀人案，具体是什么案情？”章一民紧盯着余光平。

“此案的首犯，叫雷动国。案发前，他纠集了五岭市周边几个县的一帮小混混，据说还勾结了几个游手好闲的高干子弟，专门在夜间干一些敲诈勒索的勾当。刚开始时，胆子还小，只是诈骗几个钱而已。慢慢地就变得肆无忌惮起来，由欺行霸市走向贩毒，同时又与一些不正当娱乐场所狼狈为奸，拉皮条、设陷阱，诱人卖淫，甚至逼良为娼，最后竟干起受雇杀人的买卖。对此，五岭市老百姓怨声载道，几任市公安局长都因办案不力而被调离。我是今年一月份才上任的。说来也算运气不错，我到任的第二天，就有人向我实名举报，说雷动国曾接受过省里一位大领导的巨款，替他杀了一个女人。当晚，又有人向我手机发出短信：今晚十二点，雷动国在岭溪县大桐庄同邻省来的一个大毒枭进行交易。当时我想，雷受雇在天源市杀害了一个女人的事，虽是实名举报，但毕竟还得进一步侦察。对这第二个举报，若能来个当场人赃俱获倒是一个突破。于是，我做了周密部署，按举报者提供的线索，在大桐庄提前设伏。结果就抓住了雷动国和当晚参与毒贩交易的全部十二名人犯，同时还缴获了二十公斤的冰毒。”

“雷受雇杀人的事，你向省公安厅哪个领导汇报了？”章一民心里一动，立即联想到了赖锐、杨雪凝的案件。

“是我直接向省厅龚卫斯厅长汇报的。”

“雷动国是否交待了杀害一个女人的具体情况？”

“没有！他死不交待。”

“你觉得是谁劫的狱？”章一民转变了话题，脸色越来越凝重。

“我觉得这次劫狱是一个内外勾结、蓄谋已久的大阴谋！目的是消灭罪证，保护罪犯，阻止案件的进一步侦破！”余光平回答的口气十分坚定。

“下一步你有什么打算？”章一民两只眼睛里闪烁着赞许的目光。

“一是立即组织追捕。对此，我到您这里之前已做了部署。二是抓紧进行刑事侦查。不过，我有一个请求：请章书记过问一下，等交通、通信恢复后，让省里给我们增派警力。另外，在办案过程中，如遇到特殊困难，也希望章书记能出面疏通！”余光平信任地凝视着章一民。

“好，我一定尽力而为！”章一民抬头望着远方。“案情的发展，可能会涉及不少人，甚至是一些大人物。对此，你们要有充分的思想准备。余局长，这件事暂时要保密，不要扩散。同时，一定要注意保护好举报人和现有的证据。关于举报人提到的雷动国身后的那个人，千万不能声张，一切都要靠证据说话。否则，不但案子破不了，还会危及你们的人身安全。不过，这些人终究是不得人心的。只要我们能找到可靠的罪证，谁也别想翻天！老耿啊，追捕越狱犯的事就交给你们两个了！”言罢，三双眼相互凝视，眼睛里都充满了决绝和坚毅。

送走了两位同志，章一民感到极度疲乏，他瘫坐在椅子上，昏昏沉沉地睡了过去。

“章书记，您醒一醒，我们有紧急情况向您报告！”

章一民睁开双眼，见是小强领着一位小伙子站在椅子边。

“这位是负责联络左秩铁副市长的小李！”

“有什么紧急情况？”

“左副市长让我向您报告：今天下午，他根据群众反映的情况，在县城东边的一处山坳里，找到了县委书记鲍依安和县长殷时亮。他们同家人分住在两所木板房里，本人没有受伤，生活安排得也不错。左副市长劝他们回县领导救灾工作，他们均婉拒了并推脱说，他们身体不好，领导全县救灾实在无能为力，就让能者多劳吧！左副市长请示：对此，该怎么办？”

“混蛋！十足的逃兵和叛徒！”章一民一脚把椅子踢了个四脚朝天。

“左副市长还说，有一个背景一定要向您当面说清，请您斟酌。”

“什么背景？”

“左副市长说，这两位的职务任命，您可能知道，是今年春节前由市里和省里共同商定的。其中，鲍依安是省委书记令狐毅的内侄，殷时亮是省长于振天的外甥。”

章一民的脑子“轰”的一声，仿佛要炸裂开来。他稳了稳神，一咬牙下定了决心。“回去转告左副市长：不管这两个人有什么后台和背景，在大震大灾面前，这两个人的行为如同战场上的逃兵和叛徒，已丢掉了一个党员的灵魂，也失去了继续做领导的资格。请左副市长宣布市抗震救灾指挥部的决定：立即现场撤销这两个人的职务。他们的职务由现任的县委副书记和常务副县长分别代理。此项决定，待通信恢复后，由我向省委直接报告。今后全县的抗震救灾工作由左副市长和两位代理书记、县长共同负责，左副市长仍任岭溪县抗震救灾指挥部总指挥！”

联络员小李听完章一民的决定，即转身快步消失在夜幕之中。

章一民踱出帐篷外，抬头远眺，曙光已染透了东方的半边天。天放晴，雨已停，救人现场传出的机器轰鸣声，老人孩子之间的窃窃私语声，间或还夹杂着几声欢快的鸟鸣……章一民伸了一个长长的懒腰，打了一个长长的哈欠，身上的劳累仿佛一下子减轻了许多。

地震第三天面临的最大问题是食品短缺。据耿留成报告，今天，除特殊岗位外，其他人只能分到一餐用的饮用水和食品，而今天的救灾任务又最重。除了要局部恢复水、电、气供应外，根据章一民的要求，还必须打通一条五岭市与外界往来的陆上通道，以便为外地乃至全国援救人员与物资运送做好准备。为此，昨天，章一民已派出两组人马，步行到周围各县实地察看公路损坏情况。这件事在今天究竟能取得什么成果，他心中实在无数。为此，他一直忐忑不安。

“章书记，我们回来了！”

章一民循声望去，看见小强领着四个联络员兴冲冲地奔了过来。

“你们辛苦了！快说说结果。”章一民急忙道。

“昨天，您让我们几个到五岭市周边查探道路损坏情况。我们徒步沿着岭溪、岭潭、岭南、岭北四县与外边交界的边沿走了一遍，发现通过岭溪、岭潭、岭北三县打通与外界的陆上通道，短期内无法完成。原因是连接这三县的公路大桥全部垮坍，难以马上修复。唯有岭南县，这次受灾较轻，桥梁涵洞均无大的损伤。比较起来，通过岭南县恢复同外界的交通，比较容易。不过，出了岭南县，还要前行十五公里，才能同梅州市的省道接通。另外，从市区到岭南县，还需打通五公里的路面，沿途房屋倒塌很多，堵塞严重，需要立即组织清理！”

“小伙子们，你们立了大功了。这个消息太重要了，让指挥部对下一阶段的救灾工作更加心中有数了。小强，带这四个小伙子去用餐。另外，你立即去找耿留成同志，让他从抢救现场抽出四台推土机、两台挖掘机和二百名左右的基干民兵，组成一个突击队，马上开始清理并打通从市区经岭南到梅州市的通道。人闲机器不闲，24小时轮流作业，争取两天内完成任务！另外，让负责联络水电气恢复工作的联络员来见我。”

送走了小强和四个小伙子，章一民马上摊开了五岭市的地图，仔细核对刚才几位同志反映的情况。大约过了一刻钟，一个联络员领着军分区的政委和司令员走了进来。

“水、电、气和通信恢复得怎么样？”章一民来不及寒暄，开门见山地问道。

“水、电估计今晚能部分恢复，但气不行。因为天然气管道曲折复杂且损坏严重，即使主管道恢复了，也不能马上供气，要防止支管道漏气跑气诱发新的灾害，但能做到定点供气。关于通信恢复方面，无线通信看来短期难以恢复，因为相应设备破坏严重，需要有新设备替换，而这眼前又无法做到。有线通信市区今晚可以部分恢复，但仍解决不了同市外的联系问题。至于军分区的那台专线，专家检查断定是关键设备出了问题，短期内没有修复的希望。派出的两位步行到省里报告情况的同志迄今也尚无消息。章总指挥，我们很惭愧，参与这些工作的同志们虽尽了全力，但结果不尽如人意。”

“千万别这么说。在这样的大灾大难中，怎么可能会事事都按我们的计划进行。水电和有线电话能局部恢复，这已是大喜事了。我代表指挥部谢谢你们！今天是最关键的一天。今晨七时，中央人民广播电台已播发了五岭市发生了8级地震的消息。看来，中央和省里已初步知道了相关情况。各方面正在准备支援我们。回去告诉大家，一定要咬牙坚持，所有工作都不能停顿，一切都要分秒必争。只要能顶过今天，情况就会好起来的！”

下午一点钟左右，天空中由远而近传来了直升机的轰鸣。章一民急步跑到帐篷外，手搭凉棚，仰望晴空。只见一架直升机绕着城区盘旋。章一民心中大喜，知道这是上级派来侦察情况、与地面建立联系的一个举动。他举起双手不停地向直升机挥动。四面八方的群众也跑了出来，高声欢呼。直升机绕着市区又转了一周后，飞临市委市政府前面的广场。这时，章一民才猛然醒悟到，直升机在寻找降落场。他环顾四周，到处都支满了帐篷，短期内难以腾出足够供直升机降落的场地。正悔恨自己事先考虑不周时，从直升机中飘出的几个降落伞吊着一些食品开始下落，最后又有一个红色布袋摇摇晃晃落了下来。一个值班民兵立即上前捡起并跑步递到章一民手中。章一民急忙打开布袋，里面装着的是由省委书记和省长共同签署的一封短信：中共中央、国务院、中央军委的主要领导已得知五岭市发生了8级地震，并正在组织协调各个方面对五岭市开展大力支援。经中央几个部门共同商定：从今夜十二点开始，大批支援人员和物资将从四面八方向五岭市集中，请你们做好相应准备。另外，赶紧准备直升机降落场地并做好标志。今天下午六点，将有三架直升机在五岭市同时降落。

章一民读完信后，高兴得落下了热泪。他立即叫来小强："让联络员立即将信的内容分头传达给指挥部的所有成员。同时，安排电视广播车在市区连续滚动播放。另外，你快去通知耿留成和军分区的领导，派得力人员把矿山机械厂的大院控制起来，同时用石灰标定三架直升机降落的机位，准备好相应的引领标志。还有，再通知指挥部所有成员，今日下午四点开一次碰头会，研究部署下一阶段的抗震救灾工作。”

下午五点半，碰头会还未开完，三架直升机已在矿山机械厂的上空盘旋。章一民立即带领全体与会人员前往迎接。三架直升机依次降落。从第一架飞机走下来的是省长于振天和省委秘书长陈刚；从第二架飞机走下来的是两位军人，从第三架飞机里则搬下了几套设备和十几箱医疗用品。

见到章一民，于振天微微一愣：“你怎么会在这里？”说着同章一民淡淡地握了握手。

“我上个星期日回家看望老人，第二天返回路过五岭市时恰好赶上了地震，于是我就留了下来！”

“多亏有了章副书记！他是五岭市这三天抗震救灾的主心骨和统帅。如果没有他，后果不堪设想！”市委副书记任一介由衷地补上了几句。

“哦，好，很好！”于振天的表情有点古怪。他没再多看章一民，只是忙着介绍：“这是省军区司令伍军剑，这是驻三江省的某野战军参谋长刘柱军。这是中央军委领导特批的两部应付特殊情况的专用电话，一部交驻军使用，一部归省抗震救灾指挥部支配。按照中央军委的命令，某野战军的两个师正日夜兼程向五岭市挺进。邻近各市县、周边各省的救援大军和物资也正在争分夺秒地向五岭市赶来。抗灾救灾工作将正式全面展开。你们要抓紧做好两项工作：第一，要设立两个指挥部，一个是部队的指挥部，一个是省里的指挥部。第二，利用这两部专用电话，立即建立起同省里和部队的联系渠道。我还要马上赶回去，明天再来。陈刚秘书长留下，暂同章一民一道工作。你们还有什么话要说吗？”于振天看了看手表，似乎要马上动身离开。

“于省长，请给我几分钟时间，我要简要汇报一下相关情况。”不等回答，章一民即用很快的语速简明扼要地讲述了这三天抗震救灾中所做的重点工作。接着，他强调：“灾区目前最需要的东西是食品和饮用水，到今天下午为止，灾区的绝大多数人均已处于半饥饿状态；还有医药和医生，现有药品已用完，现有的医疗力量远远难以应付局面。设在市中心公园的临时救护中心已躺满了伤员，许多应当动手术的伤员需要马上分运各地治疗，更需要大量的帐篷安排灾民。另有一事也迫在眉睫，就是必须尽快打通五岭市与外界的陆上交通。根据我们的调查，目前只能通过岭南县到梅州市再转接省道。我们已派出一个突击队，夜以继日施工。我之所以强调这几点，是因为它们直接关系到下一步抗震救灾工作的全局。最后，请省里尽快找到五岭市市委书记、市长乐天夫和常占谊。他们上周五回天源市度周末，至今未回。”

“是吗？”于振天有点不信。

“是！”章一民郑重地点了点头。

“我清楚了。请你们抓紧完成我刚才布置的两项工作。”于振天说完头也不回地登机而去。

望着渐飞渐远的直升机，章一民心中有一种说不出的感觉。到底是什么，他一时也理不出个头绪。算了，一切顺其自然吧！他深深呼出一口气，即召集有关人员，在现场继续开起了碰头会。见大家情绪有点低落，章一民笑了。“从明天起，五岭市的抗震救灾工作将进入一个新阶段。实践证明，我们此前所做的一切都是至关重要的，为下一阶段的救灾工作奠定了一个良好的基础。对此，大家是有目共睹的，老百姓更是不会忘记的。我们这些人，在大灾大难面前，做了应做的工作，尽了应尽的责任，算得上问心无愧了！”与会的同志听章一民如是说，都眼中含泪，挺胸昂首。“下一步，抗震救灾领导机构与人员可能会有变动，但我们目前手头的工作一刻也不能停。刚才于省长布置的两件工作，统由任副书记负责。左副市长仍回岭溪县坐镇指挥。军分区领导和耿留成同志要继续负责从岭南县打通陆上交通和市区水、电、气、通信的恢复工作。汪鸣道的分工不变，同时接管连副市长原来的一摊工作。连副市长今后专管对受灾情况的统计，并协助我做好灾后重建工作的规划。这只是当下我对工作的暂时安排。明天于省长来坐镇后，如有什么变动，再研究。对此，陈刚秘书长有什么指示？”他转身笑问，陈刚摆了摆手算做回答。

开完会已是晚上十点。五岭市笼罩在夜幕之下。散布在四面八方的烛光，在微风吹拂下，如同天上的繁星不断闪烁。陈刚陪着章一民在帐篷外散步，两人久久沉默不语。

“一民，你在这里夜以继日舍命工作，处处为灾民呕心，事事为灾区沥血。可你知道省里一些人在干什么吗？他们到处散布，说你失踪了，说你叛逃出国了，还造谣说你被双规了。小报上还绘声绘影地散布说，令狐书记已把你的事情上报中央了，请求在全国通缉。一时间，流言满天飞，奇谈怪论铺天盖地……面对此情此景，我不寒而栗！”

章一民的心仿佛被针猛地刺了一下，隐隐作痛。有些东西是要来的，没想到会来得这么快！他怅望夜空，似乎已感到了阵阵寒意。他紧握着陈刚的手，沉声说道：“公者千古，私者一时。救寒莫如重裘，止谤莫如自修！”

“话虽可这么说，但综观古今中外，历史从来都是由好人、坏人、君子、小人共同书写的。小人虽鄙，亦有得意之时；君子虽德，常遭无妄之祸。我们现在可是在同小人斗啊！更坏的事，恐怕还在后头。”陈刚话音悲壮。

“明朝孙奇逢曾告诫子孙：风波之来固自不幸，然要先论有愧无愧。如果无愧，何难坦衷当之。……生于忧患死于安乐，千古不易之理。”章一民昂首对天，缓缓而言：“我们既没做亏心事，心中又无鬼无愧，怕它做什么！我倒要看看，这帮人究竟要搞出什么名堂！”

“苟利国家生死以，岂因祸福趋避之。”章一民颤声长啸。

“位卑未敢忘忧国，事定犹须待阖棺。”陈刚低声接吟。

“渐惊白发宁辞老，未济苍生曷敢归。”章一民感慨万端。

“欣将残骨埋诸夏，哭吐精诚赋新诗。”陈刚怆然涕下。

“人怜直节生来瘦，自许高材老更刚。”章一民声音哽咽。

“自古正邪若冰炭，长使英雄泪满襟。”陈刚语调低沉。

“居高声自远，非是藉秋风。”章一民仰天放声。

“布衣可终身，宠禄岂足赖。”陈刚感叹莫名。

“古今一片月，风雨百年心。”章一民心情沉重。

“人生不满百，常怀千岁忧。”陈刚思绪悲壮。

吟和至此，两人已悲愤交加，难以为继。他们并肩而立，仰望长天……

地震发生后的第四天上午，矿山机械厂的大院里又降下了两架直升机。第一架直升机上坐的是省长于振天、省政府秘书长朴志海和地震后一直未露面的五岭市市委书记乐天夫、市长常占谊。人们望着衣冠楚楚、姗姗来迟的这两位领导走下舷梯，眼睛里冒出的都是鄙视与厌恶。在这两位的身后，朴志海忙得满头大汗，急急忙忙卸下了为省长准备的钢丝床、沙发椅，一套餐具和几大旅行袋的烤鸭、烧鸡、熏鱼、酱猪蹄等各种熟食。第二架直升机上坐的则是国务院抗震救灾指导小组的五位成员。

下午两点，由国务院指导小组组长和省长于振天共同主持召开了五岭市抗震救灾工作会议。会上，章一民首先概略地汇报了五岭市的灾情及地震发生后，临时指挥部在前三天所做的主要工作。接着是于省长讲话。他着重讲了灾后房舍重建工作的思路。“这次五岭市发生的大地震，固然是坏事，但也可以变成好事。三江省目前正在大力推进农村城镇化建设。五岭市灾后重建工作一定要同城镇化建设结合起来。在全国的支持下，我们将把五岭市区建成全国最美丽的城市。灾后建设一定要坚持高标准，要以盖高楼为主，且能抗8级地震。同时尽量扩大建筑容积，以便让更多的农民住进市区。要新建一座大剧院和几处城市公园。五岭市下属的四个县农民被毁房屋的重建，要尽量消灭平房，多盖小楼。为此，应认真规划，避免匆匆上马。过渡用房，统统以木板房、铁皮房为主。关于重建的进度，只要能在三年内完成即可……”于振天一口气讲了一个多小时。从他越讲越激动的神态判断，他已完全沉醉于自己随意制订的宏伟蓝图之中。

于振天讲完之后，会议陷入沉寂，久久无人开口。实在看不下去了，国务院指导小组组长就点了章一民的将。“一民同志，这几天你一直坚持在第一线。听说你们临时指挥部也在研究、制订灾后的重建规划。怎么样？你也说说吧，集思广益嘛！”

“我们这个规划还在酝酿之中，尚未形成定见。”犹疑了一阵，章一民还是开了口。“五岭市灾后重建工作，对全国、全省、全市来讲，都是一件大事。把这件大事做好，利在当代，功在千秋。因此，我们一定要本着对中央负责、对人民负责、对历史负责的态度，科学规划、科学实施。有几点，我认为最重要：一是要充分考虑国情、省情和市情。我估计，完成五岭市的灾后重建，至少需要投入上千亿元。改革开放近三十年来，我们虽比过去富裕了，但总体上看，财力还是有限。因此，确定的目标、标准一定要符合实际，应始终贯彻厉行节约的原则。为此，关于过渡用房，考虑到三江省冬天的气候不是太冷，建议一律先用帐篷过渡。这样既可节省大量资金，也有利于加快重建工作的进度。二是要处理好长远与眼前的关系。目前地震才刚刚过去三天，十多万伤员急需救治，几十万灾民急需安置，全市的水、电、气、交通、通信急需恢复，全市的办公秩序也急需正常运行。各方面的救援力量与物资到达后，又急需及时合理调度、安排……这些工作是一刻也不能等的，且必须抓实做好，否则无法向人民群众交代。因此，我建议要将指挥部的人员分成两个组，一组专抓眼前，一组侧重长远，即制订重建规划。三是整个救灾工作包括灾后重建，要坚决贯彻实事求是、因地制宜的原则。尤其是对受灾农民的安排，更要认真研究，精心谋划，不可主观。对农民住房的重建，我觉得以平房为主可能更好。四是关于重建工作进度问题，该快的一定要快，该慢的就一定要慢。五岭市市区的重建可能会慢一些，但对农村受灾农民的房屋重建工作，一定要快。具体实施做法，可以采取国家补助、农民自己动手的做法。只要把受灾的农民尽快安排妥当了，救灾工作的大局就基本稳住了。因为五岭市毕竟还是个农业市，农民占人口的多数。至于市区，在这次重建中，一定要纠正过去我们在城市建设方面的失误，吸取国外城市建设的成功经验，让市区的布局更合理，生活更方便，居住更适宜，基础设施建得更科学。但在指导思想上，还是要在确保质量的前提下，千方百计加快重建速度。我不想占用大家更多的时间，先讲这些，算是抛砖引玉吧！还有一些想法不太成熟，以后有机会再说吧。”

讲者有意，听者用心。章一民根本不同意于振天的一番信口开河的胡说，但又不便一一反驳。所以在讲话中他就着重从正面讲述自己的看法，讲法虽委婉，却也暗含了对于振天观点的否定。对此，与会的大部分人都听出来了。所以，章一民的发言一结束，会场上立即活跃起来，大家纷纷表示支持。这些天与章一民同甘苦共患难的几位临时指挥部的成员，态度尤为明朗、坚定。陈刚在发言中，又从侧面对章一民的意见作了呼应与补充。

不知不觉中，会议已进行了两个多小时。指导小组组长看了一下手表，又看了看脸色铁青的于省长，略一沉吟，抬头朗声说道：“我个人认为章一民同志讲的几点意见中肯、务实。回头我再同省里其他几位领导交换一下意见。如无特殊情况，请省里按今天多数同志的意见，在尽力抓好眼下几件急迫的救灾工作的同时，抓紧制订灾后重建规划，报国务院批准后执行。现在，我们是在同时间赛跑。今天的会议就到此结束吧！”

章一民心里清楚，自己今天的发言再次把于振天得罪了。他苦笑了一下，轻轻地摇了摇头，迈着沉重的步伐离开了会场。

第二天上午，于振天宣布了三江省灾后重建指挥部的成员名单。他任总指挥，陈刚、朴志海、乐天夫、常占谊任副总指挥。几天来一直坚持在救灾第一线、与五岭市人民度过最困难阶段的临时指挥部的几位主要成员，一律被排除在外。面对此种情况，人们先是惊愕，继而是愤怒。也许是有意，也许是习惯，在此后的两天中，人们一如既往地向章一民请示工作，设在市委市政府楼前小广场上的临时指挥部里每天依旧是人山人海。不管章一民怎么解释、怎么劝阻都无济于事。与此相对照的，则是设在矿山机械厂大院的以于振天为首的省指挥部，冷冷清清，门可罗雀。目睹此情此景，章一民心中隐隐作痛，怎么也高兴不起来，有一种欲哭无泪的感觉。理智告诉章一民，自己该离开了。否则，不知又会出现什么样的谣言！于是，在灾后第五天，也就是2008年8月8日的凌晨，他坐车悄悄离开了五岭市，于当天中午回到了天源市。

十一

8月9日上午，章一民有意不坐车，身着休闲服，安步当车，优哉游哉地前去上班。当他高大的身影出现在省委大院时，立即引起了一阵轰动。不少人把脑袋伸到窗外，盯住他反复打量。章一民从机关干部这种反常举动中，印证了陈刚在五岭市向自己说过的一些情况。他虽然若无其事地仰头向人们挥手问好，但在心中泛起的则是阵阵悲怆和酸楚。坐在办公桌前，章一民连做了几个深呼吸，才让复杂的心情渐渐平静下来。“看来，真是有人在背后放暗箭、打冷枪了。决不能让他们的阴谋得逞。无论从哪个方面讲，自己已别无选择，只能奋起，小心应战了。”决心已下，他立即着手做了几件事情。

首先，他把自己这些天在五岭市抗震救灾中的所作所为写成一个书面报告，在报令狐书记的同时，抄送省四大班子的所有领导成员。说实在话，章一民做事一贯低调，从不做自夸、炫耀一类的表面文章，但这次不行了。人们常说，谎言重复十次，就变成了真理。如果不这样做，就无法揭穿针对自己的种种毁谤与污蔑，也不能让善良的人们了解事情的原委，识破造谣者的险恶用心。一个小时后，章一民把写就的报告稿交给了小强，让他安排打印后，依照自己确定的人员名单分发。然后，他拿起电话，叫通了省委宣传部的常务副部长申公培。

“申部长，能否拨冗到我办公室来一下？”章一民在地市工作时申公培曾做过他的副手。此人作风正派，坚持原则，敢于担当。正因为如此，章一民同他讨论工作时从不绕弯。

“啊！是一民？这些天你都跑到哪里去了？”电话另一头传来了申公培一连串的急问。

“老兄，不要急，等见面后，我当详告一切！”

稍顷，申公培急匆匆推门而进，不由分说直奔到章一民跟前，同他来了个紧紧的熊抱，同时迅速把他从上到下打量了一遍。

“你呀，这几天都把我急死了，连续几天杳无音信，怎么连个招呼都不打？”

“来，来，来！现在告诉你也不晚嘛！”他把申公培按在沙发上，顺手拉过一把椅子，坐在了申公培的对面，接着，就把这几天他在五岭市指挥抗震救灾的情况讲了一遍。

“原来如此！本来是英雄好汉却被人诬蔑成小人、坏蛋！”申公培由于生气脸涨得通红。他随后也把这些天听到的种种谣言转告了章一民，并问：“对此，你怎么看？”

“黑云压城城欲摧，山雨欲来风满楼！这些人无非是为了谋取更高的官位。看来，我是挡了几个人升迁的道了。为此，他们就想把我置于死地而后快！”章一民故意装得很轻松，同时也在试探这位老兄的态度。

“不能任由他们胡来！靠造谣整人的人，绝不是好人！”申公培满脸愤怒。

“单会涛现在哪里？”

“还能在哪里，又到北京走上层去了。你说可笑不可笑，这些天，你在那里拼命，人家却在京城跑官。”

“好，这下子事情就好办了。”

“好办？好办什么？”

“如果单会涛副书记兼宣传部长在天源，这些材料恐怕就难以见报，也不大可能在电视台播发了。”说着，章一民把写给令狐书记报告的复印件递给了申公培。“这件事，单大人不在，你这个常务副部长正好可以全权处理！”

申公培把报告稿快速地浏览了一遍，不由得喜上眉梢。“妙极了。我马上找两个文字记者编辑一下，今晚就在省电视台晚间新闻频道播出，明天在三江省各主要报刊全文刊发。标题我看可用：章一民临危挺身，指挥五岭市人民奋战震灾。同时，将相关文字材料和图像发送中央电视台，请其酌用。”

“谢谢老兄，但一定要注意实事求是，绝对不要添枝加叶。危难之际，我们这些人挺身而出，与人民同甘共苦，本是应有之义，也是应尽的职责。我这个人，你也知道，从来都不让人宣传自己。这次不行了，要破例了。不是为自己，而是为正义、为是非、为辟谣！这件事做了之后，有人可能会不高兴，也可能会找你兴师问罪。你要有点心理准备哟！”

“放心吧，章副书记！”申公培做了个鬼脸。“干这么多年宣传工作了，我自有分寸。何况这种做法是符合规矩的。五岭市发生地震已好几天了，尚无系统的宣传报道。我做的这些安排，正好填补了一个空白。找我问罪？有什么罪？滚他姥姥那边去！”说罢，申公培转身而出，又重又快的脚步声在楼道里回荡。

送走了申公培，章一民开始伏案处理这些天压下来的文件。突然，从文件堆中溜出一封异样的信来，这引起了他的注意。信封上写着大大的五个字：章一民亲启。但却没写寄信人和收信人的地址。他满腹狐疑地打开了信封，里面有一张32开的公文用纸，上面用电脑打着两行字：“据我所知，赖锐和杨雪凝是被省里两个大人物雇人谋杀的。必要时，我会出来作证。”凝视着这两行字，章一民又惊又喜。来信验证了訾泽尘和自己对两位女士死因的推断。可信是谁写的呢？一封没有写收信人地址的信，竟堂而皇之地送到了自己的办公桌上，肯定是了解省委机关公文运转程序的人写的，或者就是机关的一个干部所为。怎么能找到写信人呢？章一民感到茫然。正在此时，小强走了进来，又递上一个大信封。章一民用眼一瞥，遂认出是訾泽尘的笔迹。拆开信封从里面跳出一个U盘，还附有一张纸条：“这个U盘是赖锐遇害当晚用特快专递的方式寄给我的。学校收发室的老赵收到后，把它同其他一大堆信件混在一起，装在一只纸盒里送给了我。我当时只抽看了其中的两封信，见是两个无聊的人向我示爱的无聊文字，一生气就一脚把整个纸盒踢到客厅的沙发后边。昨天，我打扫房间，无意间见到了这只盒子，于是耐着性子把里面的所有信件检查了一遍，才发现了它。我已在电脑上看了U盘的内容，同赖锐的死直接有关。为防不测，U盘我已复制两份妥存。知道你回来了，特转去一份，供参阅，不具。”章一民知道，这张纸条是訾泽尘写的。她是在按两人事先约定的方式传递信息。他取出U盘，插入电脑，迅速浏览了一遍，之后又取出U盘装入自己上衣的口袋。U盘的内容再次使章一民陷入痛苦的思索之中。怎么办？按规定，自己应该把这两件东西转交省委书记批示，或者直接批转省纪委处理。可这只是线索还不是铁证，涉及的又是两个省部级领导。从各种情况判断，事情恐怕还不仅仅是攸关两条人命，背后也许隐有更重大的案情。何况自己目前的处境又不便于直接过问此案，弄不好会让人反咬一口，说成是嫉妒、诬陷、别有用心。章一民在办公室里徘徊许久，最后决定，还是谨慎一点好，应当继续搜集证据。信和U盘只能暂时放在自己这里了。

处理完所有积压的文案，已到了晚上六点半，正好是省电视台本省新闻联播节目。章一民起身打开电视，立即传出女播音员字正腔圆的声音。播出的内容正是关于五岭市的抗震救灾。节目的标题也和申公培所说的一样。他仔细听完了全部播音，没发现有任何失真或夸大的地方，心才放了下来。抬头一看，办公室里的挂钟已指向七点。这时，他才想起，自己从上午到现在还未吃过东西。于是，他迅速理好桌上的文件，起身准备离开。

这时，小强满头大汗闯了进来，脸色十分难看。

“怎么啦？”章一民抬头问道。

“医院来电话，说饶阿姨……”小强满脸悲痛，欲言又止。

“你饶阿姨到底怎么了？不要急，慢慢说。”

“医院说饶阿姨这次真的不行了！”

章一民脑子“嗡”的一声，直觉天旋地转。他双手紧按在桌面上，过了好一阵才缓过神来。等章一民奔进病房，饶冰泉已经闭上了双眼。他扑上前去，紧紧抱住饶冰泉的身体，把头埋在她的胸前，泪水如雨，倾盆而下。

刹那间，病房里的空气仿佛凝固了，时间也似乎静止了。

不知过了多久，章一民缓缓抬起头来，见自己的几位战友毛永清、禹宪铎、申公培环立在自己的身后，每个人的脸上都挂满了泪珠。

申公培走过去关好了房门和窗户，然后压低嗓音说：“一民，饶大姐的病症，大家心中早就有数，不要让伤痛坏了大事。现在天气太热，要尽快办理完丧事，让饶大姐入土为安！”

“可染呢？应通知她马上回来！”毛永清提醒章一民。

“永清，那就麻烦你通知她吧！她对你的话比较爱听！”章一民苦笑了一下。“关于冰泉的后事处理，一切从简。你们今天来了，就算是向遗体告别过了，下边就不再惊动大家了。等可染回来，一切都由我和她来办。这是我们最后的一个心愿。至于具体做法，冰泉生前，我们都已商量好了。尸体火化后，骨灰送回我老家双沟村，同我父母葬在一起！”

“这样也好！”一直沉默不语的禹宪铎接过了话茬。“这些天，三江省从上到下，出现了许多不正常的现象。天源市的主要领导同下边七个地市领导的非公务互动十分频繁，吃吃喝喝，拉拉扯扯，明目张胆，毫无顾忌。听说，艾观波、单会涛和于振天，各自召集了一伙人，躲在几处宾馆里日夜策划进一步大力推进农村城镇化建设、国企改革和天源市改扩建工程。不少群众对此十分不满，正在酝酿进京或到天源市游行请愿。省里几个有黑社会背景的团伙组织，则到处散布流言蜚语，玩弄颠倒黑白的伎俩，故意混淆视听，攻击诬蔑一些人，吹捧、抬高一些人。这次一民同志在五岭市遭受特大地震的危难时刻挺身而出，与灾区人民同甘苦共患难，苦撑了三天三夜，稳住了五岭市抗震救灾的大局。这本是一桩应该大颂特颂的好事，却被一些人包括省里的一些主要领导，在不了解实情的情况下，在背后妄加揣测，造谣中伤。这是干什么？难道要翻天吗？”禹宪铎气得嘴唇直哆嗦，一扬手把茶杯摔到了地上。

“种种迹象表明，这些人都把一民当成了靶子。他们的目标相当一致，就是要把一民整倒搞臭，然后由他们篡夺并瓜分三江省的党政大权！”毛永清语调沉沉，一针见血。

“一民，你现在的事，已不是个人的事了。绝不能任由他们煽阴风、放暗箭、浑水摸鱼！处理完饶大姐的后事，你要振作精神，带领大家同这些坏人坏事坚决斗争。如果你也尿了，那三江省就要遭大难了！还有，刚才陈刚同志从五岭市给我打电话，让我转告你：节哀顺变，以大局为重，迅速行动。”申公培声泪俱下，浑身打颤。

望着这几个肝胆相照的朋友，听着他们的铮铮耿言，章一民胸中波涛汹涌，浪花翻腾。“大家请放心，我章一民这次就是粉身碎骨，也要同这些邪恶势力斗争到底！顺便说一下，这些坏蛋为达目的，什么坏事都干得出来。希望大家从今天起，要提高警惕，相互照顾，注意保护好自己！明天可染回来后，我至多用两天时间即可处理完这里的一切，然后就全身心投入战斗！”说着，章一民向他们伸出了双手。

八只手紧紧相握，四颗心在同步跳动……

第二天上午章可染在毛永清的陪同下回到了家里。她一进门，就像疯了一样，猛扑到章一民怀里放声大哭。哭声撕裂心肺，震动屋宇。……良久，女儿突然止住了哭泣，擦干了眼泪，扶住了父亲，满脸坚毅：“爸爸，我要去看看妈妈！”

从医院出来，已近吃午饭的时间。章一民领着女儿到了一家专营小吃的店铺，为女儿点了八样特色小吃，静静地看着女儿吃下。女儿也毫不客气，大快朵颐，很快就把八样小吃扫了个干干净净。见此，章一民舒心地笑了。然后他又要了一壶狮峰龙井，搬起两把竹椅，来到店内二层的阳台上。两人并排而坐，默默观赏着四周的景色。

“孩子，你长大了！”章一民揽过可染，为她理了理秀发，眼眶中涌满了泪花。“怎么样，在深圳这几年还好吗？给爸爸说说！”

“总体上讲，还好。生活虽苦一些，但过得很充实，感触颇多，收获也不小！”章可染紧紧偎依在他的身旁，脸上漾出十分满足的笑意。在她的记忆里，这可能是父女两人这些年来的第一次如此相处。

“可染，爸爸不是一个称职的爸爸，这几年让你吃苦了，请你原谅！”章一民泪水纵横。见状，可染惊呆了。因为从小到大，从未见到父亲如此动情，如此落泪。

“不，爸爸，都是女儿不好！这是我在深圳闯了三年后得出的结论。如果要原谅，还是请爸爸原谅我这个不懂事、不争气的女儿吧！”章可染的眼泪，也开始如断线的珍珠滚滚落下。这眼泪是由衷的，是源自肺腑的。

章一民为她擦了擦眼泪，把她拥抱得更紧了。“孩子，你想让爸爸做一个什么样的官？是清官，好官？还是贪官、坏官？”

没想到爸爸会这样问自己。她动情地审视着爸爸的面孔，伤心地发觉爸爸这几年变化太大了。原来的一头乌发已变得霜点斑斑，向来端正帅气的脸庞，如今却瘦削干枯，颧骨高突，下巴尖尖，细密的鱼尾纹从眼角一直爬入双鬓。看到这一切，她难过得心如刀绞。章可染心在疼、手在抖，泪水再一次模糊了双眼。她用手轻轻地抚摸着父亲的霜鬓。“女儿当然希望爸爸做好官、做清官。女儿过去不谙世间的复杂与艰辛，不理解爸爸的人生信仰与追求，不明白爸爸为人处世的原则与操守，也误会了爸爸对女儿的一番期望与苦心。现在，我深深感到了爸爸对女儿的一片真心和大爱。这可能就是好官、坏官的一个区别吧！这些年，我在外地、在深圳，凡碰到认识你的人，都异口同声称赞你是共产党的好官。我听了既感到惭愧又觉得十分自豪！”

“好孩子，做好官是要付出代价的。好官必须是好人，但好人未必能做成好官。做好官的过程其实就是履行自己的信仰、坚守自己人格的过程。古往今来，做好官者，能善终的不多。人们常说，老实人不吃亏。其实，做老实人无一例外，都是吃亏的。所谓不吃亏，是指作为一种历史现象、社会现象，老实人最终还是会得到承认和肯定的。不过为得到承认和肯定，不少老实人可能要等到几代人甚至一二百年之后！这些年，爸爸因为坚持原则，不忘党的宗旨，得罪了不少人。当下，围绕省委省政府年底换届的人事安排，不少人不择手段、搞阴谋诡计。这些人已把爸爸当成他们的最大障碍，必欲除之而后快！这次爸爸可能会丢官，也许还会遭不测。对此，你怕吗？”章一民双眼眯成了一条细缝，情深意切地看着女儿。

“不怕！”可染回答得斩钉截铁。

“赖锐、杨凝雪，你认得吧？”

“认得。赖阿姨、杨阿姨怎么啦？”女儿似乎觉察到什么。

“她们都在上个月突然死了。我怀疑是被人谋害的。”可染听到这句话，脸一下子失去了血色。

“孩子啊，政治上、官场上的一些事，有时候是很残酷的。我也有可能会步她们的后尘！”

章可染紧紧拥着爸爸，哭着说：“爸爸，你可千万要小心啊！女儿已没有了妈妈，决不能再失去你这个爸爸。爸爸，要不咱们不当这个官了，我陪你回老家当农民种地去！”

“现在还不行。此时此刻，爸爸不能当逃兵，不能向邪恶势力低头。这也是好官和坏官的一个区别。现在，我们父女两人都要做好两个准备：准备丢官，准备丢命！不过，我的判断，是丢官的可能性大。丢命嘛，暂时还不至于。如果真丢官了，咱们就同你刚才说的那样，回双沟村，守着你妈妈种地去！”

“行，我百分之百拥护！从现在起，我要同爸爸坚决站在一起，生死与共，不离不弃！”

望着女儿变得成熟的神态，章一民心中无限欣慰。“可染，爸爸这些年经常在琢磨一个问题：为什么古人讲，创业艰、守业更难！爸爸到现在还没彻底搞明白。只是体会到，创业和守业是两个不同的历史阶段。守业时遇到的问题、矛盾、挑战和危机，可能同创业时碰到的截然不同，许多事情往往变得更加难辨，更加复杂，更加尖锐。”章一民把可染的身子向自己拉了拉，两只眼睛闪着坚毅的光芒。“譬如，现在衡量谁是好官、谁是坏官，谁是好人、谁是坏人，就不那么容易了，一些人甚至连美与丑、是与非、正与邪也常常难以分辨了。女儿啊，这些事情看似简单，其实很难，每时每刻都是一种考验。许多时候，是靠良知、良心和道德支撑并做出判断的。你妈妈在世时，对你抱有很大的期望。爸爸有时对你责之过切，也是缘于这种期望。我们对你的唯一要求，就是终了一生，都要做一个有操守有作为的人。生活上可以标准低一点，但在对待人生对待做人的态度上，绝对不能马虎，一定要搞得清清楚楚，明明白白。人一定要活得有高度和厚度。这，你能做到吗？”

“我一定要像你一样，竭尽全力做到！”

“还有一件事,爸爸要听听你的意见。”

“什么事？”

“处理完你妈妈的后事，你打算干什么？”

“这几天，我心里很乱，没来得及认真琢磨。爸爸有什么建议？”

“不要回深圳了，到你訾阿姨身边继续深造学业吧！你还年轻，一定得有属于自己的事业。近两年来，爸爸为你的事想了许多，最后倾向是让你搞学问、搞科研。据我所知，我们党的许多大领导，都不愿意自己的子女做官、从政。你知道这是为什么吗？”

“为什么？”章可染瞪大了双眼。

“在这些年的风波坎坷中，爸爸深切感到，做官、从政太难了。政治问题是世界上最复杂的问题。做官从政必然涉及政治。其中有许多事情做起来太微妙复杂了，是个人无法全部主导的，且不时会面对极大风险。太难、太险、太复杂的要害，是在政治和官场中，许多时候的是非曲直往往一时难以判断。现在，有不少人都热衷于从政做官，但他们并不清楚从政做官是一个高危岗位，充满着诱惑、更充满着危险。有些人不当官还可以，当了官就扭曲了人格，丢掉了良知。他们常在复杂的人际关系、政治生态和现实的是非利害面前迷失方向，逐渐蜕化变质，最后葬身祸海。我发觉在这些年被揪出的贪官中，有不少人并不是一开始就是坏人，而是逐渐变坏的。你一个女孩子，很难适应从政的风险，但做学问、做科研就不大一样了。一方面，国家的事，终究是要靠有知识、有本事的人去做的。另一方面，它不同于官场，只要你有真本事，真能搞出名堂，还是比较容易脱颖而出的，别人想挡也是挡不住的。”

“好吧，我今后的一切均听从爸爸的安排！”

“那就一言为定。过几天，我去同你訾阿姨商量。”

此时此刻，父女两人的心已紧紧贴在了一起……

一阵微风吹过，从掀动的窗帘处射进几道午后的阳光。阳光照射在他们的脸上，把两人的脸色染得更加刚毅与坦然。

十二

李家寨位于天源市西边，离城区大约有二十公里，原是个名不见经传、普通得不能再普通的山区小寨。可是最近几年来，却有一些人把它闹得声名鹊起，想不出名都不行。

说起来，这个李家寨还真有一些与众不同之处。全寨犹如一个小形袖珍盆地，四周环抱着不高不低的山丘。蜿蜒的山丘绕着山寨转了一圈之后，在寨子南边留下一个宽约两丈的豁口。豁口的上方，神使鬼差地横架着一块巨大的条石。这处豁口既是全寨与外界相通的唯一出口，又俨然成了寨子的一座天然大门。李家寨周围的山丘造型也让人匪夷所思、百思不得其解。山丘背寨朝外的一边，陡峭如削，怪石嶙峋，石多土少，寸草不生。而面向寨内的一侧，则坡度和缓，土质肥厚，杂草丛生，万木葱茏，特别是长满了方圆百里少有的一种树木——楸木。寨子中间有一片平坦的耕地。一条细溪把这片耕地不对称地一分为二。东边约有二百多亩，西边的面积只有东边的一半。细溪的源头来自北边山脚下的一处山泉。山泉的水量虽然不大，但却一年四季流淌不竭。这泉水明澈纯净，清冽甘甜，既是全寨农业用水的保证，更是寨民们唯一的饮用水源。细溪轻泛涟漪，静静地流至寨南，碰上了一条地下暗河。于是，一路行来还剩下的水流，宛如一条长蛇，钻入暗河的一个小洞，变得无影无踪了。李家寨这种特殊的地形，形成了其特有的小气候。春天风和日丽，夏日昼热夜凉，秋季风细气爽，冬天湿润多雪。特别是春秋时节，可谓风恬月朗，山清水秀，流水潺潺，鸟语花香。初入其里，真有一种世外桃源之感。

李家寨的五十多户人家均姓李。听寨里的老人讲，他们是唐朝开国皇帝李渊的后代，世居北方。北宋王朝迁都江南时，李家兄弟三人举家南来逃避战乱，几经颠沛流离，方觅得此处落脚。正因为如此，他们视此地为神授天赐，对寨子及周围的一切敬畏有加。每年的大年初一，李家寨都要举行一种特殊仪式，全寨人沐浴更衣，烧香燃烛，齐聚一堂，拜天拜地拜山神。几百年来，世世代代的李家寨人都一直小心翼翼地过着一种日出而作、日落而息的农耕生活。由于耕地有限、水源有限，李氏家族始终严守三条祖训：一不准滥用耕地。每户的宅基地均定在山坡上，房子只能依坡而建，且宅基地不以家中人丁的增加而增加。如不敷使用，可以向高处盖，盖楼房。故李家寨是三江省最早就有楼房的农村。二是不准玷污泉水。寨内的这缕泉水主要保证人畜使用，严禁在溪内洗衣、洗菜，一般也不用泉水浇灌耕地。为此，近千年来，寨子里一直禁种水稻。三是严禁滥伐树木。谁家需用木材，必须经寨子里最有威望的三位老人协商、批准，且伐一棵必须补栽五棵。这三条寨规即使在公社化时，也能基本得到遵守和执行。1958年“大炼钢铁”时，有人盯上了寨子四周山坡上的百年老楸。为此急得寨子里的人吃不下饭，睡不好觉。后来全寨人推举当时任小队长的李成泰去找县长交涉。县长是林学院的毕业生。他非常珍惜李家寨的特殊生态环境，知道砍了楸树后的严重恶果。县长同李成泰商量了好久，最后亲自带着县里各局办的领导，煞有介事地到寨子里转了一圈，最后宣布：“楸树燃烧值太低，不适宜炼钢铁。”楸树保住了，生态守住了，这件事也一直在寨子里传为美谈。

俗话说，一方水土养一方人。可李家寨这方水土养人的办法却透着怪异。细溪东边的二百多亩土地，种什么都不长，却只长萝卜。此处长出的青萝卜，又大又脆又甜，口感远远超过天津的沙窝萝卜和山东潍坊的萝卜。因此，寨里人自豪地用它作为招待客人的水果，还常常用以治疗老人孩子的咳嗽和感冒。细溪西边的一百多亩地，也只长一样东西——大豆。如种大豆，产量高品质优，做出的豆腐带有一种特殊的清香。如改种别样作物，则颗粒不收。公社化时，有人曾在这里试种过小麦、玉米，均以失败而告终。李家寨周边山坡上长的楸木，干直质密，油性大、韧性好。用楸木做成的家具，耐磨耐沤耐用。如刷上一层天然清漆，颜色则慢慢变得黄中透黑，黑中透亮，光滑明丽，人见人爱。所以，长期以来，萝卜、豆腐、楸木家具就成了全寨人维持生计、赖以致富的三宝。

20世纪90年代，李家寨出了一个能人。在他的带领下，李家寨的方方面面都上了一个新台阶，寨民们的生活自然也过得越发有滋有味了。这个人叫李长石，是李成泰的长子。李长石1960年参军入伍，在部队先后干过炊事员、饲养员、汽车兵、通讯员，担任过班长、排长、连长、营长，最后还到师里做过参谋。按当时国家的有关规定，团、营级干部复员后可以由地方政府安排适当公职。但他放弃了这种待遇，毅然回到了李家寨。当时正好赶上改革开放的大潮，农村开始实行包产到户的政策。小寨里回来一个解放军的干部，当然受到了乡亲们的热烈欢迎。最高兴的当属他的老父亲李成泰。不久，李长石被选为村主任兼村党支部书记。上任后，他在村子里连转了几天，脑子里始终在思考一个问题：根据李家寨的实际情况，要不要仿照别处的做法，也分田到户、包产单干？他觉得如果这样做了，短期内会效果显著，但时间长了反而不利于李家寨一些优势的发挥，影响全寨长远的小康建设。最后，他向党支部建议，为了充分发挥李家寨的“三宝”优势，全村人可分为三个小组，一组专做豆腐，一组专营家具，一组专种萝卜。三个组联合成一个生产合作社。每家以应得的土地、山林入股，寨民分别在三个小组上班，并按能力与贡献大小分成三个级别，平时每个人按级别领取工资。年终的利润收入，全寨除留部分发展基金和公益金外，其余均按股份分红。家庭有特殊困难的，从公益金中给予补助。每年每组上交寨子的利润数额由寨委会研究。当因特殊情况形成组与组之间工资差额过大时，由寨里预留的发展基金予以调剂。这个建议经全体寨民反复讨论，获得一致通过。接着，李长石又同三个组长反复研究提高产品质量、扩大营销范围的办法与途径：首先是进一步改进萝卜的口感。他从东北、宁夏种香瓜的经验中得到启发，调整了种萝卜所用的肥料。李家寨种萝卜，过去一直是施用农家肥，这多少影响了口感。他决定停止使用一般的农家肥，改用豆腐渣加黄沙沤肥，再掺入一定比例的芝麻渣饼。芝麻渣饼是从附近一个香油厂购来的。改良肥料的措施实行两年后，萝卜的口感果然发生了显著的变化。在原来清脆汁多的基础上，又增加了香味和甜度，让人吃萝卜吃出了香瓜一样的味道。这样一来，萝卜的售价虽提高了一些，但仍供不应求。另外，为保持李家寨豆腐这个名牌，李长石在提高质量方面也采用了一系列新做法：在用料方面，坚持只用本寨产的黄豆和本寨流的泉水。为此，影响了产量也在所不惜。对豆浆的制作一律改用石磨法，凝固剂也由卤水、石膏改为日本的技术。同时加大豆腐压制力度，让豆腐所含水分的比例达到或超过国家制定的标准。在此基础上，又进一步改进销售办法，稳定供货渠道。他和天源市的几家大商场签订长期合同，送货上门，定点定时供应。关于楸木家具，李长石则要求坚决贯彻质量第一、产量第二、立足长远、坚守名牌的思路。为保证小区内的生态平衡，李长石对每年砍伐楸木的数量做了严格的规定。家具的种类，由过去以做木桶、棺材、木锨、门窗为主，改为优先考虑沙发、书桌、柜橱，同时坚持传统的卯榫工艺。用料力求环保，风格追求古朴高雅，价位取中上、讲公道。销售办法，按订单生产，且以订货为主，零售为副。三年下来李家寨的楸木家具连上了几个档次，享誉全国，被人称为“三江省的黄花梨”。

在不断发展生产、提高寨民生活水平的同时，李长石十分重视全寨的道德建设。在修通了公路，完善了水、电、气和通信设施后，李长石征得寨民同意，又重点抓了两件事：全面翻新修缮了村子里的一所小学，新建了一座颇具规模的文化中心。中心里配有图书、报纸、杂志、电脑，设有电影室、音乐室、体育室、歌舞厅。村民们在劳动之余，可以随时到文化中心阅览图书，听音乐，看电影。老人们可以自由结伴，到体育室里下下象棋，打打扑克。年轻人则可相约开展乒乓球、羽毛球一类的比赛。文化中心里最热闹的地方当属歌舞厅和灯光篮球场。每当夕阳西下，夜幕降临时，这两个地方都聚满了人。歌舞厅里的常客是中年人和老年人。他们在舞池里快乐地移动着舞步，变换着舞姿。伴奏的音乐，要么是各种舞曲光盘，要么就是舞者轮流上台，手持麦克风，无拘无束唱出的民歌和戏曲。篮球场则是青年男女的天下。自从文化中心建成之后，村里就成立了青年男女篮球队。除了下雨天之外，这里每晚都在进行着不同形式的篮球比赛。

这一切，如春风化雨，在悄悄地改变着寨民们的内心世界，潜移默化着寨子里的风气与习俗。于是，不但寨子里的生产发展了，寨民们的生活水平提高了，而且人们的精神世界也充实了，全寨的道德风尚变得更加向上健康了。邻里之间，相互帮助；寨民之间，相互体谅。全寨在和谐友善中，洋溢着一种祥和与淡定。

俗话说，人怕出名猪怕壮，树大招风。树在长得干壮叶茂之后，往往会招来了一些邪气恶雨。这些邪气恶雨，这几年如一拨又一拨的洪水，连续不断地一再惊扰着李家寨的宁静和安详。

2002年的一个夏日，在事先未打招呼的情况下，省招商局的二十多部豪华小轿车浩浩荡荡地开进了李家寨。一个台湾老富商在一帮人的前簇后拥之下绕着寨子转个不停，时而挥手指点周围的山林，时而低头察看脚下的土地。富商虽早已满头大汗，却仍停不下脚步……站在远处冷眼打量了一阵的李长石，遵循李家寨的待客之道，走上前去把这位上了年纪的商人迎进了村文化中心的大厅。甫一坐定，即让人上了八盘本寨特产——青萝卜方条。陪同人员见状先是吃了一惊，继而有点恼怒地直勾勾地瞪着李长石。李长石不以为意，笑嘻嘻地请老人品尝。

老人拿起一块方条，略显犹疑，随后轻轻咬了一口，细细咀嚼，突然高声发问：“这是萝卜？味道太好了，没西瓜甜，却比西瓜香。我从来没吃过这样的萝卜！”

听到老人如此盛赞，陪同来的人也一齐抢着吃了起来。

几盘萝卜条下肚，人们身上的热汗已消得干干净净。

高兴之余，这位老人就开门见山地讲明了来意。“你这个寨子，不啻是人间仙境，世上的一块风水宝地。我想买断这个地方，开办一家亚洲最大的中药厂。价钱嘛，好商量！你先说说看，只要我财力允许，一概应允。”说罢，双眼朝天，一副胸有成竹、志在必得的样子。

李长石再次把老人从上到下端详了一遍，笑了，然后真诚地开了口：“我们这个山寨的生态，只能容下全寨现有的两百多口人。人再增多了就会破坏这里近千年形成的生态环境。我们寨子里有一条世世代代谨守的祖训：宁可生活得清贫一些，也要保护好这片天这片地。何况这里根本就不适宜办制药厂。现在，我们大陆的不少人，到处讲招商，到处讲开发。殊不知，这开发招商也要讲水土适服。有些地方可以开发，有些地方是不能随便照做的。因为盲目开发，会把一个好端端的地方，眼睁睁地糟蹋掉的。”

听到这个回答，陪同来的人顿时变得目瞪口呆。老人还想再解释点什么，略一沉思又闭了口。李长石对此视而不见，起身礼貌地扶送老人上了车。

2004年的秋天，省旅游局的领导陪着分管此项工作的万副省长来到了李家寨。这一次，他们的工作作风还算深入，在寨子里调查了两天。第三天上午，这帮人也许了解到李长石难缠，就撇开他，由万副省长直接主持，在文化中心大厅召开了全寨群众大会。旅游局局长首先发言，他先表扬了寨子的生产和精神文明建设，然后摊开一张图纸，向寨民们解释："这是经省有关部门批准的关于发展三江省旅游事业的五年规划，拟在你们寨子实施的项目是这个规划中的一个重点工程。按照工程设计的目标，这里要建成全省最大的旅游休假中心，总建筑面积将达到六十万平方米，每天能同时接待上万名游客。按照规划要求，你们的这个寨的住户要全部迁出，另行安排，所需费用由省旅游局负担。另外，每户再补偿十万元左右。今天，我们就这个计划征求全寨住户的意见，万副省长也想亲自听听你们的想法。我们给出的条件是全省乃至全国同样项目中最优厚的。"

史大顺是村里的老人，已八十六岁了。听完旅游局长的这番解释，老头子气得胡须直抖，嗓音大得直震屋梁。"你们凭什么让我们搬迁？我们在这里已生活了几百年，生活虽不十分富裕，倒也舒坦安逸。现在你们让搬就得搬，还有王法吗？"

"我们这个寨的祖训，就是不图富贵，确保生态。你们要在这里建什么旅游休假中心，要同时接待上万名游客。你们想过没有，这会造成什么后果？如果真如你们讲的那样，这里的一切都将毁于一旦。这岂不是干了一桩伤天害理、断子绝孙的大坏事吗？"副寨长方又安挥舞着旱烟管，怒气难抑。

接下来，人们抢着发言。你一言，我一语，一时间，大厅里像炸开了锅。万副省长看到这种架势，有点坐不住了，他不满地斜瞟了局长一眼。局长也没想到竟会出现如此局面，脸涨得通红，汗水浸透了衬衣。

“我来讲两句。”李长石见这样吵下去也不是办法，就强忍怒气，极力控制自己的声调。“省里要大力发展旅游事业，我们拥护并坚决支持。但发展要因地制宜。我个人觉得，你们这个决定，一是主观了一些，事先并没有同我们商量；二是违背了相关法律和规定；三是会彻底破坏这里的生态系统。这个寨的生态之所以能保护得如此好，是因为这里的住户世世代代甘受清贫竭力加以保护，决心为子孙后代留下一份好的家产。你们的规划，违背了自然规律，也拂逆了人心，不但行不通，而且会惹得天怒人怨。这些年，我们在这方面的教训还少吗？四是全寨没有一个人赞同你们的规划。我顺便说一句，我是党员，是懂得要顾全大局的。寨里人今天在这里的发言，全部是发自内心，不是寨里的事先安排。何况，我也是刚刚弄清了你们的来意。我看这件事就到此为止吧！万副省长，还有局长，你们是这两年到我们寨里职位最高的政府官员。今天中午，我想请你们尝尝村里的豆腐宴。如不嫌弃，请一定留下来，好让我们表达一下心意。”

听完李长石的话，万副省长叹了口气，站起身来。

“吃饭就不用了。你们刚才的发言，也不是没有一点道理，我们回去要再认真研究研究。”言毕，一行人匆匆上车，绝尘而去。

这两次风波虽然被挡了回去，但却引起了李长石的警觉和担心，寨民们也平添了不少的不安与忧虑。他们都清楚，李家寨被人盯上了，好日子不得安宁了。李长石更明白，自己这个村主任，恐怕今后要坐到风口浪尖上了。为此，李长石立即召集全寨寨民连开了三个晚上的协商会议。大家统一了思想，确定了对策。最后，还一致同意，要不惜一切代价，奉行祖训，死保这块净土不被污染和破坏。

如果说前两次风波来得快消失得也快的话，那第三次呼啸而至的风波就截然不同了。

岁月不居，匆匆就到了2008年4月。根据三江省关于进一步加快农村城镇化建设的文件精神和省里的统一规划，李家寨被列入整体搬迁的名单。搬迁后腾出的寨子，将由省里统筹建设一个三江省养老中心。搬迁和后续建设，省农村城镇化建设领导小组委托一家新组建的三江省建设公司具体负责。4月15日，这家公司下属的三江农村房地产公司的总经理邱怀，手持省里的相关文件与批件，坐着奔驰小轿车，得意洋洋地来到了李家寨党支部，点名马上要见李长石。李长石事先做了些咨询，了解了这家公司的相关情况，还同支部的几位委员关着门认真研究了一次。大家虽心情沉重，可又觉得没有退路。最后，党支部决定要一如既往，坚持说理，决不退让，相信有共产党在，有中央和省委在，问题总能得到合情合理解决的。

见邱怀进来，李长石为他捧上一杯清茶，不冷不热地稳坐在办公桌后边。邱怀则气势凌人地把有关文件、批件的复印件放在了他的眼前。李长石认真浏览了一遍，抬起头来，故作不解地问了一句：“这是什么意思？”

“什么意思，别揣着明白装糊涂。这次李家寨是跑不了啦，请李支书乖乖地把寨子献出来吧！”邱怀趾高气扬，脸上傲慢得直冒油。

“献出来？就凭这些东西？”李长石轻轻拍了拍桌上的一摞文件。

“你还需要什么文件，尽管说出来，小菜一碟，我立马为你办到！”

“按国家有关法律、文件规定，寨子搬迁一事，必须首先征求全体寨民的意见。他们如果不同意，这些文件恐怕就无意义了！”

“那你就快点去征求吧，我在这儿坐等！”邱怀叼着烟卷，一副成竹在胸的样子。

“我昨晚已征求过了。”

“什么结果？”

“没有一个人同意！”

“什么，你们想造反吗？”邱怀跳了起来。

“这怎么叫造反？这是民意！”

“你这个小小的村支部书记，竟敢在老虎头上搔痒。等着瞧吧，我让你吃不了兜着走！”说罢，怒气冲冲地拂袖而去。

李长石久久地望着这个人的背影，心中升起了一缕缕惆怅。他知道，好戏才刚刚开始。

在提心吊胆、惴惴不安中，李家寨平静地度过了半个月。一些淳厚善良的寨民们渐渐放松了警惕，暗存侥幸，认为这场风波可能已经过去了。

“五一”节的前一天，一辆劳斯莱斯豪华小轿车悄悄地开进了寨子，后边紧跟着一辆大卡车，车上站满了粗壮的大汉。小车刚一停稳，从小车里首先跳下一个妖里妖气的小姐，接着又艰难地钻出一个五短身材的黑脸胖子。此人短臂短腿短脖子，腆着一个大得有点出奇的肚子，活像有一个直径两尺的大面盆倒扣在胸前。一身意大利名牌西装，似乎无法承受这肚子的张力，挣扎着向前凸起。此人脖子上挂着一串一指多粗、三尺多长的金项链，手腕上戴着瑞士订制的欧米茄金表，十个手指上齐刷刷地均嵌着金光闪闪的大戒指。

邱怀急急忙忙从卡车的驾驶室跳下，一路小跑，奔到这个黑色肉球跟前，麻利地撑起阳伞，小心地扶着他走进了村党支部的办公室。

“这位是……”李长石不卑不亢地迎到门前。

“这是我们公司的董事长米士求先生！”邱怀大声地介绍。

“请进！”李长石拱手相让。他扫视一下屋内的座椅，多少有点无奈和尴尬。村党支部办公室里是从来不置沙发的。平时，只放着几把本寨生产的楸木椅子和两个茶几。可今天，这椅子绝对装不下这位董事长的尊躯。情急之下，他瞧见了屋角的一只木箱，宽度高度正好合适。李长石快步走了过去，把箱子搬到米士求面前。

“实在抱歉，委屈董事长了！”他指了指箱子，示意米士求坐下。

米士求盯着箱子看了半天，终于十分不情愿地坐了下来，对摆在茶几上的青萝卜条，斜扫了一眼，露出一副鄙夷不屑的神态。

“董事长，大驾光临，有何贵干？”李长石不急不慢地开了腔。

“上次，我来同你商量李家寨的搬迁事宜，被你一口拒绝了。今天，我们董事长降贵纡尊亲自出马，想同你再谈一次，做到仁至义尽！”邱怀晃动着脑袋，傲慢无理地先介绍了一番。

李长石端起盛满青萝卜条的盘子，不再谦让，自顾自津津有味地吃了起来。屋子里顿时填满了他咂嘴咀嚼的声音。

“我看你这个人官不大，胆子却不小。你知道这项工作是谁在抓吗？不是他，”米士求用扇子指了指邱怀，“也不是我，而是省里的两位主要领导。你说不愿搬迁是民意，谁是民意？党和政府做出的决定就是民意！你们这个小小寨子的民意，我看一文钱都不值！”

“米董事长，你这话欠妥吧。”李长石厌恶地瞪了这个怪物一眼。“党中央一再讲，我们的一切工作，都要实事求是，以民为本，贯彻全心全意为人民服务的宗旨。靠长官意志，靠坐在办公室里拍脑袋，能行得通吗？什么叫实事求是？这个寨子的生态环境不允许盖大规模的养老中心，所以这个寨子不能搬。这就叫实事求是。什么叫以民为本？就是一切工作都要从有利于群众的利益出发，所办的一切事情都应该让人民感到高兴、幸福、满意！不能建硬要建，不能迁硬要迁，这符合中央的精神吗？这叫以民为本吗？”李长石这个人讲话有个特点，刚开始时尚能慢条斯理，心平气和，讲着讲着语速就开始变快，调门也就随着提高，讲到激动、生气之处，就有点失控，旁若无人，声震屋宇，如同与人吵架一样。为此，经常造成了误会。此时此刻，李长石又进入了这种境界。

“真是敬酒不吃吃罚酒。你这个人，不撞南墙不回头！我不想再听你这套废话，也懒得再同你瞎费唾沫。这是我们最后一次同你协商！现在，我郑重通知你：这次不搬也得搬，没有任何讨价还价的余地。过一段时间，我即派人来拆房子。寨子里现有的住房，凡愿意自己动手拆的，拆下的木料、砖瓦归自己；不愿意自己动手的，就由我们派来的拆迁队负责。不过，拆下的东西一律归拆迁队，拆迁户还须另付拆迁费！话讲当面，勿谓……”米士求想秀上一把，可惜忘了下文。但他一点也不脸红，只是斜了邱怀一眼。

“勿谓言之不预也！”邱怀赶紧补上一句。

“对，就是这个意思。李书记，我们要走啦，没工夫在这里奉陪阁下了。”

送走这帮人，李长石心情十分沉重。看架势，这帮人来路不简单啊！不行，得把这帮人的背景弄清楚，不能打无准备之仗。想到这里，他立即骑上自行车直奔天源市。行前嘱咐儿子李宏祖，让他先在网上搜集三江农村房地产公司的相关信息。晚上，村党支部的几位成员碰头汇总了有关情况，才弄清楚邱怀这个总经理只是个摆设，真正的老板是出资筹建三江农村房地产公司且有黑社会背景的米士求。而米士求的后台则是于省长的二公子于洪甚和天源市市委书记的长子艾谦瑟。这两个人分别担任三江省建设公司的董事长和总经理。这个三江农村房地产公司则是三江省建设公司下属的两个子公司之一。这次向李长石提供情况的几位老战友都非常担心他的处境，认为胳膊扭不过大腿，劝他该让就让，见好就收。从几位老战友家里出来，李长石还顺便去了一趟省信访办。信访办的领导态度很好，热情地接待了他，但一听完李长石的情况介绍，脸上即呈现出一副复杂奇怪的表情。这位领导沉思良久，才字字斟酌地说道，你先回去吧，我们认真研究后再答复你。看样子是虽有同情之心却又爱莫能助。面对如此复杂的背景和情况，在场的几个寨里的干部都倒吸了一口凉气。他们做梦也没有想到，一个小小的寨子竟会惹来这么大的麻烦，竟会陷入如此神秘难测的是非漩涡。

怎么办，怎么办？李长石眼中噙泪，心中淌血。

“爸，不要太难过。在这个时候，你千万要挺住。全寨人可都在看着你呢！我坚决支持你。寨子里的全体年轻人也都支持你！”儿子在一旁又劝慰又鼓气。

儿子李宏祖的脾气、秉性同长石几乎一模一样。李宏祖在省农林大学毕业后，没有留恋大城市，心甘情愿地回到了李家寨，成为寨子里种植萝卜、大豆、保护山林的技术能手。

李长石把儿子拉到跟前。“孩子，你长大了。现在，你该明白，干一件事不易，把一件事干好则更难。你放心，爸爸是当兵出身，绝不会在关键时刻掉链子。同时，爸爸又是共产党员，岂能背叛入党誓言。不过，凡事预则立，不预则废，咱们必须做好准备，且要做最坏的准备。你现在就去，向寨里年轻人传达党支部的决定，在寨子里挑选40个身强力壮的小伙子，组成一个小队，对外叫生产突击队，对内则称寨子护卫队。护卫队成员每人可准备一根长棒和一只哨子。白天派两个人在寨门口放哨，晚上轮流值班巡逻。遇有紧急情况相互吹哨联络。听说你在学校里练过武术。支部批准你每天下午可用两个小时，教护卫队员们一些基本的擒拿、格斗功夫。如你能力不够，支部还允许你另请一个专业的武术教练。告诉大家，这一方面是为了健身，一方面是备应急之需。除了日常的值班巡逻、放哨外，什么时候需要集体出动，必须听从村党支部的安排。护卫队队部就暂设在文化中心，队长就由你来担任吧！”

待儿子的身影消失在夜幕中之后，李长石接着又召开了寨党支部扩大会议，增加了寨委会的全体成员和三个生产小组的组长。李长石在会上首先通报了白天同米士求对阵的经过，介绍了相关背景和情况，分析了李家寨面临的形势与矛盾，还就成立寨护卫队的必要性向大家做了说明。与会人员经过一番认真、严肃的讨论，十分赞成李长石的考虑与安排。同时还决定，从即日起，寨党支部和寨委会的成员，两人一组在寨党支部办公室昼夜轮流值班。大家一致表示，要在寨党支部的统一领导下，坚决维护寨内群众的合法权益，反对一切破坏李家寨现有生态的错误行为。事情可能有曲折，有反复，但大家决心同心同德，团结一致，决不动摇。同时责成李长石出面，继续向县、省领导及中央反映情况，必要时可以诉诸法律。

过了“五一”，李家寨的人们发现，每天都有一些不三不四的人，在寨子里东看看、西瞧瞧，四处溜达。5月26日清晨，护寨队队员发现山坡上二十多棵高大的楸树被拦腰锯断。寨里每户人家的房墙上都用石灰水写上了一个大大的“拆”字，平时用来晾豆腐的大棚，被人砍断了支柱，寨子里两只护寨的大狗也让人毒死了。面对这种种异常情况，全寨人不约而同地聚集到文化中心。李长石仔细察看了几处现场后，心里顿时明白，这是有人在耍弄流氓手法，妄图用此种手段威胁逼迫寨民搬迁。他回到文化中心后，向情绪激动、摩拳擦掌的乡亲们第一次全盘说出自己几年来三次与这些人交锋的经过，亮明了村党支部的态度，说出了党支部和寨委会已采取的应对措施。最后，他反复叮嘱大家：这几件事是一些人玩的小动作，目的是要试探我们，刺激、诱使我们犯错误。为此，大家一定要沉住气、稳住神，一切均要按寨里的统一部署，按部就班地进行，千万不要私自行动，更不能采取任何过激行为，从而授人以柄，使问题复杂化。当然，大家也应时时提高警惕，处处谨慎小心。最后他强调，这些人的所作所为是违背中央文件精神的，是瞒着上级领导的胡作非为，是不会有好下场的。听罢李长石的讲话，寨民们心中有了底，一切又恢复了平时的样子。

第二天，李长石来到了县里，指名要见县委书记。从早晨等到中午，从中午待到晚上，一直未见书记的身影。但他神态自若，一点也不着急，一边啃着馒头就着萝卜，一边浏览着借来的报纸，始终坐在县委的门口一动不动。大约到了晚上十点钟，书记见实在躲不过去了，就把李长石请到了自己的办公室。

“实在对不起，让你久等了！”县委书记一边不住地道歉，一边热情地为李长石沏茶。

“不用沏了，书记！我不想占您更多的宝贵时间。我只是为了一件事找您讨个说法。您把话说清楚了，我立马就走！”

“为哪件事？为你们寨子搬迁的事？”

“对，就是这件事！”李长石就势把有关情况简略地讲了一遍。

“这件事，不用你老弟说，我这个当父母官的还能不知道？”书记苦笑了一下。“可这件事，是省里直接决定的。决定时，连我这个书记都没通知一声。你叫我怎么办？你还是回去吧，我确实无能为力啊！不过，你回去还是要劝劝乡亲们，不要硬顶了，能搬还是搬吧！我这个当书记的，到时候会帮你们说话的。”

不知怎么回事，听了书记这番话，李长石不但没有生气，反而心里暖乎乎的。直觉告诉他：书记是个不错的官，书记所说的话也是实情。想到这里，他一口喝干了书记沏的茶水，向书记深深鞠了一躬，走了。

进入八月份，也就是省里开完农村城镇化建设现场会议之后，一些人的行动开始升级，变得更加肆无忌惮了。首先是断了李家寨的电力供应。幸亏寨里早有准备，立即启动了自备的柴油发电机。见此计不成，米士求又暗地里安排二十多个小混混，在李家寨通往天源市区的道路上架设路障，轮流把守，拦截寨里运出销售的豆腐、萝卜和家具。8月30日，生产小组组长李三贵和两个助手，开着三辆小卡车向天源市的几家超市送货，途中被五六个手持棍棒、头带柳条帽的家伙拦住了。不管李三贵如何解释，死活就是不让货车通过。两个助手上前争辩，几个家伙二话不说，抡起大棒把他们打得头破血流。车上的豆腐、萝卜、家具也被这些混蛋扔得遍地都是。李长石闻讯后，即带着二十多个护卫队队员赶到了现场。他先让一个队员把现场录了像，又把受伤的两个人送到医院救治，然后把这五六个小混混圈在一边，逐个询问。

有一个家伙见事情闹大了，就把米士求和邱怀供了出来。李长石立即让一个队员录了口供，还给这五六个家伙照了相。同时，派自己的儿子李宏祖到最近的一处公安局报案。半个小时后，两辆警车到了现场。情况一目了然，是这几个混混私设路障、破坏交通并动手伤人。带队的一位公安认得李长石，把他拉到一旁，小声说："这几个混混我认识，是米士求的手下。事情不须查我已明白，这些人是受人指使干的。个中原因嘛，我不说你也知道。人，我带走，估计也会不了了之。路障，我马上让他们拆除。所有证据，你们自己要保管好。李家寨这次可是惹上大事啦！"

回到李家寨，李长石的思绪久久无法平静，心里像压上了一块石头，愤怒、难受、憋屈，真想找人痛痛快快地干上一仗！可是，不能啊，有人就是要你失去理智，干出蠢事，然后好乘虚而入，把无理变成有理，从而达到他们循正道无法实现的目标。怎么办？再这样下去，寨里的生产、生活秩序会全部乱套，寨民们也会失去控制，进而会发生一些难以预料的事端，局面也可能会一发不可收拾。不行！不能再这样坐等，要立即向省里、向中央反映情况。想到这里，他叫来了副寨长方又安，嘱咐道："村里萝卜和楸木家具最近一个时期暂停往外送货。集中人力确保豆腐的供销畅通。办法就是每次送豆腐的车至少要有十个护卫队员护送，三辆送豆腐的车每天要结伴而行。出行时间一律定在上午十点左右，取消以往在凌晨和晚上的送货。”村副主任走后，李长石又忙了一个通宵，写了两份反映李家寨目前情况的书面材料，用特快专递的方式，一份直送中共中央办公厅，另一份则让李宏祖复印若干份，分送每位省委常委和省信访办。

九月上旬，一切尚属平静。到了九月中旬，虽不时见到几个形迹可疑的人在寨子门口转悠，但还未见到其他动作。李长石心中清楚，这只是表面的平静，绝对不能麻痹。不过，有了一个多月的平静，他心里还是充满着欣慰。9月30日晚上，全寨的人正在文化中心举行庆祝国庆联欢活动。突然从寨门口传来了机器的轰鸣声，护卫队员的哨声和人群的叫骂声。李长石知道大事不好，立即同几个村干部奔到了寨门口。只见在一辆卡车大灯的照耀下，一字排开了六台大型推土机。邱怀手举喇叭，站在一辆小车的车顶，周围围着二十多个彪形大汉。

“邱怀，光天化日之下，你要干什么？”李长石从这种架势里看出，这帮家伙要动粗的，要强行拆迁了。

“你们这帮刁民，蛮不讲理，不听从省里的安排，拒不搬迁。今晚我奉命带人帮你们拆迁！”

“谁蛮不讲理？你奉谁的命令？”李长石卡腰站在寨门口，脸色铁青，怒不可遏。

“今天，我们之间已无理可讲，只剩下行动。奉谁的命？你管得着吗！”

“那么，今晚我也奉告你：没有省委或中央的正式通知，你休想跨进寨子一步！”

“请闪开，李长石！否则，我就对你不客气了！”

“我看，谁敢！”李长石双目圆睁，大吼一声，顺手拎起护卫队员的木棍。

“现在，听我的口令。”邱怀举起小喇叭，向身边的彪形大汉下达指令：“先把这个带头闹事的破坏分子抓起来。随后，六部推土机一起进寨。今晚，要把寨子里的全部住房推倒拆除！”闻令，五六个彪形大汉立即扑过来抓李长石，六部推土机也呼啸着直冲过来。护卫队员见状，久压于心的怒气像火山一样爆发了。李宏祖站在寨口的一块巨石上，振臂高呼：“李家寨的护卫队员和父老乡亲们，现在听我的口令：这帮人背着中央、背着省委，到这里横行霸道，残害百姓，是一帮十足的坏蛋。你们先把邱怀这个首要的恶人抓起来，再把这六台推土机全部扣住，同时把一起来的二十多个坏蛋统统控制起来，然后等候省里来人处理！”

话音刚落，四十多个护卫队队员个个如同猛虎下山，从四面八方扑向目标。邱怀被一把从小车上拉了下来。这家伙吓得丧魂落魄，躺在地上鬼哭狼嚎。突然，“叭”的一声，有人躲在暗处向李长石开了一枪。李长石一个趔趄，倒在地上。寨里的所有人都被彻底激怒了，他们拿起棍棒、铁锨，一齐向这帮人砸去。一阵哭喊、讨饶声过后，胜负已见分晓。二十多个混混，个个被打得鼻青眼肿，邱怀也被捆成了肉粽子，六台推土机全部被缴获并送进了寨子。李家寨也有三十多人受了不同程度的轻伤。

这时，李长石被人扶着艰难地走了过来。暗中射来的一枪未击中要害，子弹在左腿上穿了一个小洞，没有伤及骨头。经包扎后，伤口的血已止住了。方又安要送他上医院，他拒绝了。“我现在不能离开寨子。何况，这点小伤算什么！”然后回头高声说道：“乡亲们，把这些人全部押到文化中心去。这些肇事推土机一定要严加看管，这是他们犯罪的铁证！同时，还要查出刚才暗中开枪的人。另外，从现在开始，严守寨门，任何人只准进不准出！李宏祖，一切都交给你们护卫队啦！”

是夜，寨子里又恢复了往日的平静。李长石站在寨子中间的空地上，环顾山影，遥望星空，心潮澎湃，愁绪如织！

十三

元旦本是一个喜庆的日子。每年到了元旦，全国放假一天，人们都以各种方式欢度这新年的第一天。三江自行车厂，作为一个大型国有企业，过去在组织元旦的庆祝活动方面，一直是以形式新颖、规模宏大、气氛隆重著称全省。可2007年的元旦，在宽敞的厂区里却没有一丝一毫的过节景象。

厂党委书记梅克云为了思考厂子今后的出路，昨晚又是一夜未眠，在辗转反侧中迎来了东方露出的晨曦。他索性穿衣下床，坐在旁边的一张椅子上，默默地开始了自己的吞云吐雾。突然，屋外传来一阵急促纷沓的脚步声，接着又响起了劈里啪啦的敲门声。梅克云起身打开房门，定眼一看，是老师傅骆家欣带着一帮工人站在门前。他们每个人的眼里都露出焦急与不安，脸上密布着愁云和寒霜。梅克云马上明白了工人们的来意，急忙招呼大家进屋。可他家中的这间卧室兼办公室的平房，最多只有十平方米，根本装不下这众多的来客。他犹豫了一下，尴尬地朝大家苦笑了一下，随即做出一个决定："这样吧，我们还是到厂办公室去谈吧！那里可以容纳更多的人。骆师傅，麻烦你去喊上钟厂长。如可能，再把老邵、老方、蔡总以及生产科、技术科的同志们都叫来。今天，我们是该坐下来，好好地讨论一下我们这个厂子的命运了。你们先行一步，我随后就到！"

梅克云可谓三江自行车厂的"元老"。他十八岁入厂，从厂办公室副主任做起，一直干到厂党委书记。在近四十年的岁月里，他把一切都献给了这个厂，目睹了厂里大大小小的变化，亲历了厂子繁荣辉煌的岁月。他做梦也没想到，这个厂今天会遭遇如此大难，竟败落衰退到如此地步。梅克云艰难地挪动着脚步，眼光徐徐地从厂区扫过，心里一酸，泪水淌了下来。这几年厂子在死亡线上挣扎的种种辛酸往事，又一幕一幕闪现在眼前……

三江自行车厂创建于20世纪60年代，是一家在省内家喻户晓的国营大厂。它前倚沙江，后靠卧马岭，厂区占地三千多亩。经过多年的绿化和维护，厂区早已出落得绿树成荫、花木掩映、四季飘香、风景如画了。最昌盛时，全厂年产一百五十万辆三江牌男、女自行车，每年上交国家利税十亿元以上。每当厂里的工人们骑着本厂产的自行车，身着蓝色的工装，头戴鸭舌帽，围着白毛巾，脚踏翻毛皮鞋，带着欢言笑语，一阵风似的涌出厂门，穿行于天源市的大街小巷时，俨然成了一道亮丽的风景线。社会上对于这个工厂的工人人见人羡，年轻人常常以能入该厂工作为荣耀。可曾几何时，自行车厂的好日子过完了，开始走麦城了。随着世界范围内科学技术的日新月异，伴着全国改革开放经济大潮的兴起，从1999年起这家厂子开始出现亏损，接着一路下滑，到了2003年年底，厂子已陷入破产的边沿，产品严重滞销，亏损日益严重，资金链戛然中断，工人工资发不出，连厂里的水、电、气费用也无力支付了。这种从未见到过的困境，把厂领导和工人们搞得晕头转向，他们谁也没想到工厂会变成这个样子。厂里所有的人都心情沉重忐忑不安，仿佛天要塌了。往日厂区里的欢歌笑语再也听不到了，到处弥漫着一种消沉悲观的气氛。

工厂的这种状况，像一座大山压在厂党委书记梅克云、厂长钟民男的心上。他们曾就自行车厂面临的困境向省委令狐书记反映过，但他不置可否，找省长于振天面谈，也未有结果。省发改委的领导倒是来过厂里，但讲的话云山雾罩，让人难以琢磨，隐隐约约中，似乎是在劝厂里要破釜沉舟、大胆改革。可如何大胆改革？如何破釜沉舟？梅克云和钟民男反复琢磨，也不得要领，可又不能坐等，必须得有个解决办法，必须要对全厂三千多名职工负责。于是，他们召集了车间主任以上的所有负责人，请大家集思广益，共谋良策。会议整整开了一天一夜，最后大家达成了共识：导致工厂陷入绝境的直接原因，是产品老旧、工艺落后，而深层因素则是思想观念陈旧，没有居安思危，没能与时俱进。厂领导与上级主管部门，长期不重视市场供求关系的变化，不研究国内外相关因素的冲击，安于现状，坐吃山空，致使工厂失去了活力，丢掉了应对挑战的本钱。同时，大家在讨论中，还是看到了诸多有利条件：自行车这个产品尚有广阔的市场，并没有被时代所淘汰，今后还有较好的发展前景；三江自行车厂，毕竟是一个老厂，职工素质较高，技术积淀深厚，设备潜力巨大，具有一定的人才、技术储备，只要措施得当、调配得法，加上必要的资金支持，工厂完全能够克服眼前的困难重新站立起来。找到了产生困境的根源，看清了危机与挑战，大家就有了希望，有了信心。最后，会议决定：今后一方面要组织人力，抓紧认真规划厂子的未来发展；另一方面，则要抓住突破点，集中一切人力物力，从研制新产品入手，以只争朝夕的精神，尽快推出两至三个被市场看好的新车型，把工厂从死亡线上拉回来。只要闯过这道坎，工厂就有可能起死回生。但是迈出这一步的必备条件是，一定要筹集到三千万元的再生产经费和技术改造资金。根据目前厂里的情况，这三千万元最好由政府财政拨款，如果实在不行，可以由工厂出面向银行贷款。

第二天，也就是2004年12月15日，梅克云和钟民男两人再次来到了省长于振天的办公室。于省长正襟危坐，皱着眉头听完了两人的汇报，最后只说了两句话："你们的思路不对，三千万元资金省里无法解决。"

于省长的这两句话，如同在刺骨的寒风里又被兜头倒上了一盆冰水，把厂长和书记浇了个透心凉，又好似一张死刑判决书，把三江自行车厂直接推到了死亡的边缘。他们心里十分清楚，靠人不如靠己，这三千万元只有找银行去贷款了。可之前厂里为买原材料，已向银行贷了一千五百万元。根据目前的情况，哪家银行还能施手相助呢！万般无奈，厂长和书记又召开了全厂职工大会，向大家如实说明了有关情况，请大家献计献策。接下来的讨论倒是热闹非凡，不过主要是发牢骚、泄不满。譬如，"我们是国营工厂，过去每年交税十多亿，为国家作了多大的贡献！现在有困难了，要三千万元竟然都不愿给，这不是见死不救、拆国营工厂的台吗！”“现在有些领导，口口声声讲工人阶级是领导阶级。可实际情况呢，工人阶级现在说话连个屁都不如。我看有些人是要把我们搞得上不着天、下不挨地，没岗位，没职业，成了新时代的‘无产阶级’！”“把我们逼得无路可走，难道这也叫改革吗？”“国家不管我们，我们就卖设备、卖土地，等一切都卖完了，就散伙当叫花子去！”……

这时，老工人骆家欣走到了台上。骆家欣是建厂时就入厂的老工人，为人朴实正直、踏实肯干，车、焊、钳、刨样样精通，曾多次被评为全国劳模，受到党中央、国务院领导的多次接见，还被选为全国人大代表，工人们对他非常佩服。他在厂里说话的分量一点也不亚于厂里的领导。工人们见骆师傅登了台，一下子都安静下来。

“我们这个厂子这次是遭大难了。”骆家欣顺手理了理雪样白发，语气十分沉痛。“现在，不是发牢骚的时候，再说光发牢骚也救不了我们工厂。关键是，我们不能丧失信心，要齐心协力共渡难关。俗话说，大河没水小河干。工厂如果垮了，我们真就变得无依无靠了。现在摆在第一位的，是想办法筹到一笔资金。我有几点建议：一是在今后的一年内，大家要继续勒紧裤腰带，一律不向厂里要工资；二是凡家中有点积蓄的，先统统拿出来，等工厂恢复元气后连本带息偿还；三是以个人名义出面替厂里向银行贷款。工厂目前信誉不好，又有一千五百万贷款未还，银行不可能再向工厂发放贷款了。因此，请大家八仙过海各显神通，千方百计向银行寻求小额贷款。贷到的款当然要交厂里统一使用，工厂以后当然要负责还贷。”

工人们听完骆师傅的建议，先是一怔，继而是异口同声表示赞同。厂长和书记上前紧紧抱住骆师傅，脸上的泪水潸然而下。

十天过后，有三百多工人用各种办法积少成多为厂里贷到了一千五百万元，另有上千工人凑了二百万元。厂长和书记看着这一千七百万元激动万分。与三千万元所需相比，这笔钱当然还不能彻底解决问题，但对克服眼前的主要困难无疑是雪中送炭。于是，他们连夜找来技术科和生产科的负责人，认真研究这笔资金的使用方向和项目。经反复讨论、测算，决定先试制两款童用自行车。说实在话，试制这两款产品，有二百工人就够了，可它毕竟是厂里当前的一件头等大事，牵动着每一个人的心。所以，全厂的工人都动起来了。少数人是直接上阵，多数人则是做后勤、做帮手，抑或是打打气、助助阵。即是如此，大家都乐此不疲。工厂上下一天到晚热气腾腾，又出现了久违的生气。

正当全厂职工憋足劲为挣脱困境而拼搏的时候，2005年1月5日，省长于振天带着省国企改革领导小组一行二十多人，浩浩浩荡荡地开进了工厂。于省长刚一坐定，就向厂长和书记交了底：“经省委研究决定，全省在三年内要完成对辖区内所有国营企业的改革。三江自行车厂是这次国企改革的试点，希望厂领导能认清形势，进一步解放思想、转变观念，紧跟省委的战略部署，认真贯彻有关规定，做好带头示范作用。”言毕，他努了努嘴，示意省发改委主任、省国企改革领导小组副组长贾有高发言。

贾有高扶了扶镜框，清了清嗓音，双手捧着一份文件，不紧不慢地开了腔。“这次国企的改革方向是市场化、股份化和私有化，对处境不同的企业采取不同的改革办法。三江自行车厂设备陈旧，技术落后，产品不能适应市场需求，且连年亏损、欠债累累。据此决定国家退出对该厂的主导，转而进行彻底改组和改革。改革的步骤是：破产、清资、卖厂，鼓励社会力量参与改革和资产重组，按照现代企业的要求进行彻底改制。具体实施步骤是：成立破产清资领导小组，对三江自行车厂原有的资产进行清理登记和估价核算；之后，在省领导小组的指导统筹下，吸收有财力有能力的私人企业或个人参与工厂的重组；重建后的工厂不再是国有企业，按股份制私人企业运行，但新的企业主要按估值购买工厂现有的资产，偿还工厂原有的债务，筹措技改资金，发放工人的工资，并负担工人的社保、医疗等费用。”

“有高同志，如果我没理解错的话，三江自行车厂这次是被宣告破产、淘汰出局了，也就是说政府要把自行车厂卖给私人了？”厂党委书记梅克云问道。

“如果你要这样理解，也没错！”贾有高仍低头看着手中的文件，连头都没抬。

“啊！”厂长钟民男大喊了一声，直勾勾地看着梅克云。两人目光相接，眼眶中转动着泪珠。

“省长同志，这件事决定着三江自行车厂的生死存亡，也决定着三千多名职工今后的命运祸福。我们要同他们商量商量。今天，我们两人还无权正式表态！”梅克云抬起头，一字一句地说道。

“商量，当然可以商量。如果你们想不出更好的方案，三天后，三江自行车厂的改革将按省里部署正式启动！”说罢，二十多人大摇大摆鱼贯而出，扬长而去。

省内这个最高行政长官走后，梅克云和钟民男两人瘫坐在座位上，浑身无力，默默无语，只觉得心中的血在不断地往下滴。他们无论如何也没想到，三江自行车厂这样一个老国营企业，竟会在他们手里落得破产倒闭的下场。上级怎么会以这样的改革，对待一个劳苦功高的国有企业？他们该如何向工人交代？

这时闻讯赶来的工人，像潮水般涌到了厂部大楼前的广场上。梅克云和钟民男知道，是福不是祸，是祸躲不过，丑媳妇总要见公婆。事已至此，该让职工们了解事情的真相了。念及此，梅克云抢先一步跨出了办公室，登上旁边的一个台子，用嘶哑、悲怆的嗓音向在场的工人们讲述了刚才于省长一行的来意，传达了三江省省委省政府关于改革自行车厂的决定。

听完了梅书记的话，广场里先是一片死一样的寂静，静得掉下一根针也能听到落地的声音，静得工人们能相互听到对方心脏的急促跳动。之后，有人开始流泪，有人不断抽泣，接着就是一阵惊天动地哭声。这哭声如雷鸣、如涛吼，震得厂院颤抖，震得沙河波涌……此时此刻，梅克云、钟民男更是欲哭无泪，欲呼无声。他们知道，工厂已没有其他选择余地了，只能按照省里的要求走一步算一步啦！工人们心中也得出了一个结论，上级不要这个厂了，一切均无法挽回了，只有等待工厂改制后新领导的判决了。不过也有一些人认为，省里为改革开出的条件还算不错呢！

1月8日，清资小组准时入厂。十天后，省发改委、原三江自行车厂代表和外省一家私人企业——环球服装公司签订改革协议。按协议要求，改革后成立环球自行车股份公司。该公司以一亿元价格收购原三江自行车厂的资产，同时负担相关债务和义务。又过了十天，环球自行车股份公司正式成立。成立的这一天，厂子里人山人海，锣鼓喧天，三江省的报纸、广播电台和电视台连篇累牍地进行滚动报道，高调称赞三江省自行车厂的改革，说这是一个成功的改革典型，它盘活了一个工厂，起死回生了一个大型企业。成立大会开过之后，公司董事长史伯益和总经理成仁为还到厂里与工人座谈，希望大家安下心来共同迎接公司美好的未来。同时承诺：绝大多数工人将继续得到聘用，工人的工资待遇也会大大优于从前。过去厂里所欠工人的工资，一律由新组建的公司补发。工厂恢复生产所需要的三千万元资金，五天内将拨付到位。自2月1日起，公司将正式开始运行。

听到这些承诺，工人们当然喜出望外。他们满怀希望，终日翘首以盼。从二月等到年底，再从年底苦苦挨到2006年年末，却一直见不到董事长和总经理的人影。原来的种种承诺，犹如水中的月亮，泥牛入海。这下子，工人们慌了，他们习惯性又纷纷涌到厂办，求见老厂长和老书记。两人本已同新组建的公司毫无瓜葛，但出于一种责任和义务，他们曾在2006年12月31日结伴去了省政府，找到了省国企改革领导小组的副组长贾有高。贾有高听了两人的情况汇报，脸上挂满了诧异："这怎么可能呢？环球服装公司为什么要违反协议？"他满腹狐疑地望着面前的这两个人，怀疑他们是在撒谎。梅克云、钟民男见贾有高这种神态，气得浑身发抖、七窍生烟，但也只能忍气吞声，在心里骂道："真他妈的大官僚！"

贾有高绕着办公桌转了两圈，抄起电话接通了省长于振天。两人在电话里低声嘀咕了半天。梅克云、钟民男在一旁耐心地等待，因听不到于省长的声音，单从贾有高的话里也听不出个子丑寅卯来。

"情况可能有些变化。"贾有高撂下电话，多少有点不好意思。"于省长已答应亲自向环球服装公司了解情况，但他目前最担心的还是工人们的情绪。这样吧，你们两个都是老同志、老党员啦，在这个节骨眼上还是要负起责任来，不要让一些小事干扰改革的大局。"

"让我们负起责任？怎么负？我们已被解职了，名不正，言不顺啦！"钟民男没好气地顶了一句。

"这个时候就不要赌气了。你们都是党多年培养的干部，一定要设法稳住局面，稳定压倒一切嘛！你们现在有难处，我理解，但工人们还是听你们的。你们原来不是有一个救急方案吗？回去后，立即组织工人们抓紧实施。当然，环球服装公司那里，我也会马上协助于省长联系，一有结果就告诉你们。"

听完这位贾有高的指示，梅克云、钟民男面面相觑，哭笑不得，同时又觉得事情有些蹊跷，令人费解。因此，出了省政府大院，两人多了一个心眼，就拐了一个弯，来到了省委政策研究室副主任毛永清的办公室。两人与毛都是高中同学，虽平时来往不多，但相互并不乏了解。见老同学进来，毛永清喜上心头，同时又有些疑惑。他为老同学倒上两杯茶后，就开门见山地问道："两位从未来过我这间办公室。今天突然造访，恐怕是夜猫子进宅——没事不来吧！"

梅克云也不绕弯，全盘向他讲了这两年三江自行车厂的改革的经过，对环球服装公司的行径提出了质疑。

毛永清沉思良久，眉头紧皱。"两位领导管一个三千多人的大企业，责任重大。对这次改革过程中的有关情况，我了解不深，知之甚少。但有两件事，我必须告诉你们，你们要有充分的心理准备。第一件事，这次接管贵厂的，表面上是环球服装公司，实际上却不是。真正的老板是三江省建设公司。这个公司的董事长和总经理是于洪甚和艾谦瑟。环球服装公司只是代这两个人持股、经营。对于、艾两人，你们大概并不陌生吧？"

"未见其人，早闻其名。他们不是于振天、艾观波的两位宝贝儿子吗？"钟民男顺口答道。

"另一件事，环球服装公司参与工厂改革的本意，仍是办企业，仍想从事自行车的制造。可于、艾两位公子的目的，则是改做房地产。他们盯上的不是你们那些陈旧设备，而是占地三千多亩的厂区大院。他们打算在自行车厂到手后，以买断工龄的方式，解雇厂里的所有职工，利用厂区大搞房地产，从而大大捞上一笔。前一段，这两个家伙，走的是‘空手套白狼’的路子，仗着他们父亲的权势，大敲环球服装公司的竹杠，逼着人家为他们出钱投资。于是，两者之间就发生了矛盾。环球服装公司是相邻兄弟省的一家民营大厂。俗话说，强龙压不倒地头蛇。人家怕明着得罪他们，会引火烧身，无奈之中就采取了‘惹不起躲得起’的手法，悄悄地退出了。这些话，我姑妄言之，你们姑妄听之。一出了这个办公室的门，我可一概不负责了。”

听了老同学的一番话，梅克云、钟民男背上寒气直冒，脸上冷汗直流。万万没有想到，一些人打着改革的旗号，竟干着如此卑鄙的勾当。这是要干什么？这不是拿国有资产搞赌博吗？这不是无耻地拿工人开玩笑吗？在回来的路上，两个人一直默默流泪。他们目前的心境，如同一个瘫痪在床的老人，眼睁睁看着坏人当面偷盗家里的东西，却又动弹不得无能为力。怎么办？怎么办？难道就这样听天由命、任人宰割吗？就这样昧着良心，坐视不管吗？如果这样，自己还算是一个党员吗？突然，豫剧《七品芝麻官》里的一句唱词在耳边响起：“小青蛙也要斗一斗这大老雕！”梅克云身子一震，横下心来，看来真得同这些败类较量一番了。为此，上刀山，下火海，粉身碎骨也在所不辞了！回到厂里，两人初步交换了意见，约定第二天召集原厂党委委员和行政班子的所有成员，再加上总工程师蔡铸基、老工人骆家欣及原各科室的负责人，一起开会商讨对策。哪想到还未来得及通知，工人们已等不及了，自动找上门来。看来这个会不但一定要开，而且还有点开晚了。

……

梅克云一走进会议室，人们忽地一下全站了起来，几十双眼睛都盯在他的身上。他难过地缓缓坐下，磕掉烟袋锅中的烟灰，端起桌上的茶杯慢慢呷了一口，才强忍悲愤把他与厂长去省里会见贾有高的经过以及了解到的相关背景情况，向出席会议的人详详细细地叙说了一遍。听罢老书记的介绍，在场的几十个堂堂七尺男儿，都再次流下了眼泪。俗话说，男儿有泪不轻弹，只因未到伤心时。这次，他们哭得很伤心，哭得很悲壮，犹如受伤的狼用眼泪洗抹着自己的伤口。

“我现在真像被人当众扒光了衣服，羞愧得无地自容。我对不起全厂的老少爷们儿！”梅克云沉闷的语音在会议室里滚动。“我曾动过自杀的念头。后来冷静一想，还不能啊！我死了可一了百了，可大家怎么办？何况，如果我真死了，也许更称了一些坏蛋的心。昨晚，我翻来覆去想了一夜，觉得目前我们唯一的出路，就是不靠天不靠地，只靠我们自己。从此之后，再也不能轻信任何人的花言巧语了。在座诸位，都是共产党员，又是厂里关键岗位的负责人。工人们在看着我们，工厂今后的死活也握在我们这些人的手里。越是在这个时候，我们越得把腰板挺直了，越要义无反顾地领着大家向前奔。我已五十七岁了，为此献出这把老骨头也值了。我和钟厂长商量过了，我们提出几条建议，供大家讨论：从明天起，厂里暂时恢复以前的生产运行机制，立即重新启动两款新型童车的试制工作，争取一个月内拿出样品，两个月内正式生产并投入市场。这项工作由钟厂长亲自负责。为稳妥起见，今天会议的决定事项，请大家回去分头传达。还有一件事，我想了许久，今天也要提出来。”

梅克云一口气讲了这么多，有点累了，可情绪一直处于亢奋之中。他点上了烟，猛抽了两口，又开了腔。“这几年，有些人一直盯着我们厂区的土地，企图大搞房地产买卖，这倒提醒了我。过去我们只注意抓生产，忽略了工人们的生活待遇。虽然厂里目前的情况不允许我们提高工资，但我们完全可以设法改善一下工人们的住房条件。”

除了钟厂长外，出席会议的人们，都感到意外和匪夷所思。厂里目前负债累累，工资长期拖欠，连维持最低生产运转的资金都没有，哪还敢奢谈改善工人的住房条件？大家满脸茫然，不解地望着梅克云。

见到这种情景，梅克云的脸上这些天来第一次绽出了笑容，人也恢复了以往的沉稳与从容。“前天，我去看望已退休五年的老车工祝仲平。他们一家三代人至今还挤在厂区西边的一间半土墙茅顶的窝棚里。我实在看不下去，心中无限自责。回来后，我反复琢磨此事，认为现在正是解决这个问题的有利时机。”

“有利时机？”与会人员更是摸不着头脑。

“大家想一想，我们一有地皮，二有劳力。现在厂里生产任务不足，大量工人闲置，为什么不可以把大家组织起来，自己动手修建住房？再说，我们毕竟是一个老厂、大厂，厂里的水、电、气设施配套齐全。新建工人住房的相关配套设施不用再另起炉灶，这样就可以节省一大笔建房资金。如果我们只盖六层楼房，又会大大降低建房造价。关于建房所需要的材料，可由厂里同相关厂商直接联系、采购，且由工人自己动手运回，这又可省下一笔钱，进一步降低造价。还有，厂里只负责楼体结构建设和水、电、气管道安装，室内装修则由住户根据能力与需要自己负责。同时，所有参加建房工作的工人，一律是义务劳动。按照上述的这些做法，我算了算，毛坯房成本价每平方米不会超过五百元。一套八十平方米的住房，售价也就在四万元左右。依据这个价码，再加上采用分期付款的办法，工人们还是可以付得起的。对于一些有特殊困难的职工，待工厂形势好转后，再另行予以补助。”

听完梅克云这番解释，与会人员来了精神，会场的气氛开始活跃起来。

“建房地点可选在厂区西边卧马岭的山脚下。住房建成后，按成本价售给工人。工人搬入新居后，原来的棚户区统统拆除，腾出的土地交由厂里再统筹修建住房。大家可能要问，启动资金从哪里来？由厂里先出一部分，其余由工人自筹。自筹的办法是，等施工图纸出来后，可按图纸进行预分配。工人们按预分到的住房先交一笔房款，以后再多退少补。同时，要求凡没有生产任务的工人，一律组织起来参加住房建设。为保证质量，可请建筑公司的一些技术人员和工人作为骨干，并对我们的工人进行技术培训，同时加强建房过程中的质量监督。我们的工人都很聪明，事先加以培训，再在干中提高。我想，完成六层民房的建设，不会有大的问题。”说到此处，梅克云顿住了，之后加重了语气。“这项工作早就该做，只是以前我们太循规蹈矩、墨守成规，耽误了。现在我们再来安排做这项工作，已不是简单的住房问题了。如果做得好做得实，无疑对于处在逆境中的职工们，是一种极大的鼓舞与安慰，可以让他们重新恢复信心，增加勇气，坚定决心，从而会以更大的热情与干劲，投入今后工厂的生死之战。这要比讲千句万句空话大话，都要有效得多，管用得多，也是我们这些共产党人不甘失败、抓住时机敢作敢为精神的一种体现。这项工作由邵副书记和方副厂长负责，务必把这件好事办好、实事办实，配合好全厂下一步的闯关克难。”

梅克云连抽了几口旱烟，同钟厂长交换了一下眼神，又接着说了下去：“我附带强调一句，为了避免节外生枝延缓工期，这个住房工程不要再向什么机构报批，一切先干起来再说，出了问题由我负责。还有，既然环球服装公司与三江省的两位大公子有矛盾，我们不妨利用一下。我准备约史伯益谈几次，希望能得到她在资金方面的一些支持，缓和一下工厂面临的多重压力。另外……”说到这里，梅克云面色凝重，两手微微发颤。“从今往后，我们绝不再听一些人的瞎指挥。对凡是错误的东西，我们要一律抵制。正因为如此，今天的这个会是决定工厂下一步何去何从的特殊会议。今天会议研究的事，大家一定要守口如瓶。如工人问及，可用自己的话解释。同外界的一切交涉，均由我一人负责。出了什么事，也由我一人顶着。你们大家只管按今天的分工，做好自己的一摊工作。事已至此，已没有什么好可怕的了。我想你们也不会再有什么顾虑了。只有横下一颗心、拼上一条命把工厂救活了，我们才有出路。”说到这里，梅克云猛地站了起来，立直了腰杆，挺起了胸膛，脸上显出勇往直前的决绝。不知是激动还是难过，眼泪如断了线的珍珠，顺着他的面颊不停地落下。

听完老书记的话，在场的每一个人心里都翻腾着浪花，澎湃着热潮。大家庄严表态：不用再讨论了，一切均按老书记的部署进行。我们一定会为工厂争气，为工人争气。

2007年的春天姗姗来迟。往年过了三月就是山花烂漫、绿荫连天了，可今年已到四月初了，仍然是寒风刺面，一片料峭。但在三江自行车厂里，则是热气腾腾春意闹闹。车间里，机器轰鸣，马达欢唱。每个工人都在专心致志地操作，一切都在井然有序地运转。卧马岭山脚的住宅建设工地上笑语鼎沸，人影如梭。十二栋住房的楼座同时动工，大楼主体似雨后春笋，一天一个样地向上拔起。因无钱租用机械，建设中的大部分工程都是人工操作，墙体上溅洒着工人的汗水，砖瓦上倾注着工人的劳累，空气中回荡着工人的豪气。

一分汗水，一分收获。经过一年的奋战，工厂试制成功的二十万辆造型新颖的两款童车，在厂里三百多位义务推销员的日夜奔波下，到了年底均销售一空，实现利润一千五百万元。2008年的春节前夕，厂里动用其中的九百万元，四年来第一次为全厂职工补发了部分基本工资。与此同时，十二栋宿舍楼的主体硬件建设也已全部完成并分配到八百多位住房条件特困的工人手中，待完成内部装修后，即可入住。另外，在这一年中，梅克云和史伯益进行了多次私下接触，坦诚地向她讲述了自行车厂这些年所遭遇的一切。史伯益也反复向梅克云解释，环球服装公司当初参与自行车厂改革的本意，确是想把这个厂办好，没料到后来会事与愿违。现在，她们公司虽然从此项目中退出，但仍然关注自行车厂今后的发展。期间，史伯益也多次悄悄到厂里察看，深为工人们困难压不倒、险境摧不垮的精神所折服。俗话说，精诚所至，金石为开。最后，史伯益慨然应允，不管自行车厂最终命运如何，她都要帮厂里一把。因为自己的父母也曾是工人。为此，史伯益同意以个人名义借给厂里一千万元，不计利息，也无其他附加条件，唯愿工厂能渡过难关。这对自行车厂来说，真是久旱逢甘霖，雪中得烤炭。至此，自行车厂在磨难中可谓迎来了“三喜临门”。在连续几年之后，三江自行车厂的职工们总算过了一个比较舒心、痛快的春节。

春节刚过，厂里的几位领导立即开始筹划工厂下一步的工作。经过几天几夜的深入讨论，确定了厂里今后的发展蓝图。其中的一个重要内容，就是要用两年的工夫，利用史伯益借给的一千万元，加上上年预留的六百万元，再上三款新型童车。厂里明确要求，这三款新车在设计与结构方面都要有所创新，广泛吸取国内外的相关经验，做到外形漂亮、新颖，生产工艺先进，质地坚固耐用，并能充分适应市场的需求。在改革生产工艺方面，由于受资金不足的限制，无法一下子做到全面更新，但决定首先改进关键的喷漆与定型工艺。为此，下决心引进一套烤漆设备，购置一套新型模具。关于产量，连同以前的两个车型，总量控制在八十万辆左右。同时，再造十二栋工人宿舍楼，从而彻底消灭棚户区，基本解决职工住房问题。这个规划自然得到全厂职工的衷心拥护与支持。他们从2007年的收获中看到了希望，看到了未来。为此，工人们的心更齐了，劲头自然也就更足了。整个工厂如同一只上足了发条的大钟，人人绷紧了精神，一切均在紧张有序地进行。

光阴似箭，岁月如梭。转眼到了2008年9月，工厂确定的当年生产指标已基本提前实现。估计全年将实现净盈利九千万元，既可还清所有的债务，又可为工人们补发一年的基本工资，同时留下两千万元用于再生产。另外，新盖成的十二栋住宅楼，也将在11月底分到工人的手中。对在逆境中通过奋斗所收获的这些成果，大家当然十分高兴和满意。几年来笼罩在厂区上空的阴霾扫之一空，从车间到住宅，到处洋溢着欢歌笑语，一种久违了的勃勃生机又悄然回到了三江自行车厂。

进入九月，天源市的天气就变得有点邪乎，从早到晚阴雨连绵。这雨像患了神经病，时而白天下，时而晚上落，时而如瓢泼倾泻，时而又似牛毛飘洒。下下停停，停停下下，淅淅沥沥，稀稀拉拉，空气沉重压抑，搅得人人心烦。常言讲，人逢喜事精神爽。信心和希望，让自行车厂的职工们对这天气有了与别人不一样的感觉。他们觉得这雨甜，这雨爽，甜得沁心入脾，爽得忘掉了劳累。雨滴拍打屋顶的响声，如同催眠的乐曲，让他们夜夜睡得舒坦，夜夜美梦伴眠。

9月18日，贾有高带着两个人突然出现在厂区。出于一种厌恶与反感，厂长钟民男和书记梅克云都躲开了，让副厂长兼工会主席元柱军出面应付。

“书记、厂长呢？”贾有高屁股还未坐稳，就趾高气扬地问道。

“工厂不是已经破产重组了吗，那里还有什么书记和厂长？”元柱军一边为他们倒茶，一边略带调侃地回答。

“别给我打马虎眼，我知道他们是有意躲我。”贾有高端起茶杯喝了一口：“目前工厂都在忙些什么呀，我看工人们的干劲满大嘛！”

“还能忙什么，忙救命！救工厂的命，救自己的命。为救命而干活，你说，工人们还能惜力吗？”元柱军说话时有意只盯着贾有高，对同来的两位则视而不见，连眼皮都没抬一下。

“这两位是新任命的环球自行车股份公司的总经理和董

事长。”贾有高指着陪他来的一男一女做了介绍。

“董事长和总经理？怎么又换人啦？”

“原来的董事长和总经理另有安排。环球服装公司决定派他们两位来接任。你们先准备一下，十天后他们来正式接管公司，并宣布公司改制的各项具体安排。请转告梅书记和钟厂长，这是省里的决定，请他们认真落实。今天雨下得太大，行动不便，就不去看望工人们了，十天后我再来。”说罢，即拉起两个人，钻进小汽车走了。

是夜，雨罕见地停了，但乌云仍堆积在天空。除了路灯在孤零零地闪光外，厂区周围一片寂静。梅克云和钟民男两人走出厂门，站在三丈开外的沙江岸边，望着奔腾不息的江水，默默无语。两人一起共事多年，配合默契。许多时候，不用说话，只需相互对望一眼，就能洞悉对方的心事。

“老梅，这次又碰到一道大坎啦！”钟民男眺望着远方的夜空，轻轻地说了一句。

“听了元副厂长关于贾有高白天来厂的情况，我心情沉重得如同压了一座泰山。是啊，恐怕又要有大麻烦了！”梅克云抽了一口旱烟，深深地叹了一口气。

“老梅，我有一个想法，我们不妨干脆来个放手一搏。”

“什么想法，说说看。”

“通过这两年的实践，我得出一个结论：我们可以自己救自己，自行车厂完全可以依靠工人自己的力量重获新生！”

“可这是省里的决定！”

“确切地说，这是省里某几个人的错误决定。你看看，宣布工厂改革重组这两年来，他们都干了些什么？既用绳索拴住我们，又躲在一旁见死不救，看笑话，耍手腕，哪有一点共产党员的味道！完全像旧社会的流氓黑帮，等待并制造时机，想一下子把我们这个大厂黑掉！细想起来，我们两个过去观念是有些落后，思想也确有些保守，等靠要的念头有时太多，没有充分发动和依靠工人，没有认真发掘工厂本身的潜力，一切都听上边的。可上边这些人也不是神啊，他们有病乱投医，我们也跟着瞎吃药。是工人们的表现警醒了我，也教育了我！这几天我反复想，我们厂现在已经走出了低谷，至多再苦干两年，不用国家出一分钱，厂子也可完全在市场经济大潮中站稳脚跟，重振三江自行车厂往日的雄风。”

“你有这个把握？”

“有！”

梅克云望着挺直腰板伫立的钟民男，眼睛湿润了。真正的朋友，应是知心交心，生死相托；真正的同志应是患难与共，风雨同舟。有了钟民男这位老战友、老朋友和老同志的支持，是可以甩开膀子大干一番了。

“好，那我们就再联手为厂里干好一件大事。我想给省里打一个报告，正式提出废止同环球服装公司签订的改革协议，提出我们自己对工厂的改革方案。这个方案由你来做，三天内就得拿出来。在你制订的方案中，一定要清清楚楚写上：完全按国家对现代化企业的要求对工厂全面实施改革；改革后的工厂不再向国家要一分钱；在不让一个工人失业的前提下，三年内彻底改变工厂面貌；从第四年起，每年上交国家的利税恢复到以前的数额，即不少于十亿元。这样做，会有相当大的风险，弄不好会被戴上破坏国企改革的帽子。为此，我们是夹道中行马，只能进不能退！我今年已五十八岁了，大不了被削职为民。有一个问题我始终想不通，为什么明明可以靠正道救治的一个工厂，却非要走一卖了之的邪道呢？我怀疑这里面有鬼！为了实现今晚我们商定的方案，为了对二千多职工负责，我是豁出去了。所以，这件事先由我出头，给省里的报告也由我来写。报告写成后既报省里，也抄报中央有关部门。如果我被打倒了，你接上来；如果你也不行了，就让蔡铸基总工程师他们接着干。当前最重要的，是要认真分析、预测未来自行车在国内外的销量和走向，做到胸有成竹，万无一失。事情绝不会一帆风顺！对此，你心里一定要有再遭挫折与风浪的准备。三天后，由我俩出面，召开全厂职工大会，把我们的想法和盘托出，并讨论改进你制订的方案。”

梅克云一口气讲完了在自己胸中酝酿已久的想法，身上感到一阵轻松。他和钟民男肩并肩久久地站立在沙河岸边。

三天后的职工大会开得十分顺利。与会职工不仅一致同意了梅书记的总体设想和钟厂长提出的改革方案，而且还表示他们将永远与领导站在一起，同甘苦，共患难，决不当逃兵。厂保卫科长狄刚毅在会上则提醒大家：据他了解，这次要搞垮三江自行车厂的，除了有高官的后台外，还有黑社会的背景。对这些人不得不防。为此，他提议自即日起，重新恢复并完善工厂的基干民兵连建制。民兵连以厂里二十到二十五岁的年轻男工人为骨干，主要做好厂里的夜间巡逻和白天值班工作，防止发生不测事件。他的提议立即得到赞同，并指定由他负责落实。

梅克云的报告送出后，一直没有反馈的信息。大家决定不再等了，立即在钟民男厂长的带领下，着手做好实施改革方案的各项前期准备工作。

9月30日下午两点，天空突然乌云密布、狂风大作，暴雨雷电在天源市的上空肆虐。顷刻间，三江自行车厂的厂区就变成了一片汪洋。这时，在好久不用的工厂礼堂里却挤满了工人。贾有高带着十几个人端坐在主席台上。这些人个个衣冠楚楚，正襟危坐。梅克云和钟民男则被安排在主席台的东西两个角落。

“现在，我向大家介绍环球服装公司新派到三江自行车股份公司的主要领导：这位是董事长贝厚茵女士，这位是总经理熊浩迟先生。其他几位分别是策划部部长祝多仁、技术总监屈久高……”

“贾主任，不用再介绍了，这些人我们都不欢迎。”坐在台下人群中的工会主席元柱军高声说道。

贾有高先是一怔，继而认出十多天前曾出面接待过他的正是此人，不由得怒气上升，脸一下子涨得通红。

“你胆子倒不小。上次见面，我对你怎么讲的？你没向厂里主要领导汇报？”

“汇报了。”梅克云接过了话茬，“我们也认真研究过了。这两年的合作经历让我们无法再相信这个合作伙伴，我们已决定自己制订改革方案！为此，我们已向省里打了专门报告。”

“我想问问这两位董事长和总经理，自2005年1月签订改革协议以来，你们都做了些什么？两年来，不见你们的人影，更没见到你们为工厂做了任何事情。你们不顾工人死活，躲在一边看笑话，使手腕，耍阴谋。经过工厂领导和工人破釜沉舟、舍生忘死的拼搏，现在工厂终于活过来了。这时你们下山来摘桃子啦，还有点知耻之心没有？”骆家欣挥动着旱烟管，指着这帮人一顿斥责。

"你们想干什么？"

"我们想废掉原来的改革协议自己干！"下面的工人齐声高吼。

"三江自行车厂改革方案是经省政府批准的，你们必须坚决执行。不要再说了，来，请总经理熊浩迟宣布改革具体实施方案！"贾有高有点坐不住了，就以权势压人。

"一个现代化的企业必须把效率放在第一位。"熊浩迟向上推了推金丝眼镜，提高了嗓音。"为此，首要的一条，就是减员增效。据初步测算，新组建的公司最多只需要二百名工人，且这些工人都必须具有大专以上的学历。剩下的工人均要下岗。凡下岗的，公司负责买断工龄，按一年工龄一千元计算。第二个措施，是要调整公司经营方向，改变产品结构。自行车这个商品已经过时了，今后将考虑转向其他商品领域，譬如转搞房地产……"

"这算什么改革？这明摆着是糟蹋工人，出卖工人！""这是要变相私吞工厂现有的国家资产！""你们愿到哪里凉快就到哪里凉快去吧，我们这里不需要你们这帮无赖……"

质问声、谴责声、反对声此起彼伏。礼堂里一时乱成了一锅粥。

"同志们，大家有话好好说，平心静气地说，有理不在声高嘛！”梅克云怕会场失去控制，急步走到主席台前，拿起麦克风劝告大家。

“你算老几？”熊浩迟一把夺过麦克风，并狠狠推了梅克云一把。梅克云一个踉跄，跌倒在地上。

“这帮混蛋，你们才算老几？敢打我们梅书记？”几个小伙子跳上主席台，“噼噼啪啪”，连扇了熊浩迟几个耳光。

熊浩迟哪受过这般委屈，向后退出一步，一手叉腰一手指着工人，“你们这些痞子，看老子今后如何收拾你们？”

听他这样讲，几个工人像当众被人扒了裤子一样，一种奇耻大辱之感涌上全身，眼睛红得往外喷血。

“还没正式就职，就敢如此狂妄！等你就职了，还不把我们工人整死？骂我们是痞子，你是什么东西？现在，你必须向梅书记和我们公开赔礼道歉，承认错误。否则，我们今天决不会放过你！”说着，几个工人走了过来，有人揪住他的衣领，有人扭住了他的胳臂，有人强按他的脑袋，让他弯腰低头道歉。熊浩迟一边挣扎，一边不停后退。揪他扭他的几个工人也没注意脚下，只是不断地推搡拉扯。

突然，熊浩迟“哎哟”大叫一声，两脚一滑，身子后仰着摔下了主席台。台上台下的人们都被这突如其来的变故惊呆了，喧闹声戛然而止，礼堂里出现了死一般的寂静。

梅克云和钟民男知道大事不妙，立即站了起来。梅克云一把将钟民男按坐在原来的位置上，他独自一人匆忙奔下主席台，蹲到熊浩迟跟前，先试了试他颈上的脉搏，又扶起上半身，翻了翻他的眼皮，迅速得出一个结论：这个人被摔死了！梅克云身子一颤，脑子飞快转动。最后，他慢慢直起身子，眼光从工人们的脸上一一扫过。“熊浩迟同志恐怕不行了，请大家保持冷静！”

“什么？人死了！我要马上去向省长报告！”贾有高面色苍白，抖抖索索抽身要走。

“谁都不能离开现场！”梅克云语气寒若冰霜。“狄刚毅，你负责保护现场，并让民兵加强厂区保卫。从现在起，厂里的所有人包括这几位在主席台就座的大员，一律只准进不准出。钟厂长，你去向省里报告。我们留下来，在这里静候省里来人处理。邵副书记，这里的用餐问题，由你负责安排。”

……

十四

已是上午九点多了，章可染才打着哈欠晃出了卧室。突然，她肚里咕咕一阵鸣叫，两腿也随之一软，这才意识到自己确实饿了。于是，她慢慢走进了厨房。父亲早已上班去了，灶台收拾得干干净净，只放着一只草编的保温篮。她掀开一看，里面放着一杯加热过的牛奶，两只煮好的鸡蛋，另有几片烤得金黄焦脆的面包片，外加一段火腿肠。这显然是老爸为她精心准备的。见此，章可染心里一热，泪水夺眶而出。她喝着牛奶，咀嚼着面包，心潮涌动，思绪万千。她反复回味着老爸这些天同自己倾心交谈的话语，过去与老爸磕磕碰碰的种种往事又浮现在脑海。

在章可染的记忆里，从小到大，自己同老爸始终是见面少、交谈少；老爸对自己则永远是斥责多、要求多。每天早晨，当她用完早餐准备去学校时，老爸已上班去了；每天晚上，她已做完作业上床休息了，仍不见老爸的身影。在她看来，老爸除了工作还是工作，连周末和节假日也都搭进去了。好不容易父女俩有了见面的机会，做女儿的自然想同老爸撒撒娇、亲近亲近，更希望能从老爸那里得到一份爱抚或夸奖。可老爸呢？每每总是把脸一板，一个劲地检查她的学习情况，反复询问她的考试结果，常常令人大为扫兴，味同嚼蜡。有一次，可染偷了个小懒，抄袭了一个同学的作业，老爸知道后怒发冲冠，气得浑身打颤，差点要大打出手，连站在旁边的母亲也害怕了，赶紧用身子护住了她。这件事深深刺疼了章可染的心，联想到别人家父女之间嬉笑玩闹、其乐融融的情景，她大哭了一场，后来还一再追问母亲，自己是不是她和爸爸亲生的。从这件事开始，她一直有点记恨老爸。大学毕业后，为了找到一份合适的工作，她东撞西闯、四处奔走，可身为省委副书记的老爸，却一直在一边冷眼相看、袖手旁观，就是不肯出手相帮，惹得她一气之下只身南下深圳，自己闯天下了。这让她本来的记恨又加重了几分。母亲去世后的这些日子，天怜人愿，她第一次有机会单独同老爸长期相处了。近距离目睹老爸的言行举止，细察他的喜怒哀乐，分析他的为人处世，体会人们对他的种种好评，章可染对老爸的认识不知不觉间发生了变化，由记恨变成理解，由理解化成疼爱，从疼爱转为敬佩。她由衷地感觉到，老爸对自己的爱，是一种只有老爸这样的人才能表现出的大爱与至爱。还有一件事让章可染的心灵受到了极大的震撼，这就是她亲身感受到老爸对母亲的那种爱。这种爱发自内心，坚如磐石，没有丝毫矫饰；这种爱心心相印，不离不弃，生死相依；这种爱海枯石烂、天崩地裂也永不变色。老爸既然对母亲能爱得如此深沉，怎么能不爱她这个女儿——爸妈纯洁、伟大爱情的结晶呢？为此，她开始否定时下年轻人常常挂在嘴边的那种爱，开始理解了爸妈这一辈身上所特有的东西。于是，一个结论在她的脑海日益清晰起来：作为父亲，老爸是称职的；作为党员，老爸是合格的；作为一个省级领导，老爸是当之无愧的。

这时，窗外突然响起了一群街道老大妈唱歌跳舞的喧闹声。喧闹声把她的思绪一下子又拉回到现实。前些天，老爸和訾阿姨已商量好了，让自己到三江农业大学复习功课，准备研究生考试，明天就该到学校报到了。想及这些，她止不住生出一股不愿离开、恋恋难舍之意。眼下该干点什么呢？帮助老爸整理整理妈妈的房间吧！于是，章可染开始忙碌起来，从上午十点一口气干到下午四点，中间连午饭也忘记吃了。

这时，她突然记起了一件事。这几年，因自己只身在深圳创业，同许多大学和中学的同学都失去了联系。这两天，她趁着到三江农业大学报到还有一点时间，抓紧同他们见了见面，叙了叙旧情。在相互交谈中，这些同学向自己提出了一大堆问题，希望能得到解答。这可是给自己出了个大难题。自己目前尚有不少问题弄不明白，怎么能给他们释疑答难呢？为此，她一直想找机会向老爸请教，但看到他终日忙碌、疲惫不堪的样子，也就不忍心打搅了。可自己马上就要离开家了，这件事总得对老同学们有个交待。怎么办呢？章可染心里又急又矛盾。

“当，当，当！”一阵急促的敲门声传了进来。哦，是老爸回来了！章可染迅速站起身来，稳了稳神，飞快跑过去打开了房门。

“可染，你是怎么啦，这半天才开门？”说话的是她大学的同班同学高淑申，后面跟着五六个年轻人，都是她大学或中学的同学。

“是你们呀！快，快进来！我在母亲的房间里整理她的遗物，心情难过，没留意屋外的声音，实在对不起！”章可染说着急忙把他们往屋内请。

待大家坐定，章可染为每人递上一杯茶水，自己的心情也彻底平静下来。她坐下来高兴地望着他们。“真是说曹操，曹操就到。刚才，我还在想着你们呢，不成想你们却不请自到了。”

“你母亲刚刚去世，心里一定十分难过，按理说也不应该来打搅你。”一个衣着前卫、举止随意，名叫赵佳春的姑娘开了腔：“我们这几个宝贝，有的在家待业，有的已经开始工作，有的还在啃书本，个别人已在谈婚论嫁。”说着，她故意瞟了一眼身边的高淑申，夸张地撇了撇嘴，高淑申的脸一下子红得像熟透了的苹果。“这些天，我们几个人常在一起讨论问题，对当下社会上的种种现象我们看不惯，也看不懂，对今后的工作、生活也心中无底，不知该如何选择。面对这一大堆问题，我们几个争得面红耳赤、口干舌燥，却谁也说服不了谁。可染，听说你老爸是省委副书记，街坊邻居在日常闲谈中对他的评价很好，想来看问题的水平也一定很高。所以，我们几个达成一致，就想来找你老爸探讨探讨。于是，没同你事先商量就冒昧闯了过来。怎么样，能行吗？”

“找我老爸？”章可染对校友的这个要求，既喜且忧又心中没底。“我这个老爸，连我同他聊聊天还没机会呢！何况他眼下正为公事忙得不亦乐乎呢。”

“得了，别卖关子了！我就不信你这个宝贝女儿会请不动自己的老爸。”

“恐怕还真有点请不动！”章可染心里确实没有把握。

“可染，我们可是好朋友。我们好不容易硬着头皮跑来，面子还得给嘛！总不能让我们乘兴而来、扫兴而归吧！”

话已至此，章可染实在不好意思推辞了，也无法再推辞了。自己同老爸之间的微妙关系一时又无法向他们解释清楚。再说，自己也不能在这些老同学面前掉链子、丢面子。“这样吧，我可以试一试。成与不成，要看你们的运气了！”说罢，她即拿起话筒，拨通了老爸办公室的电话。稍顷，从电话里传来父亲沉稳浑厚的嗓音。

“喂，贵姓？”

“是我，姓章。”

“哦，是女儿呀！”从口气中听出父亲毫无责备之意。“什么事？你说吧！”

章可染信心大增。“老爸，你今晚有空吗？”

“稍等片刻。”话筒里传出一阵窸窸窣窣的响声，大概老爸是在翻着自己的记事本。“今晚七点以后，我没其他安排。”

“那好，老爸，我有几个大学和中学的同学，今天下午来家里看我。他们有一些问题想不通，特来当面向你这个省委副书记请教！”

“请教？”章一民迟疑了一下，“好呀，先不说什么请教，我倒是很乐意同你们这些年轻人聊聊天。”章一民刚想放下电话，突然又想起了一件事：“哎，闺女，你马上去咱家对面的快餐店里按人数订上几份外卖作晚餐。你的这些同学可能要受点委屈，今晚只能在咱们家里简单的吃点东西。回头有空，我再另外请他们撮上一顿。”

“好极了！老爸，女儿谢谢你了！”说罢，在话筒上响响地吻了一下。在座的同学们见状，知道大功告成，顿时眉开眼笑，高兴得大声欢呼起来。

晚上七点刚过，章一民即推门走了进来。他先放下手中的公文包，同在场的人一一握手，然后拉过一把椅子挨着同学们坐了下来。“听可染在电话里说，你们有一些问题想同我这个老头子一起讨论讨论，真是荣幸之至！不过，你们的期望值也不要过高，我自己也还有不少问题弄不明白呢！”

同学们见章一民这么随和平易，没有一点高官的架子，原来多少有点紧张、忐忑不安的心情为之一扫，气氛一下子变得轻松、自然了。

“今天，我们是朋友间唠嗑谈天，你们有什么就说什么，千万不要有顾虑。”章一民满面笑容，目光温和地从这几位同学的身上扫过。

“章伯伯，请允许我这样称呼你，”首先说话的是一位男同学。他高高的个头，长方脸上架着一副度数不浅的近视镜，开口说话时露出了少许羞赧，但丝毫掩饰不住其文静的气质。“我的父母原是省纺织厂的工人，只有我这么一个儿子。他们两人一天到晚紧盯着我，大事、小事都管得死死的。出了针尖点小错，也没完没了地唠叨个不停，真把我烦死了！这几天，我一直在盘算着如何摆脱他们。可我现在经济实力有限，又没自己的住房，一旦离开家连个住处都没有。伯伯，你说我该如何面对这两位老人？”

章一民听后，扬了扬眼角上泛起的慈祥笑纹。“对不起，小伙子，请你也允许我这样称呼你。首先，我承认，父母对你的这种管法确有欠妥、过分之处。同时，我还得说，他们这样做完全是出于对你的一片爱心。他们就你这么一个儿子，含在嘴里怕化了，搂到怀里怕热了，想让你平平安安地长大成人。为此，就采取了一系列虽源于爱心却惹你烦心的行动。这些行动的背后，是善、是慈、是爱！你要记住，天下最爱你的是父母，天下最大者是父母之心！他们从你呱呱落地，到你完成学业长大成人，再到就业工作、结婚生子……在你人生的每一阶段，做父母的均是呕心沥血，含辛茹苦。可以说他们的一生都是在不计功利、不计付出、无私无悔地为下一代忙碌，直到最后人死灯灭！真可谓‘春蚕到死丝方尽，蜡炬成灰泪始干’。这其中所包含的人生百味，大概只有等你们也为人父、为人母后才能真有体会。当然，我同时也发现，当下有相当多做父母的，爱子女却不知道如何去爱，管得太多，替子女设计的太多，行动上往往又过于溺爱、娇惯。正如柳宗元讲的：‘爱之太殷，忧之太勤，……虽曰爱之，其实害之；虽曰忧之，其实仇之。’我强调这些，就是想让你们树立起一个正确地看待父母的前提。”说到这里，章一民啜了一口茶，看到同学们都听进去了，心里一阵快慰。“如果你们同意了这一点，就自然有了处理好同父母关系的办法。首先，你们一定要试着理解父母的一片苦心，对他们的一些做法，一定要从正面、积极的方面多想一想，力戒抵触、逆反情绪，更不能有厌恶、反感之心。其次，一旦同他们有了分歧，且你们认为自己的意见又是对的，也不要急，要学会沟通，学会解释。我相信只要你们真有理，父母终究会同意的。反过来，对父母的意见，你们也一定要耐心倾听，要让他们把话讲完，学会尊重父母。人与人之间本应相互尊重，何况父母子女之间！尊重的理由嘛，就是刚才我说的，他们值得做子女的尊重。正是这种原因，对父母的一些言行，即使错了，做子女的也不能记仇。对自己父母记仇的子女，是天底下最愚蠢的人。”

“章伯伯，你不要再讲了。你的这番话已让我羞愧难当、无地自容。我回去后一定从反省自己入手，调整好同父母的关系。”刚才提出问题的男同学脸上冒着汗珠，满脸疚愧。其他同学也点头赞许，低眉沉思。

“不要这么给我戴高帽子啦。我也是在失败中不断吸取教训。”说话间有意无意地看了女儿一眼。章可染的脸一下子涨红了，难为情地连忙低下了头。

“伯伯，我和可染是大学的同学。毕业后这几年，我已先后到三个单位工作过。在每个单位都待不长，主要原因是无法适应这些单位复杂的人际关系。你说，我们应该怎么办？”说话的是一位穿着挺休闲的姑娘，红扑扑的脸上，两只大眼睛在不住地闪动。

“你说的这个问题，同如何处理好与父母的关系有相似相通之处。我们国家正处在一个社会急速转型期，社会的大环境包括人际关系确实发生了一些深刻的变化，出现了或者说加重了不少令人忧心的现象。譬如，现在个人主义极端张扬，人与人的关系日趋冷漠，不少人变得越来越自私、越来越现实。同时，物欲横流，金钱至上，道德严重滑坡……这些东西反映到一个单位、一个机构里，当然就会造成人际关系复杂、工作氛围变坏，出现人人相轻、勾心斗角、论资排辈甚至排挤年轻人的不良现象也是在所难免。对此谁也无法回避。换句话说，你想找到一个完全称心如意的单位，恐怕很难。这是一个社会现实。不过，一个人走上社会，就必须准备积极地适应社会。从另一个角度讲，你们年轻人，不管是大学毕业，还是攻下了硕士、博士学位，都只是为你们提供了一个立足社会的基础。社会不同于学校，社会不相信眼泪。一个人离开学校后，能否顺利发展、能否取得成就，主要取决于后天的努力与奋斗。年轻人到了一个新单位，当然要认识环境，了解他人；而别人呢，也必然要观察你的行为，看看你的真才实干。这就需要一个过程，需要有一个磨合的过程，故不能太浪漫、太想当然，要在谦虚谨慎的前提下学会等待。何况，你们一旦参加工作，就是真正意义上的人生开始。首先要学的，是办事能力，是与人相处的能力，是在集体相处中善于表达自己观点与本领的能力。一句话，必须学会同人打交道，与人共事同处。在现实社会中，完成任何一项工作都必须是许多人的分工合作，越是现代化越是如此。为此刚刚参加工作的年轻人，进入一个单位后，首要的是摆正自己的位置，千万不能自命不凡，大耍‘舍我其谁’的派头。行动上，在守住做人底线的前提下，应多反省自己，不要怨天尤人，要积极主动地不断调整自己的行为和心态，重在用行动证明自己，让别人在工作中认识自己。同时，还应真心尊重别人，诚心向他人学习。对一些坏人、坏现象，则应做到心中有数，是非分明，站稳脚跟。一定要坚信，在我们这个国家里，好人毕竟是多数，是金子终究会发光的。当然，由于工作单位、工作性质不同，这个过程可能有长有短。在一些事情上，自己也许暂时吃了一点亏，受了一点委屈，甚至受到一些挫折和打击，但千万要沉住气，决不能灰心、泄气。因为生活就是如此，世界就是这个样子。什么叫干事业？干事业就是化矛盾、克困难、迎挑战、冒风险。任何一个真正要干事业的人，都不会奢望一切都会一帆风顺。反过来，磨难、挫折是一所学校，会教自己变得更加成熟、老练，从而确保能干成一些事情。我这番话，也是我这几十年的切肤之感。正是基于此，我并不赞成这位同学频繁更换工作单位的做法。因为你每换一个单位，上面我所讲的过程就得重来一次。这就如同狗熊掰棒子——掰一个丢一个。但是，如遇到一些特殊情况，当然可另当别论。”

“伯伯，我也有一个问题向你请教。”一个姑娘站了起来，不安地低头搓着双手。“这几年，在父母的催促下，我先后交了两个男朋友，但都交往不长就分手了。分手的原因，是我看不准他们，生怕毁掉我内心视为第二生命的爱情。现在社会上，真正珍视爱情的人，我看不多，有点害怕上当受骗。你说，该怎么办？”姑娘的话音很轻，但却字字千钧，重重地捶击着在座的每位姑娘的心。

这时门铃响了，饭店按预订要求，送来了八份盒饭。章一民把饭盒一一递到同学们的手中，又到厨房做了一大盆西红柿蛋花汤。同学们也确实饿了，顾不上谦让立即津津有味地吃了起来。

“大家慢慢吃，我来回答这位姑娘的问题。姑娘，你贵姓？”

“我姓李，名云燕。”

“云燕，你这个问题提得好。爱情和婚姻确是人生中的一件大事，更是你们年轻人必须严肃面对的一大课题。从你刚才的话语中，我看出你对这件大事的态度是认真谨慎的，这很好。不过这个问题很大，一下子很难讲清楚。但我毕竟是个过来人。这些年我见到的爱情悲剧也不在少数。愿意借这个机会，讲几点体会，供你们参考，大家不会反对吧？”

“章伯伯，您太客气了。我们今晚来，就是要听听您的高见的。”在座的同学们齐声说道。

“爱情是什么？恐怕有上百种答案。我个人体会，爱情是个说不清、道不明的问题。我归纳了一下，起码有以下几点：爱情首先应是纯洁无瑕的，正因为纯洁无瑕才称为神圣；爱情也应是严肃认真的，正因为严肃认真才堪为可贵；爱情还应是长青不衰的，正因为如此才视为伟大。为确保爱情的神圣、可贵和伟大，在面对爱情时，必须要考虑几个必备的条件：一是双方一定要志同道合。这个词你们可能觉得大了一些，但说穿了也很简单。志，就是对人生的追求和取向；道，就是做人做事的态度和原则。两人在志、道问题上必须基本一致。用现在的一句时髦话说就是，必须要有基本相同的价值观。否则，爱情就难以和谐、持久了。我从不相信一见钟情的爱情，这往往只是一种冲动或性爱。二是双方都要郑重地践行婚姻带来的义务。爱情和婚姻是有代价的，它永远伴随着道德、良心和责任。为此，当两人走向婚姻殿堂时，就得想透彻、想清楚。现在不少年轻人喜欢‘闪婚’。结婚不久，就说两人没有共同语言了，就要分手了。这是拿神圣的婚姻当儿戏，原因在于他们根本就没弄清楚婚姻、爱情的真谛。三是要相互体谅、相互包容。两人在谈恋爱的时候，因浪漫与冲动，往往看到的尽是对方的优点；结婚之后，因朝夕相处、长相厮守，互相看对方的短处就多了起来。人非圣贤，孰能无过？加上现实生活的复杂、琐碎，逐渐淹没了恋爱时的诗情画意。所以，两人之间免不了就会有磕磕碰碰，保不住还要发生争争吵吵。对此如果不能相互体谅相互包容，肯定会随着时间的推移，让爱情失去光彩、变了味道。当下，有一个现象很奇怪。年轻人现在都是自由恋爱结婚，可婚姻的失败率却在急剧上升。有很长一段时间，我对此百思不得其解。后来经过一番认真研究，才逐渐弄清了个中原因。从根本上讲，是现在的有些人，在爱情观上出现了问题，他们根本不懂得爱情。一些人只重金钱，一些人只看名利，有不少人把一时冲动产生的搂搂抱抱、卿卿我我当成了爱情。更有甚者，把爱情当玩物，换老婆像换衣服一样，忘记了道德，忘记了义务，丢掉了责任。还有一些人，谈恋爱时也许是认真的，但混淆了恋爱与婚姻的界限，对婚姻缺乏充分准备。他们不懂得，婚姻是把爱情融化进具体的生活，恋爱则是把眼前的一切都化成浪漫。而一旦结了婚，浪漫就从空中落到了地上，大事小事都得操劳。且不说还得有足够智慧和耐心才能处理好的婆媳、翁婿关系，还得烦心劳力地抚养子女。我发现有相当多的少年夫妻应对不了这些生活百态，解决不好双方家庭的复杂矛盾，由此相互埋怨、相互指责，于是婚姻的裂痕就产生了……当然，影响爱情和婚姻的还有其他不少因素。人一生中，最重要的就是两件事：爱情与事业。一个在爱情、事业两个方面同时都取得成功的人，方可称得上是幸福美满的人。真正的爱情与婚姻既需要选择，又需要呵护，还得用心去滋润培育，不易啊！要不，为什么爱情会始终是中外文学与戏剧创作的永恒主题！”

“伯伯，您和阿姨是怎么恋爱、结婚的？你们之间的爱情是否达到了你说的神圣、可贵和伟大？”

章一民没想到这位年轻人会如此直率地提出这样的问题。他略作沉吟，即笑着回答：“不瞒你们说，我和老伴之间的恋爱、婚姻，至少可以说是建在一个扎实的基础上的。

我们是高中的同学，又同在北京上完了大学。两人由相识到相知，由相知到相爱，是经历了一段相当长的时间的，中间也伴随着不少坎坷和艰辛。几十年下来，两人同甘共苦、荣辱与共，同声相应，同气相求，不离不弃。我们对现在的这个家庭都由衷感到幸福和知足。我这位老伴，当之无愧是一位和我志同道合的同志、同事和战友，也是一位典型的贤妻良母。至于是否伟大、神圣、可贵，就是仁者见仁，智者见智了。”

“章伯伯，我是高淑申的弟弟。我的情况同他们不一样，现在是高一的学生。最近，父母决定要送我去美国读高中、大学。我有点不想去，却又拿不定主意。想听听您的建议。”

“我的建议很简单，就是不要去，先在国内踏踏实实上完高中，念完大学。原因嘛，抛去文化背景、生活习惯、社会环境这些大的因素，就学校教育本身而言，我也认为没有这个必要。学校教育的一个最重要功能之一是传授知识。在这个方面，我认为我们中国的小学、初中、高中乃至大学的专科、本科教育都可以说是最成功的，世界上只有为数不多的几个国家可以和我们相比。其主要依据，就是我们这几类学校向学生传授的基础知识架构是完整均衡的，课程内容的设计也是丰富、扎实的，在数理化方面，更值得我们自豪。这就是为什么我们的一些高中毕业生在国内可能考不上大学，但到了国外升入大学往往都无问题，有的甚至还能考入名牌大学。这是我这些年考察了西方主要国家的大、中、小学后得出的结论。要说存在问题，各有各的不同。我的总体感觉是，我们的一些学校对学生要求过严，他们的一些学校对学生的要求则失之过宽，过分追求学习的轻松、愉快。殊不知，学习本身就是一种艰辛的劳动，同去旅游去参观不是一回事，要求学生必须付出汗水和努力，想不费力气、轻轻松松地把学习搞好是不可能的。当然，我这样说，不是否认我们现行教育中的问题。对此，我们这些年不是一直在对学校教育进行改革吗！我最看不上的，是一些所谓的学者、专家，到国外待上几天，回来就可以作洋洋万言的报告，信口开河地把外国的教育讲成一朵花，把我们的教育说成‘豆腐渣’。这些人闭口哈佛，张口哈佛，难道他们就不知道世界上不就是只有一个哈佛吗，难道外国的教育都是和哈佛一样吗？对这些人，轻点说，是妄自菲薄，肤浅无知，说重点则是典型的‘外国的月亮就是比中国的圆’。对外国的教育，我最欣赏的是美国的博士生培养。基于这些判断，我不同意你现在就到美国去。回去告诉你父母，如果他们真是为你着想，可在你国内大学毕业后，让他们出钱供你到美国、德国、法国、日本、俄罗斯等国家，攻读博士学位。这才是在学习、学术上培养你的比较正确、合理的途径。”

“章伯伯，我是赵佳春的邻居。这次她本不愿带我来，是我死缠活缠硬跟来的。我现在最大的苦恼，是感到和爷爷、奶奶、爸爸、妈妈越来越无法在一起生活了。”说话的是一位中等身材的姑娘，一头染就的黄发，戴着一副蛤蟆镜，身穿一身三截装，嘴里嚼着口香糖，衣服上散发着呛鼻的香水味。“他们总像防贼一样，处处防着我。我要去和同学约会、跳舞，他们不同意；我想出去和几个朋友吃顿饭、喝喝酒，他们也不赞成；连我穿什么衣服、理什么发，他们也大惊小怪。我觉得他们的观念太落后了，也太没文化了！”

听完这个姑娘连珠炮般的慷慨陈词，章一民的心情是沉重的，冒出一种又苦又涩的感觉。

“姑娘，你叫什么名字，今年多大啦？”

“我叫辛梦晓。今年十八岁！”

“你高中毕业了？”

“毕业了，上个月刚刚参加完高考。”

“孩子，你现在可谓风华正茂、青春如花。我非常喜欢你的坦白和直爽。我想问一下——你是否觉得自己已长大成人啦？孩子啊，我看，你还远未达到长大成人的地步。你的爷爷奶奶、爸爸妈妈，目前对你既负有法律上的责任，又负有社会方面的义务。他们现在是对你管得多一些，防得严一些。虽有欠妥之处，但在动机上则是出于一片爱心。为此，我建议你，首先要像我刚才讲的那样，正确看待和理解他们的种种做法，消除厌烦、抵触情绪。另外，现在你们年轻人喜欢追求时髦，本无可厚非，”章一民又打量一下章梦晓一身的装束，心平气和地讲了下去，“但一定要懂得什么是时髦和如何时髦。譬如衣着打扮，一定要会穿，一定要穿得得体，雅致大方。”

“服装是软包装，是软雕塑。服装的基本功能是保护身体，展示自己。人有高矮胖瘦之分，肤色有黑、白、黄、赤之别，每个人的身段线条、体型比例也各不相同。因此，一个人对服装的选择，必须考虑合乎自己的体型肤色，突出自己的长板和个性，让绝大多数人看起来顺眼、舒服。例如，三截装、铅笔裤、旗袍，还有超短裤等，不是人人均可穿的。以三截装为例，起初可能是一些人意在显示自己的随意或散淡，不料却让不少女青年不动脑筋地争相模仿。平心而论，这三截装并不是任何人穿起来都是美的。身材苗条、双腿修长的女孩子，穿了可能更加突出自身的窈窕曼妙。但如果是身体矮胖、双腿粗短的女孩子穿了，那就是另外一番风景了，只会更加暴露自身的短板与缺陷。你们想想看，在肥胖墩实的身子下边露出一双大象一样的粗腿，这能称得上美吗？”

 听到此话，在座的同学们禁不住一阵哄堂大笑，连提问题的那位姑娘也不好意思地偷偷笑了。

“另外，一个人平时穿什么衣服，化什么妆，爱如何打扮，这些行为看似小事，实际上却是你在向周围宣扬自己的趣味与追求，向外界传达自己的内心世界，向别人展示自己是个什么样的人。对个人讲是如此，对一个民族来讲，也是如此。时下，确有不少人在服饰方面胡乱标新立异，在好好的西服上故意补上几块补丁，把崭新的牛仔裤人为做旧、磨破……一些搞艺术的人，水平不高，却又故作高深，留着长头发，垂着大胡子，穿着破褂子。社会上流传着这样几句顺口溜：远看像个逃难的，近看像个要饭的，再看是个捡破烂的，仔细一看是美术学院的。我这样说，你们可能会认为我是在小题大做、故弄玄虚。但在实际生活中，我常常发现不少人是从这方面开始向反面转化的。”说到这里，章一民站起身来，意识到需要活跃一下气氛，调剂一下谈话的氛围。于是，他到厨房的冰箱里搜罗了一番，端出一盘苹果和一些大枣让大家品尝。这群年轻人也毫不客气，争先恐后地各取所需。

“梦晓，你知道什么叫观念吗？”章一民手中拿着一只大枣，笑嘻嘻地问道。

“观念？”辛梦晓正举着一只苹果开口大嚼，听到章一民的问话顿住了。旋即大大咧咧地回答：“观念嘛，我想就是一种想法，一种观点。”

“对，你回答得基本正确。”章一民接过了话茬。“我认为观念这个东西，时代性很强。过去的许多观念不见得都落后，眼下的许多观念未必都先进。现在被认为是先进的观念，保不准若干年后又被人们看成是落后的。可见观念不在新旧，而在对错。人类社会包括我们这个中华民族几千年的伟大文明，都是在继承中发展，发展中继承的。换句话说，一个国家也好，一个人也好，都是从过去走过来的，从这个意义上讲，你不能笼统地把你长辈的观念都视为落后，其中有不少仍是值得你学习、继承的。他们的生活阅历包含着无数的酸甜苦辣，他们对人生的体悟，要比你我丰富得多、深刻得多。因此，你对爷爷、奶奶、爸爸、妈妈的态度，应是学会尊重他们，虚心学习他们的长处。现在，社会上的许多现象，令人眼花缭乱。不少不健康的东西正在对年轻人产生种种不利的诱惑。对社会上的不少怪象，别说你们，连我这个老头子也很难理解和把握。在此情况下，老人们对你们这些年轻人多管了一些、多提醒了一些有什么坏处呢！梦晓，你说，我这样讲，是不是有些道理？”

“伯伯，你今天讲的许多东西，过去我根本没想过。回去后我一定好好地琢磨、消化。”

“还有，你刚才说，爷爷、爸爸他们太没文化了。梦晓，我再问你，什么叫文化？”

辛梦晓脸红得像盛开的桃花，想了半天也没有答话。

“文化到底是什么？文化到底有何作用？我个人认为，有知识不等于有文化，有了大学文凭乃至取得了硕士、博士学位，也不见得就是有了文化。更不要以为读了几年书，就有了文化。我经常见到一些男士，衣冠楚楚、相貌堂堂，可在公众场合，言行放肆，傲慢无礼；也多次目睹了不少女士，满身名牌服装，一身珠光宝气，然说起话来粗俗不堪，满口吐脏；还有一些所谓的学者、专家，不学无术，不懂装懂，光天化日之下，对一些很严肃的学术问题，竟可信口开河，错误百出；更有一些人，身上有几个钱就不知道自己是谁啦，在国内显摆还不够，还不知天高地厚地跑到国外去丢人现眼，中国人的脸面都快被这些人丢光了……凡此种种，你能说这些人是有文化吗？文化是一个很大的命题，不是一句两句话就能说明白的。我的看法是，一个国家和民族的文化，是这个国家和民族所有成员的信仰、宗教、道德、艺术、法律、风俗、习惯等，经过历史的积累、沉淀、结晶、拓展和升华，所形成的一种社会价值系统的认同。‘文化’一词虽内涵丰富、宏博，但主要还是集中于人的精神生活方面。文化既是精神的源头，又是物质的动力。它启迪人的思想，引导人的精神，提升人的道德。通俗地讲，就是‘养心’‘树魂’。现在人类社会的最大危险，是到处弥漫着肤浅与浮躁的空气，社会变化也太快，少了一些沉稳与从容。我认为，一个人也好，这个世界也好，其最高境界是返璞归真，归于平淡，归于朴素无华。对未来世界的发展，有一个叫朋霍费尔的外国人曾预言：‘在文化方面，它意味着从报纸、收音机返回书本；从狂热的活动返回从容的闲暇；从放荡挥霍返回冥思回忆；从强烈的感觉返回宁静的思考；从技巧返回艺术；从趋炎附势返回温良谦和；从虚张浮夸返回中庸平和。’我个人认为他的这种预言是有一定的道理的，是值得大家认真回味、细究的。梦晓啊，你高中刚毕业，千万不要以为自己就是文化人了，开始嫌弃家里老人没文化了！”

“章伯伯，您不要再讲了。我知道我错了！”姑娘倒也坦率大方，站起身来向章一民深深鞠了一躬。

“章伯伯，我叫郭东阳，大学毕业已三年了，还一直未找到一个称心如意的工作。最近，我和几个大学的同学商量了几次，决定自己下海闯一闯。对此，你如何看？”说话的是今晚到场的两个男同学之一。

“你在大学学的什么专业？”章一民问。

“行政管理。”

“你为什么要学行政管理？”

"因为我觉得国内在行政管理方面存在问题较多，同国外有较大差距。"

"你这个想法不错。"章一民眼中露出赞许的目光。"我们现在之所以有很多事情办得不好，管理跟不上是一个重要因素。中央搞改革、开放的主要目标之一，就是要学习国外的先进管理经验，改革我们在各个领域里的管理工作。不过，管理是一门科学，也是一门艺术。如何把西方的一些成功的管理经验同中国的文化传统、思维方式、具体国情融合起来，形成我们自己独特的一套管理方法与模式，可是一件大事啊！"章一民突然觉得把话题扯得太远了，就赶忙拉了回来。

"你是不是认为只有到行政机关工作了才算称心如意？"

"是！"

"你提的这个问题，是现在不少大学毕业生正在碰到的问题。对此，我有两点建议供你参考。首先，在第一次的工作选择上不要苛求，期望值不能定得过高，更不能太理想化。所谓称心如意的工作，只能是相对的。再说，行政管理与企业管理、事业管理是相通的，进不了行政单位，完全可以转入相近的其他管理领域。何况，许多人的经验证明，在专业完全对口的工作领域，不见得一定能干出大的名堂，在稍微偏离原来专业或不太对口的工作岗位，反而能做出辉煌的成就。关于下海的问题，一定要严肃思考，反复论证，事先做好充分的准备。所谓下海，就是经商。经商是一门大学问，不是人人都能经商、下海的，也不是人人都能获得成功的。现在，我们国家实行改革开放和市场经济。商界的竞争、挑战是十分激烈残酷的，且经商必须要有一定的资本积累、人才准备和市场需求，实践中还得有科学的经营方向，丰富的操作经验，具备及时把握机遇和应对挑战的本领。否则，不但不能成功，反而会被商海淹死。因此，我对此事的态度比较保守，且有一个忠告：宁可先找一份工作，先在工作实践中闯一闯，也不要轻言‘下海’。当然，你们年轻人，初生牛犊不怕虎，愿意冒险一试，我也不反对。”

当，当！会客室墙上的挂钟清脆地敲响了两下。章一民抬头一看，已是午夜两点了。他看了看这七八个仍兴致勃勃毫无倦意的年轻人，心中十分欣慰。可毕竟太晚了，不能再谈下去了。章一民站起身来，想和同学们话别。这时，一直在静听、好久没讲话的那个男同学，突然又提出了一个问题。“章伯伯，请允许我提最后一个问题。人这一生到底如何才能成功？”

章一民赞赏而又意味深长的目光在这个男生的脸上停留了几秒钟，理一理思路又娓娓道来：“这个问题太大了，我自己虽多次思考过，但至今还未得到一个清晰的答案。

我认为世界上没有保证人生成功的灵验秘笈，对成功也无统一适用的标准。不过，中国的先贤、哲人有三段话，可供大家参考。第一段话是孟子讲的：‘天将降大任于斯人也，必先苦其心志，劳其筋骨，饿其体肤，空乏其身，行拂乱其所为，所以动心忍性，增益其所不能。人恒过，然后能改；困于心，衡于虑，而后作；征于色，发于声，而后喻。入则无法家拂士，出则无敌国外患者，国恒亡。然后知生于忧患而死于安乐也。’第二段话是20世纪30年代，清华大学四大国学导师之一的王国维先生讲的：‘古今之成大事业、大学问者，必经过三种之境界。昨夜西风凋碧树，独上高楼，望尽天涯路。此第一境也。衣带渐宽终不悔，为伊消得人憔悴。此第二境也。众里寻他千百度，蓦然回首，那人正在灯火阑珊处。此第三境也。’第三段话是《大学》里说的，格物、致知、诚意、正心、修身、齐家、治国、平天下。”

“上面的三段至理名言告诉我们，人生成功的基础是奋斗。人生中有时需要点运气，但运气毕竟不是时时刻刻都有、人人都能遇上的。极少数人也许会一夜致富、一天成名，但可惜这不是普通人都能企及的。俗话讲，天上不会掉馅饼。如果有一天真掉馅饼了，则百分之百掉的是陷阱。要奋斗就得有本事。本事是一种用金钱买不到的东西，而最可靠的本事则是从实践中磨炼出来的。因此，要获得成功，一方面需要一个过程，需要积累、沉淀，决不能奢望一蹴而就。另一方面，还要不怕艰难困苦，尤其不能怕失败。在不少情况下，唯有大失败，方成大英雄。这就需要有毅力和志气。无毅力无恒心断无成就！磨难并不都是厄运。它能磨砺人的意志，让人看清人世沧桑，变得更加坚定，收获价值升华。最后一点，也是最为重要的，是在争取成功的道路上不能迷失方向。一个没有人生指南针的人，不但不会走得太远，反而会每每毁于一旦。成功也许是走完所有失败后的结果。”

言毕，他歉意地搓了搓手。“小同志们，今晚我们之间的讨论该告一段落了。我知道大家心里还有不少问题，但现在已经是深夜了，你们的父母一定在家里等得坐卧不安了。这样吧，再过几天，我请你们到‘经珍府’，边吃吊炉烧饼，边喝胡辣汤，边继续我们今天晚上的话题。你们说，行吗？”

“行，君子一言，驷马难追！我们等着同您再次相会！”这帮年轻人哗啦一声站了起来，异口同声地说道。

送走了这批年轻人，章可染的心情久久难以平静。她感谢父亲对自己的尊重，更感激父亲对她的同学们的坦诚与耐心。父亲今晚虽然是在回答一群年轻人的问题，实际上对自己也是声声入耳、字字入心，厘清了自己思想上的许多困惑与疑虑。与此同时，她也更进一步了解了父亲、懂得了父亲，心中不断升腾出一缕缕歉意和敬佩。在送走同学们回来时，她情不自禁地紧紧抱住父亲的一只胳臂，趋到他的耳畔，轻轻地说道：“老爸，你今晚讲得太精彩了。如果我们学校的领导和老师也能像您这样，向学生们敞开心扉，真诚地交换看法，我想情况是会大大不同的。”

十五

几个月来，三江省政府秘书长朴志海一直提不起精神，吃嘛嘛不香，干嘛嘛没劲。屈指算来，自己已五十五岁了。如果这次省委省政府换届，不能百尺竿头再上一步，此生的仕途也就到此为止了。他想来想去于心不甘，总想再搏一搏，争取捞得一个副省级的职位。本来还是有点希望的，但不知什么人，私下里把他在梅州市市长任上隐瞒的一场死伤多人的重大责任事故又捅了出来，目前中央有关部门正在派人调查此事。这件事倘若堵不住，他下一步进入省委或省政府班子的希望，也就竹篮打水一场空了。为此，朴志海心情坏透了，在家里终日唉声叹气，怨天尤人，一句话不对脾气，就大发雷霆，又摔盘子又摔碗，搞得家里鸡犬不宁，人人自危，老婆孩子个个提心吊胆，处处小心翼翼地躲着他。朴志海到了机关虽不得不强绽笑容，竭力振作精神，但常常心不在焉、丢三落四，弄得不少人总向他投来奇异的目光。一旦公事闲下来，他就关上办公室的大门，身子缩在沙发椅上，烟一根接一根地狂抽，茶一杯连一杯地猛喝，眼睛红红的，表情神经兮兮的。有人向他请示工作，也常常答非所问，语焉不详，令人无所适从，连他的秘书也觉得这位秘书长已经神魂颠倒，同以往判若两人了，甚至怀疑他的这位领导得病了，且可能是患上了精神抑郁症。

六月中旬的一天早晨，朴志海一个人闷闷不乐地在市中心公园散步。这时一位老者突然出现在他身后。此人道士装束，拂尘纶巾，一派仙风道骨。他若即若离地跟着朴志海。朴志海走得有点累了，就拐到一棵大树下驻足擦汗。这位老者乘势跨前一步挡在他的面前。朴志海抬头一看，见是一位长须飘飘、手执拂尘的道士在不住地打量着自己，不知为什么，心中升起一种异样的感觉。

“请施主借一步讲话。”道士双手合十，轻扬拂尘，低声说道，言毕即率先起步，来到一座亭子中间。朴志海虽有点莫名其妙，但脚步却没有怠慢，不由自主地跟了过去。

“贫道已关注施主几天啦！出家人慈悲为怀，见施主将遇大劫，自当出手相助。”

“大劫？”朴志海几乎不相信自己的耳朵。

“连续三天，贫道一直在观察施主的面相和头顶上的气场。贫道认为，相由心生，心由运辅。一个人的富贵贫贱、官运沉浮，全在脸上显伏。从面相上看，施主脸形方正，鼻若悬胆，耳大口阔，本是吉人之相，虽不能名垂青史，倒也可大富大贵。然印堂发黑，气色灰暗，眼闪血光，乃是流年不利、先富后贫、官位难保之兆。再细观施主头上之气场，戾气太重，相冲欠和，又有一道凶光直冲九天。这些如不设法破解，施主近期必遭自毁前程之劫，继而减岁折寿，不出三年，人亡家灭。”

“啊！”朴志海大惊失色，同时又将信将疑。“大师有何见教？”

“天机不可泄露。这里不是说法之地。贫道法号月印，这几个月到处布施游方，现在贵市天佑观设坛讲法。如施主道心虔诚，可于明日寅时到天佑观上清殿一晤。”

望着道士衣袂飘飘、举止翩翩、渐行渐远的身影，朴志海心中一凛，如同一个落水者在绝望中抓住了一根稻草，冒出了一个“死马当活马医”的念头：不妨学一学时下许多官员求神拜佛打卦的做法，也来赌上一把。他回到办公室打开电脑一查，天佑观也真有月印法师此人。向几个朋友咨询，均告诉他月印法力如神，能卜吉凶、测富贵、算平安，平常人极难见到他的尊颜，更不易抽到他的妙卦，偶遇机缘抽到了，无不应验如神。三江省不少高官找他看过风水，北京一些富商达贵亦频繁请他卜算祸福。不过，卦资却高得惊人，最少是六位数。即便如此，仍然求者无数，趋之若鹜。

朴志海信了，也动心了。第二天凌晨，他自己开车如约来到了天佑观。一入观门，就有一个小道士迎了上来，小道士熟练地从朴志海手里接过十万元的卦资，把他径直带到了上清殿。

清晨五点，上清殿笼罩在一层淡淡的薄雾之中。殿前的供案上香烟缭绕，烛光融融；殿内宝幔旗幡层层掩映，处处透着一种神秘诡异的气氛。月印法师双目低垂，端坐禅垫，似入禅定之境。禅垫前摆着一功德箱，伴着青灯一盏，从一只古色古香的铜炉中不住地飘出缕缕檀香。

“施主来了，请坐！”月印双目一闪，微微颔首示意。

“请施主先抽上一卦。”见朴志海合掌参拜完毕坐定，月印法师即递过卦筒。

朴志海接过卦筒轻轻地摇了十几下，从卦筒里掉出一支签，竟是支下下签。

月印按签号取出签释，朗声念道：“曾是春风挂帆来，近有凶浪阴阳宅。早立尚可攀绝顶，出入两山在督台。”

朴志海听完签语，似懂非懂，不解地用目光询问月印法师。

“我来为施主试解。”月印一手理了理长长的美髯，一手轻轻扬了扬拂尘，目闪精光，沉声慢语。“这第一句嘛，是说施主前些年一直是鸿运当头，仕途达顺。这第二句嘛，是说近来施主的阴宅和阳宅陡生风波，阻滞了运帆。这下一句嘛，是提醒施主，如早做谋划，破解有法，还有更一上层楼的希望。这最后一句则同第三句相应合：如果想更上一层楼的话，则必须从自己的身边先搬走一座大山，再趋靠上另一座大山，方可化凶为吉。”

“在哪里搬山、靠山？”

“卦文上说，在督台。督台者，省衙之地也！”

“那要搬走一座什么样的山呢？”

“山者，人也！就是要搬倒挡在你仕途路上的那个人。”

“人，哪个人？还请大师明示。”朴志海心中一喜，似乎看到了希望，人也变得有点急不可耐。

“天机不可泄露，贫道也只能点到为止。不过，贫道看施主龙华定身、道心虔诚，将来亦不乏明主保佑，愿勉力再为施主算上一算。”言毕，道士双目紧闭肃然入定，右手拇指在其他四个指节上卡、摸、推、拂，良久，排出一个卦来，长舒了一口气，朗声说道：“在卦文第三句中已有昭示。妨碍施主者，名字中有一个‘早’字和一个‘立’字。”

朴志海心中一惊，这不正应了章一民的章嘛！随即又问：“要趋靠的那座山，又是指的什么？”

“也是指人。是让施主在搬倒一个人的同时，还必须投靠另一个人，且以这个人为靠山。”

朴志海猛然醒悟，站起身来向月印深深一躬。“法师既已指点迷津，能否再劳大驾，到在下的阳宅、阴宅堪舆一番，并请明示补救之法，酬资自当从厚从优。”

“我们出家之人，视钱财如空空。施法布道，皆为结缘，只为众生求福免灾。道祖要的是一颗求道的心和永世不绝的烟火。所以贫道偶有所受，也是为了寺观烟火、弘扬法旨。况施主施惠，意求心安，重在道心，何计多寡！”说罢，即起身躬送朴志海出殿。

三天后，按照事先的约定，朴志海亲自开车接月印法师前往自己的老家——梅城西郊的朴庄。月印法师先看了朴家的老宅，又勘察了朴志海父母的墓地。这一天，月印法师似乎很卖力气，左手高举桃木剑，右手紧托经罗盘，绕着老屋和坟地，来来回回、往往返返地连转了几圈，时而仰脸观天，时而低头察地，口中念念有词，手指不住地掐算。如此这般，煞有介事地忙了好长一阵，鼻尖上已沁出豆大的汗珠。最后，月印在老屋前驻足，放下木剑，收了罗盘。

“依贫道看来，这风水之说，合乎天道、地道、人道。中国几千年屹立不倒，都是得益于由黄河、长江两大龙水形成的气脉支撑。历朝历代的更迭，都源于气运变幻、风水更易。风水乃垂风聚水之地。风主运，水为财。凡能聚风揽水者，皆能泽被后世，善养终身。对一般百姓而言，一家的风水聚散，主在阴、阳二宅。阴宅如大树的根，阳宅则似大树的干。”说到此处，月印突然指着屋前的一棵大樟树问朴志海：“这棵树是什么时候栽的？”

“是去年春天，从别处移来的。”

“栽树的地方，原来是什么地形？”

“是一个五尺见方的水塘。”

“这就对了。你家这处老宅，本来风水顺和，正东、东北有水有砂，正南、西南有砂有水，明堂之前又有雀池。你把雀池填平了，栽上了树，毁了水，立了砂，彻底打破了原来的风水通道，散了财气，坏了官运。同时，又让宅子内外，浊、瑞之气相撞，既不能吐故，又无法纳新，富贵仕途的气脉自然也就衰竭了。”

“可有破解之法？”朴志海被老道的这番宏论镇住了，心中十分焦急。

“只有一法：将这棵树移走，复树穴为池塘，面积也由原来五尺见方改为一丈见方。”

“阴宅可有不妥？”

“阴宅的风水，也是这两年遭破坏的。依贫道观测，你父母阴宅原来的穴位藏风聚气。刚才，我在勘测阴宅四周的水、砂气脉时，发现在你父母坟茔的正南、西南两处新起了两座墓冢，正好压在你父母阴宅的水、砂之上。依地势而言，你父母阴宫的宝气主要从正南、西南的乾位和巽位流入，在阴宫内交汇形成紫气后，由正东、东北的离位和震位升腾而出。可这两处新冢一出，堵塞了气脉流通，破坏了紫气的生成，施主这两年的官运当然也就式微了。”

“那可怎么办？”朴志海急得满头大汗。

“最有效的破解立法，就是迁走这两处新坟。但这可能较难，剩下的一个变通办法，虽非良方，亦属无奈中的上策了。”老道故意停住了话茬，一边掏出道巾擦脸，一边斜眼瞟看朴志海的神态。

“愿听端详！”此时此刻，朴志海已乱了方寸，忘记了自己的身份，俨然变成了一个虔诚的风水信徒，其思想情绪与是非判断完全被老道牵着鼻子走了。

“向东移坟。把你父母的坟穴从原址向东平移50米，摆脱两座新坟的纠缠。”

“多谢大师！我会按大师的法旨马上安排！”说着，把装有二十万元的一个大提包递到月印的手中。月印不动声色地掂了掂分量，佯装连看都不看，随手装入自己身后的一个大布兜中。

“还有，我为施主准备了两道咒符。今晚十二点，请施主沐浴更衣后亲自分别在阳宅、阴宅焚烧，所形成的法力可足保施主在未迁坟、移树之前了无大虞。”道士沉吟片刻，又正色说道：“道家历来认为，有福有缘的人，能见到道祖；有仙骨仙气的人，能见到仙境；道心虔诚的人，头顶会闪现灵光。施主耳大有轮，宝相庄和，只要发大愿、积大善，终有一天能见道祖、临仙境、闪灵光。”这番话把朴志海说得更加神魂颠倒、心神俱迷了。

接下来的一个多月，朴志海不听劝告、不顾影响，像发了疯一样，硬是以最快的速度完成了迁坟、移树、挖水池三大“杰作”。朴志海的爱人是位中学老师，瞧着朴志海的一连串神秘兮兮的举动十分不解，如坠云里雾中。她曾一再向朴志海追问缘由，朴志海每每都以天机不可泄露作答，搞得她哭笑不得。

在做完了老道士指出的三件大事之后，朴志海又开始琢磨如何落实老道签语中移入搬出两山的法旨。每天晚上，他都把自己锁在住处的书房里，苦思对策。回顾三十多年的从政生涯，朴志海实实在在感到自己又到了一个关键时刻。朴志海的为官之道是四个字："跟人，用巧"。所谓"跟人"，是要选准领导、跟对领导，永远紧跟省里的主要领导。所谓"用巧"，是指要巧于算计、巧抓时机、巧用矛盾、巧妙发力。他三十五岁在县里任县委副书记时，在几个副书记中排名殿后，可他巧妙地利用了班子里的矛盾，在县委书记、县长和上级面前，佯装听话老实，漠不关心升迁，人前厚道、谦逊，背后却下足了功夫。结果出人预料地脱颖而出，换届时当上了县长。四十岁时他在梅州市任副市长，在几位副市长中排名倒数第一。当得知原来的市长换届时要改任市委书记、几位副市长都与原市长有矛盾时，他敏锐地意识到这又是自己的一次机遇。于是，他故伎重演，在多次拜访原市委书记、市长和省委组织部长、省委书记的同时，对外仍表现出一副与世无争的姿态，并到处扬言自己能力低，只配做副手。此外，又不动声色地在几位副市长之中挑拨离间。结果又如愿以偿，稳稳地坐上了市长的宝座。2002年省政府换届时，朴志海又根据前两次的成功的经验，使尽了浑身的解数，调动了一切手段，想谋到一个副省级的职位。本来已十拿九稳，没料到半路杀出个程咬金。中央为改变省部级领导结构，向三江省空降了一位副省长。这个变化打得朴志海措手不及，最后被安排了个省政府秘书长的位置。这是朴志海为官这么多年来，第一次未按自己的设计实现所期的目标。不过，比上不足比下有余，省政府秘书长仍是一个人人羡慕的岗位，也有利于自己下一步的晋升。所以，这五年来，他不惜降身折腰，处心积虑地为自己悄悄铺设阶梯、积累人脉。不料，天有不测风云，人有旦夕祸福。前些天，有朋友私下向朴志海透露，中央有关部门正在对他在梅州市市长任上隐瞒的一项重大责任事故进行复查。这对朴志海来说，无疑是当头一棒，令他惶惶不可终日。

想到这些，朴志海开始有点绝望，然而反复琢磨老道的指点，仿佛又看到了希望。于是，他调动自己的全部智慧，一遍又一遍地分析三江省目前对自己的有利和不利因素。老道说，要搬倒一座山，这座山肯定是章一民。根据他的多方观察，觉得章一民失势了。首先是一把手令狐毅书记看不上他了，加上章一民平时坚持原则有余，照顾关系不足，经常为一些政策性问题和省委书记令狐毅、省长于振天公开争论，令狐、于两位早已对他不待见了。最近新上任的副书记单会涛，虽是个典型的花花公子，但对章一民也有看法，且这个人还无意在三江省长干下去。所以在这次换届时肯定会调出本省另谋高就。剩下的几个常委绝大部分都已年龄到线。这样一排队，朴志海觉得自己大有希望。只要有一线希望，就不能放弃，就要像以往那样搏到底。老道说，还要搬入一座山，要投靠一个人，这个人又是谁呢？朴志海脑子里一闪，立即想到了于振天。于振天今年五十九岁，是在位的省长和省委第一副书记。他在三江省可谓树大根深、人脉如海。不出意外，换届时肯定是省委书记的不二人选。谁来任省长呢？目前的常委、副省长宫其业年龄超线，不可能升任省长之职，看来有望接任省长的是艾观波。想到这里，朴志海从座位上一跃而起，在房间里飞快地连转了几圈，一套应对策略和行动方案慢慢从他那上尖下方的脑袋中爬了出来：依靠于振天，拉住艾观波，笼络单会涛，打击章一民，摆平事故责任。

说干就干。第二天上午，朴志海即同梅州市市长、自己的继任者裘一显通了电话，约这位市长晚上在卧云斋清月轩小酌。

卧云斋位于梅州市北郊，原是晚清遗臣的一处别墅，依山傍水，前院后舍。院内梅枝横斜，竹影扶疏。穿过月亮门，突兀露出几座楼阁，个个雕梁画栋、明窗轩廊，清雅幽静，古朴大方。新中国成立初期，这里曾归省文联使用。朴志海任市长时，想尽办法让省文联搬出，花巨资装修后这里成了市委、市政府的一处内部招待所，实际上就是他和市委书记私人宴请会客的专用馆舍。

晚七点，裘一显带着梅州市公安局局长霍出曲，小心翼翼地步入清月轩。见朴志海已端坐在餐桌旁，两人就急忙趋步入座。

餐桌上摆着四盘小菜和一瓶三十年的茅台酒。待两人坐定，朴志海默默地为每人斟满酒杯，然后自己率先举杯一饮而尽。朴志海连干了五杯，却始终一言不发，满是忧愁的眼中慢慢挤出了泪水。

裘一显见状慌了。他拦住朴志海的酒杯站了起来。“朴兄，别再喝了，出了什么事啦？”

朴志海又干了一杯，示意裘一显坐下。“也没什么，只是心里堵得慌！”

“堵得慌？秘书长鸿运当头、前程似锦，有什么可堵的？我正想借今晚小酌之机，向你表示祝贺呢！”

“别胡说。什么鸿运当头、前程似锦！”朴志海目光一闪，沉声说道。

“眼下，梅州市上下的一个共同话题，就是议论朴兄在这次省委省政府换届时的位置。我听说邻近的禹州市也有同样的揣测。”

朴志海心中一动，老道的话又浮上心头，禁不住追问一句：“都是些什么揣测、议论？”

“大家都认为，这次你准能鲤鱼跳龙门、更上一层楼，起码也能当上省委常委兼秘书长！”裘一显脑门油光闪闪，夹了一筷菜肴入口大嚼。

“为兄我当下是大祸临头，哪还敢奢谈什么省委秘书长？”朴志海见时机一到，就把话茬慢慢引入正题。

“大祸临头？鬼才信！”

“老裘，你还记得六年前的那场工程施工责任事故吗？”

“事故？那场事故不是早已摆平了吗？”

“早已摆平了？说得轻巧。这件事又被人捅上去了，当下上边正在派人调查呢！你们不知道？”说到此，朴志海故意顿住话题，眉头紧锁，脸上堆满了痛苦。

“怎么会是这样？”裘一显和霍出曲一听都愣住了。

“这件事，如果处理不好，别说高升，恐怕本人现在的这顶官帽也得丢掉，甚至可能还有牢狱之灾！”

“啊！这么严重！”

“严重？当然严重！也怪我当时思虑不周，留下后患。不过，此事说大也大，说小也小，就看老兄你们如何应对了。”

“朴兄，事已至此，你就说该怎么办吧！我和霍局长决无二心，一切唯老兄马首是瞻。”裘一显拉着霍出曲起身肃立，一副要舍身上刀山下火海的架势。

“我想来想去，向上面告状的人，只能是丁屹山。当时，他是市安全局局长，了解事故的前因后果，而且一开始他就不同意我们对事故的处理方案。”

“这个人是头犟驴，软硬不吃！”

“他是此案的关键。不封住他的口，恐怕事情就难以善终了！”

“如何封口？”

“有文武两法。”此时，朴志海神色一变，满脸杀气。“文法是用钱买口。这里有一百万，你们拿去试试。”朴志海从沙发旁边拎出一个巨大的帆布包，随手递给了裘一显。“如果不行，再用武法。”说着，朴志海做了一个用刀在脖子上一抹的姿势。

裘一显、霍出曲两人身子一抖，浑身发冷。

“量小非君子，无毒不丈夫！”朴志海冷笑一声。“事情到了今天这个地步，我们三人就成了一根绳子上的蚂蚱，谁也离不开谁了。这次你们如果能帮助我闯过这一关，以后就会海阔天空。我绝不会忘记两位的大恩！”

“好！就这么办，请老兄放心。来，我们干一杯！”裘一显和霍出曲毅然举杯。

“还有，除了封口之外，还得准备必要时有人顶缸！”朴志海又慢悠悠地说道：“你们也知道，六年前，我在处理这场事故时，因对上瞒报了死亡人数，故只定性为一般责任事故。这次如果被查出死了三十多人，就要重新定性，必定追究当事者和领导人的责任。倘若真是如此，为了推卸责任，就必须找出当初是谁对我隐瞒了死亡人数？是谁掩盖了事故的真相？一句话，一定得有个替罪羊，一定得有人替我承担责任。这一点，你们想过没有？”朴志海阴森森的目光在两人身上闪来闪去。

“让万佑财来顶！”裘一显、霍出曲两人对望一眼，不约而同地说道：“他是三江桥梁道路公司梅州分公司的董事长兼总经理。事故就发生在他这个公司所承办的项目工地上。”

“有把握吗？”

“有！这家伙是我们喂肥的，不知他赚了我们梅州市多少钱！”

“好，那就拜托两位了。请转告万佑财，只要他能把这件事顶过去，以后的一切都好说。即使万一他进了监狱，我也会把他捞出来。更何况只要在事故原因上多动动脑子，还不至于有牢狱之灾。我们现在的安排，不过是预防万一。”朴志海用眼角的余光瞟了他俩一眼，又递过一个旅行包。“这里面还有五十万，由你们去打点其他该打点的人。不过，大局当前，你们可不能在这些钱上打歪主意、占小便宜。只要这次你们能把事情摆平，何愁以后没有你们的好处？这次，我可是把身家性命都押在你们身上了！千万要把事情操作好，不能出任何纰漏！”说到这里，朴志海仿佛真的动了感情，他把两人紧紧搂在怀中。稍顷，又叮嘱了一句：“今晚我们所谈的一切，要绝对保密，只限我们三人知道！”

送走裘一显、霍出曲二人，朴志海站在窗前，望着天上悬着的一轮皓月，紧绷了数天的心终于松了下来。他掏出手机，拨通了卧云斋总经理朱彤的号码。

“谁呀？”手机里传来一个女人娇滴滴的声音。

“是我，宝贝，几天不见，就听不出来了？”

“哎哟，是志海呀，快一个月不见你的人影了，人家都觉得被忘了呢！请稍候片刻，我马上就到。”

大约过了五分钟，朱彤轻轻推开清月轩的雕花檀门，闪身飘了进来。当晚，她穿着一件荷色短款连衣裙，袖口飘逸，下摆宽松。半截圆柔的秀腿，在灯光下闪着凝脂一样白嫩的柔光。胸前的两只梨形美乳和细腰下的肥臀，把薄裙撑得鼓鼓的、紧绷绷的，似乎随时都会从中弹跳而出。眼前的朱彤，粉颈香肩、玉臂酥胸，两只滴溜溜的大眼肆无忌惮地直勾勾地盯着朴志海。

望着这位地下情人，打量着这个人间尤物，朴志海仿佛是第一次与美人约会一样，身体如触电般战栗，肌肉紧绷，浑身燥热，激动得喘不过气来。他急忙向前跨出一步，一把扯下朱彤的衣裙，紧紧抱住了她，一阵狂风暴雨般的亲吻之后，弯腰抱起她那光洁柔软的身体，向卧室走去……

五天后的一个晚上，朴志海胳膊下夹着一个包裹慢悠悠地迈进了省长于振天家的客厅。当晚，于振天正在家里宴请北京来的一位客人。朴志海作为省政府的秘书长，进进出出省长家是家常便饭。所以见他来了，省长并不在意。而朴志海呢，进门后也不见外。虽有客人在场，朴志海仍毫无拘束地径直走进客厅用茶。约摸过了半个小时，于振天送走了客人，换上一身睡衣踱了过来。

“志海，这几天都忙些什么呢？”于振天在朴志海对面落座。

“没忙什么，就是东跑跑西颠颠，办一些杂事。”

“听说你把父母的坟迁了，还改造了老家的房屋？”

朴志海暗自一惊，这事于振天怎么会知道。他忙笑着说：“老屋门前的一棵老树死了，我把它挖掉了。父母原来的墓穴地势太低，常常积水，妻子不高兴，多次催我选址另葬。正好我这段时间事情少一些，就抽空办了。”

“这是两件大事，做子女的，应该尽点孝心。不过，有人已向我表示了不同看法。”于振天一边品茶一边说。话讲得不淡不咸，仿佛漫不经心。

可在朴志海这里，闻之脑子就“嗡”了一下。他端起杯，慢慢啜了一口，强使自己的心情平静下来。“林子大了，什么鸟都有。嘴长在别人身上，想怎么讲就怎么讲吧。不过，这次我也是走路摔跤，捡到了一个大元宝，有失有得。在整修乡下老宅时，我抽空清理了一下父亲生前的遗物。不经意间，从父亲留下的一个破木箱里翻出了这幅画轴。您也知道，我对绘画是一窍不通，揣摩了半天也瞅不出个所以然来。前天，请省里一个著名画家看了看，他也难下判断。我知道于省长在此方面深有研究，就拿来，想让您掌掌眼。”朴志海边说边暗暗地观察于振天的表情。

“哦，你们家还有这样的东西？”

于振天有点不屑地接过包裹，从中拿出画轴，先审视了一下装匣，又掂了一下分量，再仔细一看，装匣竟是小叶紫檀质地。他顿时有了精神，打开木匣，小心翼翼掀开包画的黄绫，展开画面粗略地浏览了一遍，不由得大吃一惊，真是一幅古画！底色虽已泛黄，画面上也有几处斑驳，但从画中透出的一种超然气韵，让人心摇神动。根据自己几十年赏玩古画的经验，今天可能真是碰上一件大宝贝了。他急忙走进卧室，取出一个高倍放大镜，弯腰俯身，几乎是趴在桌面上，举着放大镜把画从上到下、从左至右，来来回回专心致志地审视良久。之后，他坐在沙发上，紧闭双眼，低头沉思。最后，不动声色地询问朴志海：“你父亲在什么地方得到的这幅画？”

“母亲病重时曾对我讲过，说父亲手中有一幅祖传名画。我当时并不在意。”朴志海看到这幅画已深深触动了于振天的心弦，脸上立即泛起一层不易为人察觉的得意。他自己这些年当然亦大致弄清了这幅画的价值与历史渊源。不过他心里明白，此时此刻只能假装糊涂，唯有如此，才能取得自己送画的最佳效果，达到送画的最终目的。“从母亲生前断断续续的讲述中，得知我的先辈曾是文人。清同治年间，先辈中有人中过进士，还任过县令、知府，后因得罪了慈禧的远房哥哥，被削职为民。这位先辈在心灰意懒之余，就把家从南方搬到了梅州市西边的朴庄，盖了几间茅舍，买了几亩薄田悠然度日。因这位先辈为官清正、不治家产，所以后来的生活十分清苦。但他却酷爱书画，精通诗赋，贫困中仍常常以诗词文赋与同年、好友互为酬答，抒发情怀，苦中求乐。当时，有一位亲王曾同他有过一段诗赋交往，惜其才，看其是书生气质，就不忍让其如此清苦。于是通过管家赠送了些银两，却均被先辈婉拒。之后他又托人送来此画，嘱其平时可品览悦目，困极时则可变卖贴补家用。谁知这位先辈见到此画后，爱得如醉如痴，白天挂于内室墙上，反复品赏；晚上则抱在怀中共枕同眠。临终时嘱咐家人，此画即使饿死也不能变卖。有违此训者，不是朴家子孙。就这样，这幅画一传就是一百四十多年。我高祖以下，均谨记祖训，从不以画示人，也绝口不提有画之事。也许正因为如此，这画才在饱经沧桑、历尽劫难之后，得以保全至今。”

听了朴志海的这番解释，于振天已断定此画决非一般，自己心里已深深喜欢上了。以往自己收藏的几十幅画作加起来，恐怕也抵不上这幅古画的百分之一。此生如能据有此画，也算不负自己对收藏的一片苦心了，更为自己的“百珍斋”觅到了一件镇斋之宝。可这一切，决不能对朴志海明讲。讲明了，这小子也许就不愿撒手了。想到这里，于振天再次俯身，对画左下方的一方小印和画纸的质地又反复审视、探究了一番。初步认定这是元代高克恭的《春云晓霭图》。于振天知道，高克恭是元代与赵孟頫齐名比肩的丹青大家。他虽仕途顺达、身居显要，但却勤于政务、恪尽职守，敢于直言、廉洁自律。从政之余，寄情山水，挥洒丹青，广交文士，联络贤才。高克恭的绘画题材集中于山水和竹篁。在山水画方面，他突破了“米氏云山”的画风，在保存“二米”天趣化机的同时，更注重风骨，升华格调，让作品雄秀兼得、理趣双谐，令其笔下的山川景观充满一种文人画少有的豪迈气魄。《春云晓霭图》是高克恭五十二岁时所画，堪称能反映其艺术风格的代表之作。画面上远处高山飞瀑、白云翠岭；近处丛林古木、舟桥茅舍。整幅作品笔墨酣畅，气象雄浑，充分体现了他豁达的襟怀、宽宏的气度和认真严肃的艺术态度。然而令于振天费解的是，在众多的鉴赏印章中，都是包括康熙皇帝在内的清代名流，却无一点明代画家的识、跋之迹。于振天低头沉吟良久，猛然醒悟：这不是高克恭的真迹，而是明代某一画家的临摹之作。明朝的丹青高手可能早已识破这幅仿作，故无人愿在画上题识、作跋。即使如此，这《春云晓霭图》也堪为稀品、珍品了。

朴志海见于振天对此画如此着迷，无疑是从一个侧面验证了这幅画的价值，也庆幸自己终于找到了一件能投于振天所好的东西。于是，他把语气变得格外诚恳。“于省长，对书画我是个门外汉，这幅画放在我手里算是白糟蹋了。我看就留在您这里，供您工作之余把玩松心吧！”

于振天小心翼翼地把画卷起，包上黄绫重新置于紫檀匣中。“对这幅画，我还有点拿不准。看似是一幅古画，但不一定是真迹，亦可能是近代仿品。这样吧，这幅画暂留在这里，我要再查查资料。如遇上高人，可请他们再掌掌眼，做一个最后鉴定。”言毕，于振天漫不经心地随手把画扔在茶几上，端起茶杯轻轻地呷了一口，心中暗暗揣摩着朴志海送画的真意。

“志海，你的生日是哪一年？”于振天望着朴志海，目光里透出一种关爱与期许。

“是1954年。”朴志海急忙回答。

“噢，也五十四岁了！”于振天话题一转，问道：“最近在三江省，人们都在议论什么？”

“人们议论最多的是今年年底前的省委省政府的换届工

作。”

“你有什么看法？”

朴志海故作深沉，歪着脑袋思忖了一阵。“令狐书记年龄过线了，这次肯定要退下来。您接替他任省委书记，我看既是水到渠成，又是众望所归！”

“恐怕不一定吧，反对者不见得少啊！”

“不管别人的态度如何，我对您是既佩服又崇敬，百分之百拥护。我已在我的朋友中做了些工作，让他们认清形势，全力拥您上台。您过去就是我的上级，现在又是我的直接领导。您就任省委书记后，我将一如既往效犬马之劳，且竭诚拥戴，忠心不贰。”朴志海知道这是自己表忠心的最佳时机，必须旗帜鲜明、态度明朗。

“你我是多年的同事，这些套话就不用多讲了。这几年你在省政府秘书长的位置上干得不错，大家对此有目共睹。现在，三江省正需要你这样的干部。我看，你今年才五十四岁，应该压更重的担子，至少可以和我再干上一届！”

朴志海心中大喜，却又不敢过分流露，在起身为于振天倒茶的同时，故作惶恐。“我能力实在有限，但有一条可以保证：一切唯您是听，一切都按您的指示办事！”

“树欲静而风不止啊！在今后的一段时间内，我们还要谨慎行事，大意不得。你要调动一切手段，确保换届工作的顺利进行。对有些人，要密切注意，不能让他们的如意算盘得逞。”于振天见时机已到，也就把话说得更直白一些。

“有些人？什么人？请省长明示。我一定设法收拾他们！”朴志海佯作激动，脸色涨得通红。

“还用明说吗？”于振天眯着眼打量了朴志海一番。“省委常委里目前谁对你威胁最大？谁有可能在换届之前掀起一点风波？你用脑子想一想，不就明白了！”说着，于振天用手指醮着茶水，在桌子上写了“章、陈”两个字。“当下，形势虽对我们有利，但还需要冷静观察、巧妙应对，要等着有人犯错误，可我们自己却不能有任何失误。懂吗？”

“谢谢省长的英明指示。我懂，我懂！”朴志海头点得如鸡啄米。

“志海呀，有一件事一直搅得我坐卧不安啊！”于振天眼望前方，面露狰容。

“什么事？请吩咐，我马上去为您摆平！”

“杨雪凝这个女人，你认识吧？”

“见过几面，不算太熟。听说是章一民大学的同学。”

“我有一个电脑U盘，落在她开的酒店里了。我曾派人去追讨了几次，她都矢口否认。这个女人泼辣孤傲，软硬不吃。分析各种情况，这个U盘百分之百就在她手里。U盘里记录的东西对我来说至关重要，如果被对手知道了，就会毁了你我的大事。我思前想后，对这个女人，必要时，可以采取非常手段。当然，事情一定要做得天衣无缝、滴水不漏。否则，会招来很大的麻烦。且这件事一定要在七月底之前有个了断。”于振天眼中凶光毕露，朴志海望之脊背上直冒冷汗。

“不过，你也不必过分紧张。我这样考虑，只是做最坏的准备。此事，我已同省公安厅龚卫斯厅长打过招呼，你可以同他商量着办。”看到朴志海紧张的神态，于振天连忙又安抚了几句。最后，他拍了拍于朴志海的肩膀。“好好干，你这次如能进常委班子，以后的前途可谓无量啊！”

出了于振天的家门，朴志海擦了擦脑门上的汗珠，定下心来又把于振天讲的话反反复复仔细回味了一遍，心中既兴奋又略带不安。兴奋的是这次送礼有方，投靠有门，仕途升迁有望；不安的是，窥见了于振天的庐山真面目，领略了他的心狠手辣，更有点忧心于这位省长交给自己对付杨雪凝的卑劣勾当。俗话讲，上贼船容易下贼船难。看来，自己眼下只能是一条道走到黑了。不过，杨雪凝这件事自己决不能直接动手，要尽量撺掇龚卫斯去干。

十六

章可染起身倒茶的时候，随意翻了一下桌子上的台历。“9月30日”几个字映入她的眼帘。噢，明天是国庆节！按惯例国庆节要放假几天，何不借机拉老爸出去散散心呢！

她望了望窗外，天空灰蒙蒙的，远近的楼宇都淹没在一片雾茫茫的海洋里。哎，雾霾又光顾了这座城市。这时墙上的挂钟敲响了下午六点。好了，老爸该下班了！从中午到现在，章可染一直在琢磨晚上要为老爸做顿什么好吃的。但她到厨房里搜索了一遍，不免大失所望，也深深自责，冰箱里、橱柜里空空如也，实在拿不出一点像样的食材，也着实做不出一盘像样的菜肴。既然如此，何不今晚拉老爸到外边撮上一顿？她为自己突然冒出的这个想法感到十分得意。于是，章可染拿起手机拨通了父亲办公室的电话。

“喂，是章副书记的办公室吗？”

“我是章一民。您贵姓？”手机里传来父亲悦耳的男中音。

“我是谁？你猜猜！”章可染拿捏着嗓音，做了一个鬼脸。

“我猜猜？猜不出。同志，你有什么事情就直说吧！”

“真官僚！怎么连自己女儿的声音都听不出来？”

“哎呀，是可染，你这个调皮鬼！”不知为什么，章一民顿时觉得心里暖乎乎的。

“老爸，好长时间没吃吊炉烧饼啦！今晚我想让你陪我到市中心广场尝一尝经大爷的吊炉烧饼和胡辣汤，你可别说今晚又没空啊！”

“好，好！我今晚有空。可染，我马上就回去，你在家里等着，我接你。”

“不用了，我自己走着过去。六点半我们在省委大院东门碰面。你可要守时啊！”

经大爷的大名叫经维仁。说起来，他这一生充满了传奇色彩。经大爷是天源市郊区广阳县经家镇人。1950

年年底，他被在部队任高职的舅舅召到了北京。据说，最初只是让他看家护院并兼做厨师。改革开放后，上了年纪的经大爷带着一个十七八岁的女儿经秋莲突然回到了镇里，住进了早已破烂不堪的老宅。听人说，当时他身上揣着北京军区出具的一份公函。公函除了简要介绍了老人在北京的工作情况外，主要内容则是请求地方政府在生活上要给予他一定的照顾。可老人压根儿就没向县政府出示过这份公函。回到镇里后，他亲自下厨做了几道菜，拿出舅舅送的两瓶茅台酒，请县、镇的几位领导吃了一顿。酒酣耳热之际，经大爷淡淡地向县、镇的领导解释说，他本是个农民，过不惯大城市的生活。为此，自老伴去世后，他一直向部队首长要求回归故里，所以这次回来是落叶归根的。他结婚很晚，可谓老来得女，只有秋莲这么一个闺女。女儿原本在北京上高中三年级，因担心他这个老头子年迈体衰，生活上有困难，就毅然中断学业，遵从母亲临终前的嘱托，随他回到了乡下。老人说，自己别无他求，只希望镇里能拨给二亩责任田，好与女儿一起度日糊口。镇里自然就照办了。但仅靠这两亩土地，日子过得实在清苦。无奈之下，老人重操旧业，亮出了自己做饭的手艺。由于老人为人朴实坦诚，厨艺又高超不凡，很快就成了经家镇周围乃至全县的一位名人。开始时，老人献艺的范围，仅限于农村的红白喜事。至于酬金，全由主人掂量，给多给少老人从不计较。后来，老人体力不行了，就减少了为红白喜事操厨的次数。这样一来，收入就更少了，日子过得也就更加清苦了。没办法，老人只能量力而行，抽空做几样糕点，让女儿在镇上摆小摊出售。秋莲回镇上五年后，经人介绍同一位姓魏的部队现役排长结了婚，两年后生下一个男孩，取名成纯。不料这位排长在一次执行任务时不幸牺牲，这样秋莲就成了一个年轻的寡妇。秋莲生性刚强，为生计为父亲考虑，不久，她离开婆家携儿子回到了经家镇，与父亲相依为命。

和经家父女相邻的有两个杜姓兄弟，哥哥叫杜大牛，弟弟叫杜小牛。父母早逝后，杜大牛就一直扮演着长兄兼父亲的角色。他对弟弟疼爱有加，不但从不让他干重活，还始终坚持供其上学。杜大牛秉性憨厚老实，经常帮经家父女干一些重活，对秋莲的儿子成纯也十分喜欢。而成纯这孩子呢，则一天到晚像跟屁虫一样与大牛形影不离。不知内情者常误以为这是父子两人。女儿守寡之后，经大爷心中一直忧心两件事情：一是自己的手艺。根据“传男不传女”的旧规，是不能传女儿了，可又能传给谁呢？二是秋莲年轻守寡，自己百年之后，她们母子俩的生活又有谁可以依靠呢！这两桩心事搅得老人吃不好睡不下，只能一天到晚坐在门前叹长气抽旱烟。有一天，他无意间瞧见成纯和大牛在一起亲昵地玩闹，心中一闪，顿时冒出一个念头：这大牛老实可靠，虽比秋莲大了一些，但确是一个可以依靠的好小伙子。如果他能和秋莲结婚，无疑是一举两得，了结了自己的两桩心事。但此事不能勉强，必须征得两人的同意。其实两人这几年天天见面，互相帮助，相互体贴，早就是你有情我有意，只是谁也不愿意把这层关系说破。

一个夏日的上午，经秋莲吃过早饭后就一直忙着挑水浇灌自己种下的蔬菜。这一天，她梳着马尾辫，上穿麻纱绣花短袖衬衫，下着浅色西式长裤，显得利索清爽、干净麻利。可能是天太热的缘故，到了十一点，她已是汗流浃背，全身仿佛被雨淋透了一般。湿透了的麻纱紧贴在身上，令其春光外泄，显露出身上的山山水水。胸前的双乳如同两只小香瓜似的，在湿衣下时隐时现，蹦蹦跳跳。脸红扑扑的，嘴唇粉嘟嘟的，鼻翼上的几处雀斑又平添了几分俏丽。此时的经秋莲，在阳光下尽情地焕发着一个成熟女人的妩媚和风韵。无巧不成书。干完了自家农活的杜大牛，光着臂膀，扛着锄头，哼着小曲，惬意自在地走了过来。看见满头大汗挑水的经秋莲，杜大牛不由得一阵心疼，二话没说，立即赶过去，夺过扁担就替她挑起水来。二十担过后，杜大牛也是汗下如雨，涂满了汗水的健美肌肉，像油一样闪光发亮。这一切自然也尽收经秋莲的眼底，让她心中不由得升起了一种似蜜一样的甜美之感。这时，突然刮起一阵旋风，一粒砂子随风钻入大牛的一只眼睛里。大牛立即放下水担，胡乱地揉了起来。经秋连见状立马跑了过去，俯在他脸上，用手掀起眼皮，拼命地吹了起来。情急之下，两人均忘了矜持，身子靠得很近，相互都感到了对方的体温和气息。回过神后，两人一下子都愣住了。杜大牛盯着经秋莲艳如桃花的面孔，仿佛是第一次发现她是如此俊俏漂亮，不由得心旌荡漾，难以自持。经秋莲呢，也是第一次这么近面对杜大牛，被他身上散发的男人气息熏得心跳目眩，面红耳赤。两人就这样久久地相互凝视着，谁也不想离开，但谁也羞于再进一步。突然，杜大牛一把搂过经秋莲，把自己厚厚的嘴唇紧扣在她的樱桃小口上。经秋莲也顺势紧紧抱住了杜大牛。就这样，两颗心牢牢地贴在了一起。不料，这个情景被在小树下玩耍的小成纯瞧见了。他飞快地倒腾着小腿，跑去告诉了外公。“爷爷，我妈和大牛叔叔亲嘴了！”经大爷听之哈哈大笑，心中顿时有了底。不久，就为两人办了婚事。秋莲贤惠刚强有文化，大牛本分肯干敢担当，两人生活在一起，可谓珠联璧合、相得益彰，婚后的生活自然十分美满。了却了心事，见到了善果，经大爷就开始认真向大牛传授自己的厨艺。而对杜小牛呢，全家一致同意让他继续完成自己的学业。

随着全国经济大潮的迅速涌起，经大爷也改变了思路，不再满足于做做厨师、卖卖糕点。经同女儿女婿商量，决定改变经营品种，转而开发营销经大爷另外的两项厨艺——吊炉烧饼和胡辣汤。这两项技艺都是他在北京期间向一位河南籍老厨师学得的。同时，老人还同女儿女婿共同制定了一个经营原则：“以诚为本、以质达诚。不图赚大钱，只求留香泽。吊炉烧饼必须永保质量，胡辣汤必须确保特色。”为此，经大爷要求，做吊炉烧饼的面粉一律要用本地当年产的小麦并用石磨磨出。发酵工艺一律改用老人自己独创的技术。胡辣汤除坚持原来的配料外，老人又用芝麻酱、蒜泥等七八种原料调制出一种独特的辅加佐料。营业时，每当为客人盛上一碗胡辣汤，就另再加上一小勺这样的辅加佐料。为保证面粉质量，大牛专门请人打了一盘石磨，又买了一头毛驴。一般情况下，自家制的吊炉烧饼就用自家磨的麦面。磨面的事由秋莲照料，大牛主要负责制做烧饼，胡辣汤则是经大爷的专利。开始时，他们只在镇上租的一间小店内试着营销。不料一炮打响，每天慕名而来的客人络绎不绝。后来，全家在一起一商量，大着胆子把店铺开到了广阳县。再后来，就把铺子搬到了天源市的中心广场。经大爷是个稳中求进之人。店铺开到省会城市之后，老人很快发觉，仅靠烧饼、胡辣汤两样食品，满足不了中青年特别是年轻客人的需要。为此，全家再次商量，并同天源市最有名的“驴肉李”

和“酱肉堂”签订了协议，由它们保质保量向经家本店供应这两类食品。从此之后，经家本店供应的食物品种则在烧饼、胡辣汤之外，另增加了烧饼夹驴肉、烧饼夹酱猪肉、烧饼夹酱牛肉，甚至还有烧饼夹咸菜。同时，还改变了营业时间，由原来的以早餐为主，改为以晚餐为主。在营销方式方面，也灵活地开展了一定的外卖和订单供应。此外，秋莲又别出心裁请来一个老学者，为经家本店起了一个响亮的名字“经珍府”。从此，经家老店迈入一个新的阶段。这几年，生意做得风生水起、顺顺当当。到了2007年年底，全家第一次有了一百多万的盈利。

2008年9月30日的上午，“经珍府”发生了一次激烈的争吵。事情是杜小牛挑起的。

杜小牛在省里的一所高等职业技术学院毕业后，曾回家在“经珍府”帮助打理了两年。说实在话，在这两年中，杜小牛干活还是卖力气的，也出了几个好的主意。但不知为什么，今年夏天，他应同学之邀去了一趟深圳回来之后，人就大变样了。衣着打扮变了，发型变了，连名字也改成了杜耀飞，干活不再出力，终日背着双手在店里东游西荡。30日上午八点左右，杜耀飞前脚刚踏入店门，就趾高气扬地向经大爷、杜大牛建议，立即召开一个家庭所有成员的会议，研究讨论“经珍府”今后的改革大计。大家虽觉得莫名其妙，但还是停下手中的活计，聚拢在一起，看看杜耀飞有什么高见。

“经过多日观察和思考，我觉得‘经珍府’的经营思想、经营模式太落后了，再不改革就得被市场淘汰。我想提出两点改革建议。”杜耀飞鼻孔朝天、双眼半闭，一副老子天下第一的神态。“第一，我们经销的食品价格要按市场的供求关系确定。既然我们现在的状况是供不应求，那就要及时提高售价。目前定价太低，影响全店的盈利。如不大幅度提价，猴年马月也成不了著名的大企业。为此，我提议：烧饼、胡辣汤和肉类的售价一律提高五倍。”

如此大胆地提价，令全家人目瞪口呆。

“耀飞啊，你想过没有，这样提价，是会吓走许多客人的。我们原来定的价格中已含有40%的毛利。除掉所有的开销后，还有18%左右的纯利。对饮食行业来讲，这已经很不错了。做生意，讲究的是久顺利恒，稳中求进。不能太急，不能太贪。否则，会栽大跟斗的。”经大爷咂了一口旱烟，和颜悦色地说道。

“我也不同意这样提价。我观察来我们店里就餐的，大多是离退休人员、农民工和其他中低收入人群。每天光临的绝大多数人都是回头客，少数则是临时到天源市出差、旅游的外地人。他们到店里来，往往是慕名而来，是为了尝一尝我们店里的特色小吃。你这么大涨价，他们之中的许多人可能就吃不起，或者都不愿吃了。我们在市场上的竞争力就会大大减弱，这怎么行？你去深圳一趟，就想出这么个馊主意？”杜大牛本来就看不惯弟弟从深圳回来后的做派，见他这么闭着眼大喊涨价，就没好气地反驳了。

经秋莲是嫂子身份，说话原本就有一些不便，又碍于杜大牛的情面，更不愿多说了。但瞧瞧杜小牛的那副不伦不类的样子，忍不住生出了一些反感与厌恶，故也没好气地开了口。“小牛弟弟呀，我们本是农民出身，开个小店只是为了养家糊口。多亏了国家的改革开放政策，我们才有了今天。开店不光是为了赚钱。开店如同做人，要讲人格人品，要重视自己的形象和声誉。我们的店规里早就说得明白：以诚为本，以质达诚。不图赚大钱，只求留香泽。如果按你讲得这么大幅度涨价，人们会不会说我们是在搞哄抬和讹诈？这不把‘经珍府’这些年积累的声誉一下子全毁掉了？”

杜耀飞见大家一致反对，虽然生气但也无可奈何。他皱了皱了眉头，转而又亮出了第二项建议。

“既然你们都不同意提价，那就转用另一个做法：迅速扩大营销规模，以规模保利润。”

“怎么个扩大规模？”经秋莲看了看这个杜小弟，笑眯眯地问道。

“开连锁店。在三江、北京、天津、上海、广州、南京等地开上几十家连锁店，都卖吊炉烧饼和胡辣汤。只要营业额大幅度上去了，利润自然就会大大增加了。”

听了他冒出的这么个第二条建议，大家都沉默了。在场的每个人都在急速思考，仔细评断这个建议的可行性。

“简直是做梦娶媳妇——想得美！”杜大牛首先开了腔。“我们做的是地方风味小吃买卖。大家来吃的就是这点特色风味。如果特色、风味丢了，那还同吃普通馒头米饭有什么区别？这些年，我们为确保特色、风味，也就是为了确保质量，动了多少脑筋？面用石磨磨，麦用本地新麦，发酵用的又是独特技术，胡辣汤里还加了自制的辅助佐料，烧饼也是手工制作，在吊炉内一个一个烤成的，这样才保证了我们的小吃出了名，成为一种品牌……你说要开几十家连锁店，原料品质、操作水准、产品口味能保得住吗？如果保证不了，质量倒了，特色丢了，信誉毁了，店铺也就垮了，还赚什么钱？恐怕连老本也得搭进去！”

“像你这种观念，企业如何做大？”杜耀飞见哥哥如此反对，怕在场其他人仿效，就大声顶了哥哥一句。

“做大？这些年，我目睹一些本来做得相当不错的商家，因头脑发胀盲目扩张，人员素质跟不上，质量得不到保障，结果很快就一个接一个倒闭了。”杜大牛高声反驳，毫不退让。

“还有，我们这些风味小吃，地方性很强。比方说，胡辣汤是辣的，南方人一般都吃不惯。如改成一般味道，就丢掉了特色。你把店开到上海、广州、南京、天津去，这胡辣汤还有人吃吗？还有这吊炉烧饼，我看也就是北方人爱吃，江苏人、浙江人、广东人就不一定了。你不考虑这些具体情况，一味要扩大营业额，能行得通吗？”秋莲尽量压低嗓音，据理劝说。

“你说开几十家连锁店，需要投入多少？资金又从哪里来？还有监督管理问题，开这么多连锁店，如何进行有效监督管理？如果这项工作跟不上，正常的生产、经营、运转都会垮台！”经大爷磕掉旱烟锅中的烟灰，清了清嗓子，接过了女儿的话茬。“我记得在20世纪90年代前后，全国曾冒出了步鑫生、马胜利、张兴让、关广梅，还有年广九、陈恳国、王遂舟、牟其中等二十多位优秀企业家。他们的企业开始时都经营得相当不错。可后来一搞急速膨胀，管理跟不上，结果十年不到大部分都垮台了，现在还剩下几家？还有，当时的荣华鸡叫板肯德基、红高粱对阵麦当劳，初时声势夺人一片繁荣，分店也开满了全国，可不到六年即一败涂地落荒而逃。原因嘛，我看就是出在盲目搞什么大型化、连锁化、多元化上。根据大牛、秋莲和我的精力与身体状况，在经营规模方面，我们几个是不想搞扩张，也无力搞扩张了。我目前最担心的是怕连现在的规模都保不住。我们的这个店正面临着后继无人的问题。如果能把这家老店成功持续地经营下去，就算是烧高香了！”

话说到了这个地步，杜耀飞心里清楚，自己的这个建议又被否决了。他生气、纠结还有点气急败坏，一时间血脉贲张，面色血红，捧起茶杯猛喝了几口，又使出了最后一招。

“听你们这么说，我只能得出一个结论，我们在办企业观念与路子方面相互格格不入。道不同不相与谋。看来，这个店我是无法待下去了。请你们把我应得的红利支给我，我要另谋出路！”

一石惊起千层浪！听到杜耀飞的这种无理要求，大家心里阵阵发寒。最难过、最气愤的莫过于杜大牛。

“杜小牛，你听着，你真是个白眼狼！这些年经大爷、秋莲和我是怎么对待你的？大家省吃俭用，供你上完大学，满心希望你能为店里好好出把力，将来接好班，没想到你竟会提出这种丧天良、坏良心的要求！”杜大牛浑身打颤，双眼冒火。“要红利？那好！我来为你算算。这家店，经大爷、秋莲和我辛辛苦苦前后打拼了快二十年。如果按付出的时间和精力计算，你最多能得万分之一。”秋莲见大牛如此生气，就走过来拉住他的手低声劝慰。

经大爷怕女婿为难，叹了一口气，同女儿女婿交换了一下眼神，不急不慢、不高不低地说道：“看来，我们同杜小牛，噢，现在叫杜耀飞了，真是道不同啊！小牛已长大了，他有他的追求。人各有志，不能勉强。在当下的社会风气中，有小牛这种想法和行事原则的人恐怕不在少数。我们这些上了年纪的人，一定要想得开、想得透、看得明白。钱，古往今来，贤者均认为应取之有道并视为身外之物，究竟要赚多少为够？人这一辈子到底该如何个活法？钱是好东西也是坏东西，没有它不行；但太贪了，也绝无好下场。大牛、秋莲，你们不要为我操心，我已是半截入土的人啦。看到你们和孙子成纯今天这个样子，我已心满意足、毫无牵挂了。大牛、秋莲，这些年我们一共有多少盈利？”老人透过店门凝视着远方，语气平静如水。

“共105万！”秋莲大声回答。

“好，我做主，分给小牛一半。小牛年轻，让他拿着这笔钱去闯吧！不过，耀飞，这笔钱可能会成就你，也可能会毁了你。给你这几十万，我一点都不心痛。唯一心痛或不放心的，是你今后的人生道路。现在的这个社会，既有机缘、大道，也有祸水、浪涛，你可要把握好啊！你们同意我对钱的分法吗？”老人回头望着大牛和秋莲。

这时，大牛眼里堆满了泪花，伤心地点了点头。秋莲则仰头朗声说道：“我同意。能得就能舍！我只要有爸爸、大牛和成纯就行了。”

杜小牛，不，是杜耀飞离开后，大牛始终气愤难平，连中午饭都没吃。这个人越生气越是拼命干活，一直干到夜幕降临也没停手。

秋莲看他这种情形，既心疼又无奈，只好憋着劲，同他一起忙碌。

当晚七点左右，章可染挽着父亲优哉游哉地来到了市中心广场。一路上两人谁也没说话，但心里却充满着亲情蜜意。章一民已有两年多没到广场来了。这时华灯初上，人影开始在雾霾中晃动。他站在“经珍府”前，认真地环顾一遍广场，觉得比以前冷清多了。不少面向广场专营风味小吃的小摊小店都未开张。杜大爷的店面似乎也比以前变小了。他探头向店铺内瞅了几眼，发觉是前店后坊的格局。店铺呈长方形，正对着店门，用木板整齐隔出一个售货台和收银处。售货台东面是两排六个吊炉。杜大牛正在向六个吊炉里送进第一批烧饼。经秋莲和一个小工忙着向柜台上布着各类熟食，最后又抬出两大保温桶胡辣汤。在收银处的东边和西边，各摆了六个大木桌，每桌周围放着几条长凳，陈设简单，却干净整洁。

这时，正在店内坐着喝茶的经大爷瞧见了章一民父女俩，赶忙迎了出来。“稀客，稀客！您两年多都没光顾敝店了。来，来，快请进来。”老人一把拉住章一民的手，一个劲地把他往店里面让，高兴得胡须直抖。杜大牛和经秋莲见章一民进来，也乐得闭不住嘴。但因七点半店里要正式开始营业，两人正在忙于做相关的准备工作，无法腾出手来，所以只能向章一民点头示意。

“怎么，这是新开的店？”章一民问。

“去年年底刚从那边搬过来！”经大爷一边为他们父女倒茶，一边气哼哼地说道。

“好像比原来小了？”

“有这帮人瞎折腾，不变小才怪呢！你知道这‘经珍府’老店原在这广场南边，前年市里要扩建广场，硬让我们拆店搬家，且一分钱也不赔偿。老章啊，那爿老店是老朽带女儿女婿苦拼了多年才最后从别人手里盘下来的。这一搬迁，就搞了个倾家荡产。搬到这边后，只好另立炉灶租房开业。我们被迫搬迁后，广场周边腾出的风水宝地，却被一些人用来另行大盖铺面房，之后再以天价租给想开店的人。你现在脚下的这处铺面，就是我们以每月四万元的租金租下来的，面积也只有原来老店的三分之一。这样一来，辛辛苦苦干上一年赚的钱，付了租金后剩下的就寥寥无几了。再加上从天而降的各种税费，哎，生意是越来越难做了。但事情好像还未到头。今年六月，省里又发出通知，说什么要实施天源中心广场二期扩建工程，要求这周边的店铺再次限期自行搬迁。至于搬迁的费用，又是一字不提。你说，还讲理不？这生意还能做得下去吗？”说到此处，老人气得用旱烟锅在桌上一阵猛敲。

“怎么不见小牛？”章一民见老人越说越气，就有意岔开了话题。

“哎，别提他了。今天上午，同我们大吵了一架，要了我们五十多万，远走高飞了！”接着，老人把上午吵架的原委经过对章一民叙说了一遍。

这时，大牛、秋莲手头的活计已安排完毕，急忙跑了过来同章一民寒暄，同时也为之前的怠慢连连道歉。

“道什么歉，见外了！”章一民赶紧拉过一条长凳让他们坐下。“早就想来看看你们了，可始终在瞎忙，一直抽不出身来。今天要不是闺女吵着要吃经大爷、杜大叔的吊炉烧饼和胡辣汤，恐怕还来不了呢！要说道歉的，该是我，还轮不到你们。”说着向坐在一旁一直没吱声的章可染努了努嘴。

“啊，这就是大侄女可染，我们还是第一次见面呢！”经秋莲走过去亲热地拉起了可染的双手。

“秋莲，别尽说客套话，快来点实的吧！”章一民瞟了女儿一眼。“我猜我女儿的肚子早就在提抗议了，人也馋得要流口水了。这样吧，秋莲，先为她来一碗胡辣汤，两个吊炉烧饼，一个夹驴肉，一个夹酱牛肉。让她先吃，反正我今晚没事，我们几个坐下来好好聊聊。”

不到一分钟，经秋莲就麻利地把这三样东西摆在身边一张小桌上。章可染佯装嗔怪地瞪了父亲一眼，就走过去毫不客气地大吃大嚼起来。

“经大爷，你刚才说到的广场搬迁一事，在今晚之前我确实一无所知。究竟怎么回事，你再详细说说。”章一民语气庄重认真。

“我来说！”杜大牛抢过了话头。“第一次，是前年年底，于振天在这里开了个现场会，记得天源市委书记艾观波也来了。说什么省里要把天源市改造成一个世界大都市，而建大都市就得有个相应的现代化大广场。要求现在广场周围经营的摊贩、商家、住户，一定要顾全大局，在十天内自行搬迁完毕。当时，大家一听说要建大都市，心里都很高兴。搬迁虽然要蒙受不小的损失，但因是政府号召，大家也就认了，所以不到十天就搬了个干干净净。之后广场扩建工程日夜进行，到了去年四月份也就完成了。在扩建的时候，根据承办公司的主意，在广场四周按统一模式新建了一圈铺面房。等我们往回搬时，不但要另行申请批准，还要付极高的房租。许多小摊小贩小店因负担不起租金，就只好收摊不干了。你到外边看看，有一半以上的铺面房至今还黑着灯无人问津呢！另有一些住户也未能搬回。”

“负责扩建工程的是哪家公司？”章一民眉头紧皱。

“是三江城镇房地产公司。听说它是三江省建设公司下属的子公司。”秋莲低声回答。“这帮家伙心黑得狠哪！今年5月，省发改委的一位处长和几个年轻人来这里吃饭，可能是吃得高兴了，就大声谈论起此事。我听到那个处长说，为了广场扩建，天源市向省里要了二十亿。这二十亿中有六亿是用于拆迁补偿的。可这家公司却一文不出，且偷工减料。如果再加上后来的高房租收入，仅广场扩建这一项工程他们可能就获暴利十亿以上。现在市里还在要求实施二期扩建工程呢！”

听到这些，章一民的心直往下沉。这些人竟如此大胆，如此明火执仗，同强盗土匪还有什么区别！他强压怒火沉声问道：“你们可知道这家公司是什么来头？”

见章一民神色大变，大家不明就里，说话开始有些犹疑。杜大牛心里想，章一民是个好官，如果有话现在不对他讲，还能到什么地方去讲呢！于是，他毅然说道：“在店里做工的小陈私下里告诉我，这个公司的后台硬得很，董事长是于省长的儿子于洪甚，总经理是天源市委书记的大公子艾谦瑟。”

原来如此！章一民怒不可遏。

“一民啊，这件事弄不好可能要出大乱子。”经大爷在一旁也开了腔。“旁边成衣店的老板告诉我，有几家商铺正在私下活动串联，准备近日到省政府示威，公开抗议两家公司的这种官商勾结、盘剥坑害群众的行为。他们还要我参加呢！”

听经大爷这么说，章一民身子一震，倒吸了一口凉气，深感事件重大，必须立即同有关方面打招呼。正要起身，突然有三个年轻姑娘，小声谈笑着走进店来。秋莲和大牛见有客人来到，立即迎上前去。这时，已是晚上八点多了。经大爷打开店内所有电灯的开关。大堂内立即灯火辉煌，如同白昼。

三个姑娘选坐了南边靠窗的一张桌子。两个姑娘入座后忙着浏览菜单。另一个姑娘则站在桌边，指手画脚地讲述着什么。章一民循声把目光移了过去。见这位姑娘身段婀娜，亭亭玉立，上着蓝底白花中式蜡染对襟短袖衬衫，下穿乳白色长裙。可能是匆忙卸妆的缘故，脚上依稀仍蹬着旦角的彩鞋。人虽素面简束，却大方清雅，光彩照人，尤其是她说话的嗓音，亮澈纯净、甜润柔美。再一细看，章一民认出她是省京剧团的当红青衣兼攻刀马旦的谷一丹。

突然，店门被人撞开，一个大汉领着五六个同伙，耀武扬威地闯进店来。为首的那个家伙，上尖下方的脸上戴着一副蛤蟆镜，脖子上挂着一条又粗又长的金质项链，穿着一身白色绸服，执扇的左手上，五只硕大的金戒指闪闪发光，叼在嘴上的雪茄一明一灭。这伙人向店内扫了几眼，就大摇大摆地径直来到谷一丹的桌前，大大咧咧地坐了下来。为首的那个大汉，轻佻地向谷一丹脸上喷出一团烟雾，两脚一抬，竟旁若无人地放在了桌上。谷一丹和两个姑娘见状，知道来者不善，厌恶地瞪了他几眼之后，转身移到另外一张桌上。这几个家伙，如同一群癞皮狗，一窝蜂地又围了过去。

“这个大汉是谁？”章一民沉声问道。

“从长相上看，可能是天源市市委书记的公子，外号‘小霸王’。”经大爷低声回答。

这时，章可染两眼喷火，抬腿就要猛冲过去。杜大牛抄起一根擀面杖，站了起来。章一民向他们摆了摆手，低声说道：“这几个家伙是有备而来，看样子是专门来闹事的,你们不是他们的对手。沉住气，别着急，再看看，我自有办法。”

说罢，略一沉吟，转身到一僻静处，拨通了省公安厅副厅长干振魂的手机。“干厅长，我是章一民。中心广场的‘经珍府’今晚来了一帮不三不四的人，十之八九要寻衅闹事。市公安局的人我不熟悉，请你马上带上几个得力的干警，二十分钟内务必赶到现场。”

此时，大汉已转到谷一丹的左侧，一只手抚向她的前胸，一只手摸向她的臀部。

“光天化日之下，你们这帮混蛋要干什么？”谷一丹愤怒了。她猛地拨开大汉的双手，向后敏捷地闪出一步。

“哟，生气啦！今晚大爷我就是奔你而来的。你这么个漂亮的小妞，还唱什么戏呀，跟着老子，有你享受不完的荣华富贵。”说着，赖着脸一步一步逼向谷一丹。

“你知道，他是谁？他是大名鼎鼎、腰缠万贯的三江省建设公司的总经理，又是现任天源市市委书记、马上就要升任省长的艾观波的公子！”一个矮个小混混在一旁肉麻地吹捧、帮腔。

“姑娘，别敬酒不吃吃罚酒！今晚你是不从也得从，还是跟着我们老板乖乖地走吧！”另一个混混也在一个劲地咋呼。

在混混们的叫喊声中，大汉跨前一步猛地抱住了谷一丹，伸出臭嘴，凑向她的芳唇。

“滚！”随着一声娇喝，谷一丹向下一蹲，从大汉的双臂中脱出，紧接着猛地踢出一脚。只听得“哎哟”一声惨叫，大汉摔出一丈多远，来了一个猪啃地。

“他妈的，没想到这小妮子还是个硬茬！看来，不让她尝点厉害，就不知道马王爷有几只眼。”说着，五六个小混混一拥而上。谷一丹因兼攻刀马旦，跟着师傅习过一些基础武功，也学过几招近身擒拿的自救功夫。只见她身轻如燕，动作如风，腾跳闪挪，拳打脚踢。见两个混混向自己前后夹击扑来，她即凌空腾起，向后一个空翻，使出一招双飞燕，两脚同时前后用力踢出，两个混混惨叫一声，就躺倒在地上。不过，她毕竟是一个姑娘，时间一长，体力渐渐不支，最后则只有招架之功却无反击之力了。

其他两个姑娘见状，就大声哭喊：“快来人啊，流氓要公开抢人啦！”另外几个混混嬉皮笑脸地趁机也对她们动手动脚。这时章一民有些着急了。见省公安厅干副厅长还未赶到，暗想不能再等了，先保护好谷一丹她们再说，不能让姑娘们吃亏。于是他向大牛、可染、秋莲递个眼色，准备一齐出手控制局面。说时迟那时快，恰在这时，在外边做例行巡逻的城南公安分局治保科鲍坚科长和两个警察听到了店里的呼喊，立即应声冲了进来。见一个大汉和几个混混正围着三个姑娘缠斗，鲍坚立即大喝一声：“住手！我是城南公安分局治保科科长鲍坚，有什么话坐下来平心静气地说。各位必须马上住手，谁再不住手，我就抓谁！”

混混们毕竟做贼心虚，不得不停了下来。大汉也从地上爬了起来，一看是鲍坚，马上又来了精神。“我当是谁呢！原来是鲍大科长。你算是哪棵葱？这里的事，你管不了，爷爷也不让你管，识趣的赶快给我滚蛋。否则的话，我连你一起揍！”

“好大的口气！这里是我负责巡视的地盘。我不管你是谁，只要扰乱治安、寻衅闹事，我就要管。”说罢，向旁边的两个警察一挥手，自己则抢先直奔大汉，只一招就扭住大汉的双臂，喀嚓一声上了手铐。另外几个混混也不是两个警察的对手，三下五除二，都被铐住了。

“鲍孙子，你知道我是谁？快放了爷爷。不然，我让你吃不了兜着走！”

鲍坚绕着这几个家伙转了一圈，冷冷地说道：“带走，先带到南城分局再说。”走了几步，他又扭过头来，非常客气地说：“几位姑娘也得辛苦一趟，到分局做一个笔录。”

“且慢！”随着话音，从门外又来了四五个公安。章一民认出带队的是天源市公安局局长皮言望，不由得疑窦丛生。皮言望先把店里扫视了一遍，然后上下打量了鲍坚一番。“鲍科长，辛苦了。这几个人由我带回去亲自处理吧。”

“这么个小案，怎敢劳动局长大驾？案子是我办的，还是由我带回分局处理吧。”鲍坚不软不硬地顶了一句。

皮言望正要发威，省公安厅干副厅长和五六个刑警走了进来。干副厅长远远地就看见了站在柜台里的章一民，本想走过去打招呼，却被章一民示意止住了。

“噢，真热闹啊！”干副厅长立即转过身来。“没想到这么个小店，竟会聚了这么多各路豪杰！姑娘们，你们说说，这到底是为了什么？”

 谷一丹跨前一步，简要叙述了事情的经过。

“艾大公子，你说说，这位姑娘讲的可是实情？”

“猫哭耗子，多管闲事。什么实情？快把老子放了。这里没你说话的地方！”艾大公子瞪着金鱼眼，露出十足的流氓相。

“艾大公子，口气真不小啊！没我说话的地方？好，那咱们就到省公安厅去说。我管不了，就请艾书记亲自来管！”干副厅长气定神闲，软中带硬。

一听干厅长说要找自己的父亲，艾大公子顿时有点傻眼了，毕竟自己在这里闹事父亲并不知道。事情真要闹到省公安厅，影响可就大了。想到这里，他开始有点后悔，急忙扭头向皮局长求救。

与干副厅长的不期而遇，让皮局长既吃惊又不安。“干副厅长，这件事发生在市公安局管辖的地面上，还是交给我们处理吧。这几个人我先带走，明天向你报告处理结果。”

见事情闹得差不多了，一些人的嘴脸也看清楚了，再僵持下去也不是个办法。于是，章一民端着茶杯走了过来。

见章一民突然出现在现场，除干副厅长外，在场的所有的人都目瞪口呆。章一民笑了笑说：“感谢干副厅长、皮局长和鲍科长，事情的前前后后，我都目睹了。我今晚没公务，本想偷闲到这里陪我女儿美美地吃上一顿烧饼，喝上几碗胡辣汤，却被这桩热闹事搅和了。得了，算我没有口福，只好等以后的机会了。我看，这样吧，涉案人员全由皮局长带回，干副厅长也辛苦走一趟帮助处理。处理结果明天如实向我报告，之后再转有关方面查办。你们一定要公正执法，所有情节不得有丝毫隐瞒。”这时，几个姑娘看着章一民，目光里流露出恐惧和担心。谷一丹稍一迟疑即向前跨出一步，颤声说道：“我们对市公安局这几个人信不过，还是把他们交给省公安厅吧！”

章一民很佩服谷一丹这个姑娘遇事的清醒与细心。他重新把皮局长这帮人打量了一番，嘴角上挂着淡淡的寒意，扭头对三个姑娘说：“今天晚上的事情，你们没有丝毫责任。带头闹事的是这几个混混。让你们到局里走一趟，是办案程序，就是去做一个笔录以作证据，不用害怕。”说着他猛然抬头，眼中闪出的两道寒光直射皮言望。“这几个姑娘的人身安全由皮局长负责。今后，如果再有人敢对这三个姑娘寻衅、骚扰，或危及她们的安全，我们只唯你皮局长是问。好了，你们走吧！”

不到一分钟，这些人差不多走了个干干净净。鲍坚也带着两个警察慢慢向门口移步。

“鲍科长，请留步！”章一民突然想起赖锐和杨雪凝的意外死亡。从鲍坚刚才的表现，可以看出他是一个正派人，敢于执法、敢于担当。他的工作单位是南城公安分局，赖锐、杨雪凝的住处又恰在这个分局的管辖范围之内。于是，他灵机一动，急忙喊住了鲍坚，并走过去把他拉到北面的一张桌子边坐了下来。

“你是南城分局治安科的？”

“是的。”

“干了多少年了？”

“三年了！”

“原来是干什么的？”

“原来在野战部队工作，任过团长。”

“你们分局的办公地点离三江银行天源分行和聚春林小区远吗？”

“不远，都不到两站地。”

“天源分行有个女总经理，你认识吗？”

“她叫什么名字？”

“赖锐。”

“啊，赖锐？”鲍坚心里一惊。“我同她没见过面。只知道在今年七月的一起车祸中的被害人就是赖锐。”

“还有一个叫杨雪凝的，你听说过吗？”

“杨雪凝？噢，我想起来了。在赖锐被车撞死的同一个晚上，她死在‘聚春林’自己的家里，据说是畏罪自杀。”

“你参与了案件的侦办？”

“没有，是省厅刑警处直接办理的。”

“这个案件现在侦办到了什么程度？”

“不清楚，只是觉得办得神神秘秘的。案件进展情况直报省公安厅，对我们分局的人一概保密。”鲍坚感到奇怪，作为省委副书记竟然不知道这两桩人命案的侦办情况，却要来问自己这个小小的科长。但他凭直觉判断，章一民是个好领导。本想把知道的一些线索如实说出，但转念一想，自己尚无确凿证据，还是少说为好。

“赖锐、杨雪凝是我大学的同学。案发后有人告诉我，赖锐的死，纯粹是一场车祸；杨雪凝的死，则是畏罪自杀。鉴于多年对她们的了解，我不相信这种死因。”章一民忧伤地抬头望着店外。

鲍坚被感动了。阅历和经验告诉他：这个人值得信赖。“这样吧，我在职权范围内尽量多留意此事。一旦有了线索……”鲍坚望着章一民。

“可以直接向我报告。正因为只是线索，我们事先通通气，也符合规矩。这样做也是为了减少人为干扰，便于更快破案。当然，案子的进展情况，最终都是要向省委报告的。”

送走鲍坚后，章一民拉着女儿离开了“经珍府”。此时，微风习习，华灯灿烂。天上繁星闪烁，地上人影绰绰。女儿章可染经历了“经珍府”今晚发生的惊心动魄的一幕，看到了许多人的丑陋表演，体悟了世情的复杂险恶，更亲眼看到了爸爸临大事有静气，处变不惊、沉稳果断的风采。她心中暖乎乎的，觉得这个老爸太可爱了。